對我過分執著的他們
上
One and Only
Become your
One and Only
林落 著
大烯豆干 繪

楔子

醫院的加護病房裡躺了個幾乎全身纏滿繃帶的年輕男子，經過的醫護人員都會往病歷表瞧上兩眼——顏面及肢體骨折、臟器破裂、大量出血、多處外傷、OHCA。

這名患者是在一個大雨的夜晚被救護車從車禍現場送進來的，跟著救護車來的還有一名穿著黑色長風衣，在夜裡也戴著墨鏡的中年男子。

外科糾紛多，一向鬧醫師荒，人手缺得凶的時候就算是主任也得值大夜班，也碰巧這晚是外科第一把交椅沈浩洋值班，才勉強把人從鬼門關裡拉回來。

沈浩洋剛出手術室就看見老朋友孟然坐在家屬等候區，走近後，隔一個位子在旁坐下，「大半夜的戴什麼墨鏡？」

「怕被發現長太帥不行嗎？」孟然外表看起來是個謙謙君子，但一說話就破功，尤其歪嘴笑時更像個痞子。

沈浩洋哼了一聲，他急性子沒空和老友瞎扯，指了指手術室，「這人你認識啊？該不會是你撞的吧？」

「要是我撞的還能這麼輕鬆跟你說話？」孟然知道沈浩洋不喜歡廢話，扯了一句就回到正題，「我和那位有過幾面之緣，算不上熟，路上看見他出事就跟著上救護車，好歹有個照應。」

沈浩洋奇怪地看了孟然一眼，「孟老闆什麼時候這麼熱心助人、見義勇爲了？」

「我無聊的時候就愛多管閒事，決定幫就幫了。既然幫了，自然要幫到底，這個人你儘管救，醫藥費交給我處理。」

「他傷得很重，就算撐過這關，後續還有重建手術，說不定要在醫院裡住上大半年，花費不是一筆小數目。」

孟然不以爲然地哼了一聲，「我會付不起？」

沈浩洋訝異側目，想從孟然的臉看出點端倪，不過對方不是省油的燈，只給了個故弄玄虛的微笑，嘴巴閉得特別緊。

「孟老闆家底殷實，當然付得起。」沈浩洋看了半晌只能放棄，停頓兩秒，「既然你要幫他付醫藥費，那你去幫他辦個入院手續，把身分資料填一填。」

孟然表情不變，答得很快幾乎沒有半點遲疑，「我不知道。」

沈浩洋這下見識到了什麼叫作睜眼說瞎話，「什麼？你認識他，但你不知道他是誰？這說得過去嗎？」

「我說見過幾面，沒說認識他啊。」孟然撇撇嘴，「管他是誰，醫院就全按自費算錢吧，又不是不付錢。」

✦

由最好的醫生救治，搭配最好的設備、最好的藥……病患的傷勢漸漸有起色，也脫離了呼吸器，皮外傷恢復得不錯，只是大部分的時間依然昏迷著。

「這次聯絡你是因爲治療策略的需要，我們要幫……」沈浩洋看了看病歷表上依然空白的姓名欄，皺了下眉才繼續說：「患者做第一階段的顏面重建手術。」

「那就做吧！」孟然沒問手術費用，他知道既然交代過一切費用由他買單，沈浩洋就不會是要討論手術費的事。

沈浩洋切入主題，「你知道他原本的長相嗎？」

「怎麼了？」

「如果有照片的話，我們盡量按原樣做。」

「有照片就能做得一模一樣？」

沈浩洋撇嘴，微微不悅，「怎麼可能？有八分像就不錯了，又不是拍電影。」

「那就沒差了，怎麼好看就怎麼做吧，說不定到我那裡上班能用得著。」孟然就是不能正經說超過兩句話。

「你這算盤打得真好。」沈浩洋知道老朋友話裡有時真有時假，他向來懶得猜，一律順著對方回話，「我都不知道你算好人還是壞人了。」

「沒有區別，好人壞人都一樣。」孟然笑了笑，「隨心而已。」

沈浩洋仍有些遲疑，認真地又問了一句：「到時候患者不會不喜歡吧？」

「長得好看誰會抱怨？除非你技術差。」孟然話裡雖然沒個正經，卻也知道事情的輕重緩急，「而且你不是說因爲治療步驟需要先動刀嗎？那就沒辦法啦！放心，有事我來處理！」

「這可是你說的！」

✦

如沈浩洋估算的，這名病患從昏迷到甦醒，而後慢慢調養到可以接受多次大大小小的手術，最終完全康復出院，總共費時半年。

孟然爲青年請了看護。因爲生意忙的關係，加上他不覺得自己能照顧得比看護好，所以他不僅沒在病房裡守著，也不常來探病。

這天他收到出院通知才想起已經許久沒探望青年，抽空到醫院，一進病房就看見病床上的青年坐起身，正對著鏡子裡的面容發呆，也不知道是誰給了他這面鏡子。

戴著墨鏡的孟然坐到病床旁的家屬椅，劈頭就問：「你叫什麼名字？」

青年望著自己的新臉孔，愣愣地不說話。

孟然看著青年那張重建後的臉——濃淡適宜帶著英氣的眉、深邃明亮的眼睛、挺直的鼻樑、微微翹起的淺色薄唇，分開看不驚人，但組合在一張臉上，配上削瘦的臉型，絕對美過雜誌裡的模特。他忍不住暗暗對沈浩洋的審美和醫術讚譽有加。

孟老闆看著沉默的青年，心裡有點拿不定主意，畢竟他沒換過臉揣摩不來對方的心情。擔心青年受到打擊接受不了現實，他腦中想了幾個後招預備著，表情上不變，用平靜無波的聲音繼續話題：「那我幫你取了？」

見青年沒有回話，孟然繼續說：「既然我是在雨中撿到你，就叫你小雨好了。」

聞言，青年像受驚嚇的貓，綳緊全身的肌肉作勢要往外逃，讓原本鎮定自若的孟然趕緊起身捉住青年的手腕，「怎麼了？」

意識到失態的青年，慢慢放鬆肌肉，別過視線，低聲給了一個解釋，「真難聽。」

「不然你告訴我，你叫什麼名字？」

青年張口欲言，過了兩秒卻只淡淡回了兩字，「忘了。」

「那就叫小雨吧。」孟然不糾結，雖然青年不喜歡，但他覺得這個名字挺好的。

青年不答應也不反駁，又過了半晌，對著孟然問：「是你救了我？」

「嚴格說起來，是沈醫生救了你。」孟然挑了挑眉，「剛才對著鏡子發什麼呆？」

小雨摸摸那張和記憶裡不一樣的臉，「我醒來後這張臉又動了幾次手術，鼻子和下巴都像換了位置，看起來真陌生。」

「不喜歡嗎？」孟然說完又不放心地補了句：「我覺得挺好看，直接去當明星都沒問題。」

「醒來後沈醫師問過我想要什麼樣的臉，我說了普通的就可以了。」

孟然不以爲然，嘻皮笑臉地勸著：「既然都要挨刀了，當然要做好看點啊！」

「好看要做什麼？反正——」小雨抿了個苦澀的笑，「都無所謂了。」

「怎麼能無所謂？外面的花花世界還在等你啊。」孟然嘴角帶笑，抬手隨意地比了比窗外。

「其實你不用救我。」小雨嘆口氣。

孟然不是個樂觀的人，然而看著喪志的小雨下意識脫口而出，「活著，就還有希望。」

「是嗎？聽著有些耳熟，像是騙騙那些想不開的人用的。」

孟然一愣，表情微妙，似乎想發脾氣又無處發洩，小聲咕噥：「這話也是別人跟我說的。」

「沈醫師說醫藥費是你幫我付的？」

孟然輕輕點了下頭，雲淡風輕地回：「錢的事你不用擔心，全部算我的不用還，我這人就是樂善好施。」

小雨淺淺彎了彎嘴角，「雖然我現在沒錢，不過這筆錢我會還，只是我還要再跟你借些錢。」

「哦？」孟然還真沒想到，這個讓他花了一大筆醫藥費的青年和他碰面做的第一件事是跟他借錢。

「我想再做個手術，把聲音改了。」

孟然沒問原因，很乾脆地答應了。

小雨溫潤的聲音讓人很生好感，不過孟然知道，今天之後這個聲音只會存在於某些人的記憶裡。

Chapter 1 誰的樂園？

首都一直都是政商薈萃之地，設計新穎現代的嶄新高樓林立，車水馬龍，川流不息，時常能看見超跑呼嘯而過。

入夜後更是精彩，燈紅酒綠、紙醉金迷，幾間頂級的高級會所生意興隆，上門一擲千金的貴客絡繹不絕。不是商業鉅子就是手握實權的政壇人士，流連其間的有政商名流也有暴發戶，最起碼得是個富二代。

「樂園」就是這麼一個地方，而其老闆就是孟然。

和其他會所不同，樂園是一間只提供男陪侍的俱樂部，如果出得起錢，店裡也提供性服務。上門的客人多為男性，這些人選擇來樂園除了性向喜好外，也有覺得新奇慕名而來想嘗鮮的，目的可能是紓壓玩樂，或是應酬談生意。

樂園雖不在寸土寸金的市中心，但也相距不遠，不到半小時的車程即可到達。來此的賓客在底達前，即可看見一棟白色的兩層別墅以優雅沉靜的姿態座落在靜僻的小山坡上，建築線條簡約洗鍊，在枝葉掩映間風姿綽約。作為高檔私人會所，這裡有庭園景觀、水池造景。

樂園採預約制，同時還有嚴格的門禁管制，沒有熟客介紹都不得其門而入。

今晚的樂園依然熱鬧。這樣的地方當然不會放震耳欲聾的電子音樂，熱鬧是指這晚又來了好幾位貴客——有錢，也願意花錢的客人。

樂園裡有十二間包廂和十二間房間，風格各有特色，分別按二十四節氣命名，而包廂和房間大致上的區別在於大小、費用和房內設施。

現在時間已過午夜，包廂幾乎被貴客占滿，有點行情的男陪侍都在裡頭陪客，待在休息室裡閒聊的，是沒人指名且在好幾輪貴客選妃裡敗下陣的。

開店前還熱鬧喧囂的休息室，現在只有三名男子閒散地坐在沙發上，或滑手機或翻雜誌打發時間，小雨就是其中之一。

「今晚八成又閒著了吧？」一名長相粗獷的男子起身到一旁冰箱拿了三罐可樂，走回來丟給小雨和另一名相貌清秀稚氣的青年。

「楚楚，謝謝。」清秀青年笑著道謝。

粗獷男子聽到這聲細細軟軟的「楚楚」，剛喝下的一口可樂差點沒噴出來，咳了一會才緩過氣，「都說了私底下別叫這個名字。」

清秀青年表情有些無辜，眨著眼睛回應：「經理要我們叫你楚楚或者天天，你選一個吧？」

「楚天就楚天，行不改名坐不改姓。」楚天一臉堅定，配上虎背熊腰的外型，就像古裝劇裡鐵骨錚錚的漢子。

小雨被這一幕逗樂，笑得開懷，「別為難蘇諾，他只是按莫黎交代的喊。至少莫黎沒改你的名字，多虧他想出來，換了個叫法這名字就從霸氣的萬獸之王變成軟綿綿的小綿羊了，夠有欺騙性！」邊說邊打開可樂拉環，豪邁地一口灌了大半。

「哼！就算名字能騙人，點了檯還不是會被退掉？」楚天罵罵咧咧。

「至少指名費還是收到口袋裡了，有什麼不好？放心，說不準客人哪天想換口味，到時候還得靠你。」小雨說著話時，把可樂往旁邊茶几上一放，從口袋掏出菸盒，隨手抽了一根菸點上，再把菸盒扔給坐在對座的楚天。

楚天默契絕佳地用單手接住菸盒，抽出一根菸點上後再把菸盒扔回給小雨，吸了一口菸，徐徐吐出白霧，「要不是缺錢才不待在這裡受氣。」

「誰不是呢？」小雨哼哼兩聲，眼神望向蘇諾的位置朝楚天示意，「就你會說這些有的沒的。」

蘇諾低著頭不發一聲，楚天一看就知道他又想起痛苦的回憶——在樂園裡的人都有故事，只不過沒人會問那些過去。

這裡是貴客的樂園，不是他們的。

「不說了不說了，就是悶得慌。」楚天又吸了一口菸，尼古丁混著焦油浸潤肺部再竄出鼻腔，用短暫的飄飄然錯覺讓自己覺得好過一些。

「不知道能不能早點下班，反正這個時間應該沒人會來了。」小雨百無聊賴地打了一個呵欠，修長的手指還夾著菸，身體一歪就橫躺在沙發上，似乎打算偷空睡個懶覺。

「你這個月的業績要是墊底，莫黎肯定會拿你開刀。」楚天對小雨投以關切的眼神。

「無所謂吧？」小雨笑了笑。

蘇諾看著手上的雜誌又看了看沙發上躺著的青年，斟酌著語句，「我發現小雨長得挺好看的，只是不會打扮。」

小雨扯了扯嘴角，輕輕笑出了聲——說他不會打扮還真是客氣了。

他現在染著一頭金髮配著紅黃綠色塊混在一起的背心，還穿了一條破牛仔褲，脖子上掛了三四條風格各異的廉價項鍊，腳上一雙夾腳拖晃呀晃的，詭異的審美讓人一看就搖頭。外面的地痞流氓、無賴混混都不流行這風格了，難怪沒人指名。

「真是不懂得欣賞啊，我很喜歡這套搭配。」小雨轉瞬換上自信神情從沙發一躍而起，拉拉衣服，揚著眉，自信滿滿地在二人眼前走了一段台步，擺了幾個pose，如同伸展台走秀。

楚天笑著搖頭，「你這品味沒救了。」

小雨走完台步，坐回沙發上，斜睨了一眼楚天身上的豹紋皮衣，「你的品味也說不上多好吧？」

「去你的！再怎樣都比你好多了！」楚天說完，對著蘇諾說起往事，「你剛來沒見過，當年我第一眼看到小雨還以爲是哪家的少爺，一身貴氣，坐在包廂裡比貴客還像貴客。」

「眞的嗎？」蘇諾盯著小雨，想從現在的小雨身上找到楚天說的貴氣。

小雨流裡流氣地抽著菸，吐了一個煙圈後罵咧咧地反駁：「你瞎啦，我哪有什麼貴氣？」

「是啊，我眼拙沒看出你比我還窮，一條褲子破成篩子還穿。」楚天不甘示弱地回嘴。

小雨白了楚天一眼，「這是潮流好嗎？」

「可是客人不喜歡。」蘇諾放棄尋找小雨身上不太明顯的貴氣，跟著話題回了一句。

楚天點點頭，「對，客人不喜歡，業績就好不了啦！」

雖然歡場無眞愛，也沒那麼多出淤泥而不染的白蓮花，但來樂園的貴客們總喜歡清純有氣質的，要不就得像哪個偶像明星，穿得像街頭混混、品味低下的只會被嫌惡。

「聽說經理打算規定服裝儀容，未達標準的不准上班。」蘇諾熱心地提供最近聽來的小道消息。

楚天訝異，「這是針對小雨吧？」

「是我拉低了大家的平均値。」小雨答得坦然，像是毫不介意。其實有陣子有幾個客人覺得他非主流穿搭挺有意思，只是他們找他多是爲了新鮮好玩，一兩次後就不愛點他了。

楚天不由爲小雨擔心，「你上班就好好穿衣服不行嗎？那頭金髮也不適合你。」

「我欠孟老闆的錢快還得差不多了，要業績好做什麼？」小雨擺了擺手要楚天放心，語氣雲淡風輕。

楚天不以爲然，「得存些錢爲將來打算啊！」

「將來？」小雨眼裡閃過漠然，裝作失聲笑倒，「我有那種東西嗎？」

楚天正要接話，突然之間休息室的門就被打開了，來人一身正式三件式西裝，頭髮打理得一絲不苟，左胸處別著金屬名牌，名牌上寫著「經理莫黎」。

莫黎看起來算年輕，也許就三十出頭，只是以樂園的標準來說已過花季，但仍能輪廓和身形想像他年輕時是何等帥氣迷人。

莫黎面無表情，走進休息室後目光掃過三人，最後停在小雨身上，聲音不冷不熱，「小雨，有客人指名。」

「誰啊？我都打算回去睡覺了。」小雨愣了愣，嘴角向下顯然不怎麼開心。

「有生意做還管來的是誰呢？」莫黎語氣冰冷，說著有幾分曖昧的話，表情卻沒有絲毫波動，不是事不關己的冷漠，更像是習以爲常，「要是想睡，在客人的床上睡也一樣。」

「直接進房間？不陪聊天喝酒玩遊戲嗎？」小雨賴在沙發上不爲所動。

「反正包了你一晚。」

「你以前說我們是有身價的，不做來路不明的買賣。」

「那是能挑客人的時候，你現在能嗎？」莫黎毫不掩飾對小雨衣著的厭惡，平靜無波的臉在看見那一身打扮時不客氣地蹙起了眉頭。

「也是。」小雨無所謂地聳聳肩，依依不捨地吸了最後一口菸，把菸捻熄在菸灰缸，起身和楚天、蘇諾點頭別過就上工了。

走在連接各個包廂和房間的廊上，小雨還是那副痞氣十足的樣子，雙手插口袋裡拖著腳步，滿臉不樂意，夾腳拖在地上發出啪嗒啪嗒的聲音，連路都不能好好走。

「你到底要這副樣子到什麼時候？」莫黎深吸一大口氣，才能平靜地說出這句話。

「你又要這副樣子到什麼時候？」小雨輕飄飄的一句話立刻惹得莫黎停下腳步回瞪，不等莫黎開口，他先是擠眉弄眼笑了笑，適時轉過話題，「到底是哪位貴客？」

樂園是預約制，莫黎不可能不知道對方是誰。

此時，迎面走來幾個光鮮亮麗滿身名牌的客人，莫黎立刻拉著小雨側過身和走過的客人們一一微笑致意，保養得宜的外貌看起來仍風度翩翩。待客人走遠後，莫黎斂起笑容，淡淡地答：「知道了有差別嗎？」

莫黎帶著小雨往建築物最裡面走——通常越靠內、隱密的包廂越貴，會願意付這麼多錢的通常不是一般人。

「來頭挺大的啊？確定是找我嗎？」小雨眞的疑惑，除了「那一位」，已經許久沒有人指名自己了……如果是那位，莫黎不可能不告訴他客人的名字。

「錯不了。」莫黎答得篤定。

「沒道理，肯定哪裡錯了。」小雨糾結得眉頭都皺起來了，喃喃道：「就我這樣的，還有誰會付錢？」

「樂園裡就你有生意上門還挑三揀四。」

「我能不接嗎？」

「你可以選擇進門或者離開樂園。」莫黎語氣嚴肅，不容商量。

看出莫黎不太高興，小雨決定不追問了，反正幾分鐘後，答案就會揭曉。他在樂園待了一年，知道很多拒絕的方法，說不定客人弄錯了，見了面沒興致就會趕他走？到時他還能白賺指名費。

兩人來到最深處的包廂前，象牙白的牆面和橡木門隔絕了裡面的一切信息，要不是小雨曾看人在裡面被弄得要死不活，也會以爲這就是個普通的房間。

「能不進去嗎？」金髮的痞氣青年散漫的語調掩蓋著眞實想法，只是當莫黎一個凌厲眼神掃過來時，也只能兩手一攤，「當我沒說。」

莫黎看著小雨，表情沒怎麼變化，語氣倒是有了勸說的意味，「我說過你可以走。」

能走嗎？走去哪裡？小雨在心裡問著，沒有答案，「不走了，看看是誰吧。」

於是，莫黎敲了敲門，沒多久門上發出輕微的聲響，是門內客人透過電控解鎖。他推開門，領著小雨進去。

「顧總，這位就是小雨。接下來隨您安排，有需要服務的地方可以按鈴叫我。」莫黎恭敬地鞠躬，臉上掛著挑不出毛病的職業笑容，說著每天都要重覆幾十遍的話。

房間裡沒有開燈，只有桌面擺著幾盞點綴氣氛用的浮水蠟燭，昏黃的亮度不夠把房內的人看得清楚。只能看到一個成年男子坐在沙發中央，閒適自若地拿著玻璃杯喝下琥珀色的酒液。

那人看都沒看莫黎，隨口含糊地應了一聲。

小雨原本還在想是哪個顧總，畢竟整個首都圈的顧總加起來沒十個也有七個八個吧……當莫黎離開將門帶上的時候，小雨才眞的覺得不妙。

隨著自動落鎖聲響起，房裡那人抬起頭，眼皮一抬目光就黏在小雨身上，輕笑一聲，「我找到你了。」

當視線對上時，小雨嚇了一跳，雖然原先他就不樂意接這筆生意，但現在真的讓他覺得一刻也待不了——這男人的眼神像是看破一切偽裝，如同獵人收網時勝券在握。

小雨知道他被認出來了。

男人看見小雨便從容站起身，「哥，我來接你。」

對方的嗓音透著繾綣意味，聽在小雨耳裡卻只覺得頭皮發麻。

他穿著三件式合身訂製西服很襯身材，宛若巧匠雕琢過的五官完美無缺，顧盼間流露出睥睨一切的氣勢，是個習慣發號施令的人物。

「你是誰？我不認識你！沒見過這樣隨便認兄弟的人！」小雨瞪大眼睛，慌亂地指著眼前的人，心中已亂了套。他不是換了相貌和聲音嗎，怎麼會被發現？

「哥，我是顧希，你的小希。」男子的聲音低沉又不穩，放慢語調像是要蠱惑獵物般。

「我們感情很好，從小就同吃同睡一起長大，你不可能忘記。」顧希漆黑的瞳仁幽深幽深的，緊緊盯著慢慢後退的小雨，說起往事時嘴角微微上揚，自信而強勢。

現在小雨只想離開，臉上的散漫神情迅速褪去，扯著喉嚨喊：「你瘋了吧？我不認識什麼大希小希，我不做你的生意了，我要出去！」

退到門邊的小雨慌亂地轉動門把，卻發現門把怎麼轉都打不開，氣得對著門狠狠地踹了兩腳，「該死！居然真的鎖上了？」

顧希自嘲地笑了笑，解釋道：「擔心你不想和我說話，所以跟他們交代了一下。」

偶爾會有客人提出這種要求，在不影響生命安全的前提下，樂園也會盡量配合……畢竟這裡是貴客的樂園，不是他們這些人的。

「開門！這單子我不接，這世界上就這個人我不接，換條狗來都行！」小雨扯著喉嚨喊，無奈門外沒人回應。

「可惡！」小雨氣得又踹了兩下門，厚實的門連晃都沒晃，反而自己痛得倒吸一口氣……這下他得和顧希周旋一晚，懊惱地搓了搓臉，轉身面對對方。

「好吧，收了錢是該有職業道德。」前一刻還拍著門氣急敗壞的小雨轉眼間換了副神態，堆起慵懶又放蕩的笑容，舔了舔嘴唇，一步一搖走到顧希身前，兩隻手臂舉起搭在他寬厚的肩上，語氣曖昧，「這位客人，你要先洗澡呢？還是直接來？」同時把身體靠在顧希身上，下半身若有似無地蹭向他雙腿之間。

「哥。」顧希愣然，後退一步，和小雨的身體拉開距離。

小雨像沒看見似的，自顧自地說著：「看來你沒有想洗的意思，不過你放心我洗過，每天上班前做好清潔和擴張是我們的職業道德，不信可以親自檢查。」

小雨的話每一個字都讓顧希覺得刺耳，他試著拿出最大的耐性，按捺著脾氣問：「你還在生我的氣嗎？」

「這裡的指名費不便宜，難得有貴客上門，我哪敢生氣？畢竟付錢的是大爺，我盡量配合就是了。對了，要玩角色扮演裝兄弟是吧？沒問題，我們服務很周到，要是喜歡什麼體位也可以儘管說。」

小雨一邊說一邊把身上的背心以及那些品味奇特的項鍊一一脫了，隨手扔在地上，露出白皙瘦削的身體。看著顧希沒動靜，他偏了偏頭，笑得眉眼彎彎、風情萬種，然而說出的話直白得讓人難以招架，「還不脫衣服？不會是要我幫你脫吧？也行，您是貴客嘛，做我們這行的誰沒幫客人脫過衣服？」

「刺青？」顧希的視線落在小雨的腰上，那裡露出一大截纏繞的藤蔓和薔薇，從上腹繞著腰逕自往下，花紋很是精緻，位置撩人引人遐想。

「這個啊，有位客人喜歡，願意給錢，我現在挺缺錢的，只要付錢都能上床了，紋點花樣在身上算得了什麼？」小雨無所謂地笑了笑，大方地把牛仔褲也褪下。

當褲子滑落露出刺青全貌的時候，響起一陣物品碎裂的聲音，原來是顧希氣得把手上的玻璃杯扔出去，砸到牆上還碰碎了幾個價值不斐的擺飾品。

小雨只是無所謂地挑了挑眉，「雖然這些對您來說算不上多名貴的東西，但稍後還是會記在您的帳單上，請顧總記得照價賠償。」

「把它弄掉，錢我來付。」儘管還有著內褲遮著，但顧希幾乎可以想像那延伸向下的藤蔓是如何的伸進臀瓣，繞進大腿內側，指向性器。

小雨笑了笑，語氣極盡嘲諷，「把紋身弄掉我就乾淨了嗎？你的錢？是顧家的錢吧，還眞好意思說。」

「是誰？我要弄死他！」顧希惡狠狠地說著，他無法想像哥哥是在什麼樣的姿態下被紋上這些圖樣。

小雨笑著走近顧希，手指撫上顧希俊挺的臉，輕輕地沿著脖頸向下，隔著質料上乘的布料劃過胸膛，極具挑逗地在乳尖打圈，接著往下滑向腰腹和褲襠處明顯脹大的性器，「你也別裝得多清高，就算看不慣我這個樣子還不是硬了？」

顧希眼神一暗，那一瞬間沉痛的表情讓小雨心頭也爲之一驚。

顧希的視線牢牢盯著小雨不放，右手撫上那張和記憶對不上的臉，「你承認你是顧予了。」

小雨打開顧希的手，後退一步，「我不是。」

顧希見狀猛地上前抱住小雨，雙臂緊緊箍著，像是不這麼緊緊抱著對方就會不見似的，低聲喊了一聲哥，接著就把嘴貼上小雨的唇。他一手扣著小雨下巴，硬是逼小雨打開緊閉的雙唇，剛一探進舌頭立刻把嘴挪開，再次皺起眉頭，「你抽菸？」

「是啊！」小雨看見顧希嫌惡的表情，樂得眉飛色舞，「不喜歡菸味？不好意思熏到你啊，我馬上出去就是了！」

小雨開心不到兩秒，顧希的唇又貼了上來，充滿不容拒絕的強勢，「不准走。」

顧希的吻很強勢，宛如狂風暴雨般越吻越深入，不給小雨任何喘息和逃脫機會。一陣攻城掠地後他才慢慢收斂，轉爲輕柔細碎的吻，日光在小雨唇上停留，似乎覺得被欺負後紅潤帶著水光的唇瓣特別可愛，還用手指輕輕撫著，眼中的瘋狂的妒意才散去了一點。

被吻得差點喘不過氣的小雨，好不容易能說話後，劈頭就罵：「你要上就上，親什麼親！」

「把你的嘴洗一洗。」

「洗什麼嘴？光洗嘴有用嗎？你知道我幹這行多久了嗎？我全身都髒，我們還是別做了，你去包養個小明星還乾淨得多。現在去櫃檯取消能退一半的錢，就算你不缺這點錢，也沒必要跟一個來路不明的男妓廝混！」小雨存著想噁心顧希的念頭，話都往顧希不愛聽的方向說，趁顧希愣住動作一滯時，機靈地掙開往另一頭跑，門鎖住了他總可以跳窗吧？

顧希很快反應過來，伸手緊緊扣住小雨的手腕將人拉回懷中，另一手在白皙柔韌的身體或輕或重地揉捏，剛被挑逗染上情慾的聲音略帶暗啞，湊近在小雨耳邊低喃：

「哥，是你挑起的火，你要負責。」

「別再叫什麼哥，我沒那麼大的能耐有你這樣的弟弟！」小雨也是一把火上來，掙不開顧希的懷抱，嘴上也不相讓。

「看來洗個嘴不夠，還得把你的身體由裡到外消毒一遍。」顧希分不清自己是被妒火還是慾火打亂計畫，抓著小雨的手臂一拉一絆強行將人扛上肩，無視小雨的掙扎大步往包廂內間走，再把人往床上丟。

樂園的床又大又軟，躺三四個人也不覺得擠，而且彈性適中不過硬或過軟，耐得住各種翻雲覆雨。小雨被丟上床後立刻抓準機會彈起身想走，只是差一點離開床時便被顧希抓住腳踝，強硬地拉了回去。

自從出院後，小雨的體力就不好，也無心讓它變得更好。疏於照料的身體沒長多少肌肉，看起來風大點就會被吹倒，在力氣比拚上輸給顧希毫無懸念。

顧希的身體覆在小雨身上，居高臨下的體位優勢和強健體魄，讓小雨無力挽回劣勢。他先是用手將小雨雙手固定在頭頂上方，瞥見床頭上的欄杆設計，嘴邊勾起一抹意有所指的笑，「既然來了，當然得用用樂園的好東西。」

樂園的特色之一就是服務周到，服務生領著客人進房間時都會對可能使用的設施進行介紹，顧希也不例外。

小雨順著顧希的目光望去，臉色立刻一變，急道：「你別太過分！」

他當然知道那是什麼，畢竟他不是第一次進來這種房間。樂園裡有十多間這樣的房間，房間各有特色，裡面該有的助興道具一個都不曾少。

「既然哥哥不聽話，那就不能怪我。」

「放開我！」

顧希無視小雨的掙扎，輕鬆地把小雨的手左右分開銬在兩邊床頭的鑄鐵欄杆上。手銬是皮製的，內裡有軟襯不傷皮膚，樂園提供的道具都經過精心設計，牢固耐用。

小雨明知可能徒勞無功，仍忍不住揮動雙手用力想扯開手銬，無奈經過特殊設計的皮手銬越掙越緊更陷進皮膚中。手被制住，身體被壓住，剩下兩條腿能動，小雨心想就算掙不開，能踹顧希幾腳也不虧。

「連腳也不安分。」

顧希輕輕嘖了一聲，拿起皮製束帶，把小雨的膝蓋曲起，小腿肚貼向大腿再用特製束帶束起，束好後還拉了拉，確認樂園的道具確實堅固可靠。

顧希手上動作結束後就離開床，站在床邊好整以暇地看著床上因爲掙脫不開而臉色難看的小雨，慢悠悠地脫下身上的西裝外套、背心，不疾不徐地掛在一旁的衣架，接著解開領帶和襯衫袖釦，動作優雅又賞心悅目，像極了耐心十足的獵人。

小雨一陣掙扎費了不少力氣，莫可奈何地停下，不想讓顧希得意，硬是擠出無所謂的笑容，努力讓自己看起來很習慣這種事，「原來顧總喜歡重口味？算了，也不是第一次，既然你不嫌髒，我就奉陪，反正樂園裡應有盡有，你們這些貴客開心了我們才有錢賺。」儘管嘴上說得瀟脫，其實心裡只想著剛剛就該一頭撞暈，醒來還能假裝一切都沒發生過。

「你果然還在氣我。」顧希針對小雨的反應做出了結論，隨即提出解決對策，「那就先做點讓哥哥開心的事。」

顧希身上穿著訂製的白襯衫和西褲，襯衫已經解開四五顆釦子，隱約露出鍛鍊過的緊實胸肌，看著小雨的深沉目光裡充滿占有、征服和說不清道不明的複雜情感。

樂園裡的房間都有完善的空調，長年維持在最舒適的溫度，然而小雨此時只覺得如墜冰窖，一顆心冷得不能再冷。他不是沒想過會再見到顧希，但是他沒想過會這麼快、這麼措手不及，還是在這樣不堪的狀態下。

他原本打算如果再遇見，要裝作不認識顧希，徹底和他斷開關係，不要再有任何牽扯和交集……沒想到顧希先認出了他，而且還想再折辱他。無力反抗的他眞是太沒用了，一年半前是那樣，現在依然沒有改變。

就在小雨分神的時候，顧希已經重新回到床上，占據了強勢主導的位置。

「在我的床上還能分心？」顧希說著，骨節分明的手指滑進了大腿內側往根部探索，熟練地探進後穴，緊緻濕潤又有彈性，果然做好了準備工作，不太費力就可以探入，意識到這點的顧希有股怒火在醞釀。

雖然小雨咬住了下唇，還是控制不了生理反應，在手指壓向兩個指節深的凸起處時發出了短促的呻吟。

顧希的目光染上了慾望，臉上卻更顯陰鬱，氣得哼了一聲：「有多少人碰過這裡？」

「多少人碰過，重要嗎？」小雨知道逃不掉，只想消極怠工。

「說！」顧希的語氣醋味十足，伸手打開床頭邊的小櫃子，隨意抽了幾包潤滑液又拿出裡頭備著的特製藥物，將乳白色帶花香的霜狀物大量塗抹在小雨的幾處敏感帶，性器和後穴也被刻意照顧了。他隨手扔到床下的包裝上，明晃晃地寫著「催情助興」、「理性使用」幾個大字。

小雨聞到那久違的熟悉花香頓時臉色難看，明白所有的抵抗終將徒勞無功，只好閉上眼睛，假裝身前的人不是顧希。

顧希沒有發現小雨眼中轉瞬即逝的絕望，注意力都被潤滑過泛著油亮光澤的祕處吸引了。他已有許久沒有釋放慾望，面對找了許久魂牽夢縈的戀人時不由地口乾舌燥，急不可耐地直接探入兩指三指，不大的濕潤水聲在此時格外明顯。

小雨又是一陣低喘，樂園特製的助興藥見效快，很快就滲入皮膚。他全身肌膚變得灼熱敏感，熟於情事的身體渴望被碰觸、蹂躪、狠狠占有，原本沒有反應的下身緩緩充血，情慾勃發。

「我在這種地方怎麼有空去算接過幾個恩客？早就數不清了！」小雨刻意壓抑情慾的嗓音沙啞，反而多了幾分勾人。他假裝沒聽到那一陣一陣的水聲，不想承認那個不知羞的地方就在自己下身，努力克制任何會讓顧希感到快意的聲音。

「哥，我知道你是故意惹我生氣。」

「你不是有潔癖嗎？何必勉強自己？嫌我髒就別碰了。」小雨在藥物作用下，除了整個人都陷入情慾泥淖外，意識也開始渾沌，忘了裝作彼此不相識。

「哥，你記錯了，有潔癖的從來就是你。你不能接受我和別人發生關係，也不能理解我為顧氏做的那些事。」顧希不想承認胸口正隱隱作痛，比起哥哥口中說出的話，對方明顯抗拒的舉動更刺痛了他。但他是顧希，顧氏集團現今的掌舵人，不能表現出軟弱的樣子，嗤笑一聲，眼中閃過惡意，「你的潔癖是怎麼治好的？變得這麼淫蕩，讓不同男人在你身上來來去去，也不嫌髒。」

小雨別過了頭，不想回應。

顧希卻沒放過他，「是因為我讓你離不開男人嗎？也是，我們那幾年玩得瘋，把你胃口養大了對吧？其他的男人能滿足你嗎？」

顧希每說一句，小雨的心就痛一下，他們的過往是他不願回想的記憶，為什麼要逼他想起來？越是親近的人，越知道怎麼傷害對方。如今小雨只剩嘴上能反擊，「我在他們身上很快活，比和你做更爽。」

顧希聽見這話，手上動作一滯，聲音沉了沉，「顧予，你說謊的技巧還是一樣拙劣。你要是不爽，夾得這麼緊做什麼？」說完手上更奮力地動作，又不失技巧地時快時慢，依小雨的反應調整著角度和節奏。

儘管小雨壓抑著聲音，仍偶有失守，那幾聲逸散的呻吟飽含情慾和渴求。

「你聽見了嗎？你自己發出的聲音，眞是不知羞恥。」

「停……停下，我都說了不想……和你做。」小雨皮膚大片泛紅，背脊繃起，兩條修長筆直的腿因爲快感微微打顫，想躲開卻因爲被拘束著動彈不得。

他身體早已習慣情事，加上藥物催化，根本無法控制生理反應，只能咬著下唇憋著呻吟。他沒想到的是，越是這樣艱辛地隱忍，越是讓顧希興致盎然。

「你對每個人都是這個樣子？」顧希一手在後穴裡抽動，另一手在小雨身上游移撥弄，他還記著哥哥的敏感點。

每當敏感帶被撫過，陣陣酥麻在身體裡流竄，小雨就不受控制地顫抖，被迫推入情慾的漩渦。

「對，我就是……賤……賤貨又如何？拿開你的髒手，要滾就快滾！沒人逼著你做！」小雨嘴硬地回擊，彷彿在口舌上逞強幾句能讓他看起來沒那麼不堪。

「雖然不知道被多少人碰過了，不過沒關係，這裡還是又熱又緊。」顧希說到沒關係時，聲音幾乎是從牙縫裡恨恨地蹦出來，完全不像不介意。

「我是來帶你走的，以後你是我一個人的。」

顧希的話讓小雨在情慾中仍感到一陣惡寒，「我不會和你走，絕不！」

「那由不得你。」顧希當然知道小雨打著什麼算盤，立刻一口回絕，拉開西褲拉鍊，猛地將粗長的性器一插到底，他已經忍得太久了。

「啊！」

儘管曾經失去，顧希此刻感到無比快意，他再次得到了想要的人，占有他、讓他離不開自己是他現在唯一的念頭。

顧希快慰又滿足的低喘大大刺激了小雨，儘管身體每個毛孔都舒服得想要更多，眼裡卻有淚光，瞪著在他身體裡攻城掠地的人，「顧希，你眞他媽的有病！」

「顧予，跟我回家，只有我和你的家。」顧希話說得深情但下身不斷地重複抽出和挺入，既然哥哥忘了他們那些開心的過往，那就用身體讓他想起來。

「你不過是花錢買了我一晚，還想我跟你回家？」即使身體因爲慾望開始回應愛撫和占有，也不代表他的心就會回到他身上……心這種東西，一旦碎了，就拼不回去。

既然有人花錢要讓他舒服，他不如就當作享受？不過是金錢交易，連一夜情都算不上，完事後穿上褲子，彼此還是陌生人。顧希要是知道他在想什麼，不知道還會不會動得這麼賣力？顧予想到此處不由地嗤笑一聲。

顧希被顧予的話和那嘴角不屑的笑容刺激到了，只是自尊心不允許他透漏分毫，故意惡狠狠回道：「那我就買你一個月、一年、一輩子，只要能用錢買的都不是問題！」

「顧氏集團的總裁包……包養一個男妓，傳出去就是個笑話，哈，哈哈——」

「顧予，你要當男妓也只能是專屬於我的男妓。」顧希面色鐵青，加快了頻率和深度，隨著他的動作，肉體碰撞的啪嗒聲和破碎誘人的呻吟迴盪在房間裡，「我不管別人怎麼說，反正他們遲早會閉嘴。」

即便顧予不願，身體仍不由自主地迎合顧希的動作，不自覺地想要更多，他閉上眼睛，假裝在他身體裡馳騁的人和傷害他最深的人不是同一個。

「看著我，哥哥。」顧希卻不遂他的願，故意不再抽動，瀕臨釋放卻生生被遏止，「看著我，我就給你。」

溫柔的話語和擁抱，就像是包裹著糖衣的毒藥，難以拒絕，三番兩次的煎熬後顧予還是睜開了眼，至於是不是真的把顧希看了進去，只有他自己知道。

房間裡的性事香豔刺激，淫靡水聲和肉體碰撞聲不絕於耳，呻吟和低喘難以自抑，最終二人一起攀上高峰。

一陣暢快的酥麻無法克制地從顧予下身蔓延全身，讓他繃直背脊蜷曲著腳趾，在最不想見到的人懷裡釋放，下腹一片白濁。

「顧予，就算你嘴硬，身體還是很誠實。」顧希抽出床邊桌上的面紙，擦拭他們方才還相連的下身。

顧予陷在情事的餘韻裡，也陷在往事的漩渦裡，懨懨地偏過頭不想理顧希。

顧希發現顧予心思根本不在他身上，抓著顧予的下巴逼他正視自己，「爲什麼不看我？我不是把你弄得很舒服嗎？」

顧予挑眉忍住回嗆的念頭，動了動受拘束的手腳，「可以解開了吧？」

顧希心想門鎖了顧予再怎麼折騰也只能在這間房裡，是不是拘束著沒有差別，加上剛占有了顧予心情不錯，不介意略施小惠，便把束帶和手銬都解開了。

手腳被拘束久了血液循環不好，解開後一陣發麻，顧予閉眼等那陣不適過去。

顧希撥了撥顧予額前汗濕的頭髮，狀似親密，放柔語調，「你的房間還是原本的樣子，回去就能住。」

顧希一聽，眼睛倏地睜開，啞著聲音罵道：「我的家早就被你毀了，還能回哪去？我知道了，你是可憐我，來捧我場。就像我當初可憐你，硬是要把你接進顧家一樣，我眞是瞎了眼。」

顧希的驕傲被狠狠地刺了一下，立刻冷下臉，「還輪不到你來可憐我！也不照照鏡子看看你現在什麼樣子！你要說你是顧予，除了我沒人會信！」

「是不是顧予又如何？那個被你騙得團團轉的顧予已經死了！把你當弟弟的顧予也死了！喜歡你的顧予更是死得不能再死了！」他知道這話和承認自己是顧予沒差

別，但事到如今，承不承認也沒差別了。

「不要再說了！」顧希回過神時才發現自己失控打了顧予一巴掌，而後用手輕輕覆在那熱燙的左臉上，倉皇地道歉，「哥，我不是故意的。」

多麼熟悉的反應啊！他曾經有個弟弟，因爲年紀相近，不服氣喊他哥，私下總喊他的名字，只有在犯錯自知理虧想討好他時才低聲下氣地叫哥。

但是……顧希啊，你沒有哥哥了。顧予笑了一下，儘管左臉熱辣辣的，表情和語氣卻無比認眞和平靜，和此前的放蕩有著極大落差，「我不是你哥，就算我是顧予，我也不是你哥。」

這樣的顧予反而讓顧希無法接受，叱吒商場事業如日當中的顧總裁愣住了，他知道顧予這是要斷了和他的聯繫，告訴他即便找到了他，他的哥哥也早已不存在了。然而對他而言，顧予不只是哥哥，還是他唯一的家人，也是戀人。

顧予手腳上的痠麻總算褪了大半，抓準時機翻身下床。

顧希連忙跟著起身追上，一把抓住顧予的手，「你要去哪裡？」

顧予厭煩地看著抓住他的那隻手，勉強擠了個職業笑容，「顧總爽完我就該走了不是？」

「誰說我一次就夠了？」顧希帶著惡意故意諷刺，「你不是很有職業道德嗎？我可是付了一整晚的錢。」

「確實，親兄弟也該明算帳。」顧予氣笑了，沒想到顧希折辱他一次還不夠，方才還溫情喊話叫他哥呢！果然是豺狼虎豹沒心沒肺，「好啊，那就多做幾次，畢竟顧總不常來樂園，能睡到名媛小姐們心心念念的顧總，我在樂園裡也能跟人說嘴了。」

顧希頓了頓，「我沒結婚，和顏憶瑄的事也是假的。」

顏憶瑄？是了，那個女人好像是叫這個名字，可是都無所謂了，他再也不會因爲那種事心痛了。

儘管眼裡沒有笑意，顧予還是扯著嘴角，「顧總不必和我說這些。」

顧希誠懇得像是願意爲顧予摘星星，「哥，跟我說，你到底要什麼？」

聞言，顧予臉上的笑多了點自嘲和滄桑，就算他要，顧希能給嗎？

他曾向上天祈求過，如果能讓父親活過來，回到以前一家和樂的生活，他願意用任何東西，甚至是他的壽命交換。理智上他知道那不可能，人死不能復生，經歷過的事又怎麼能當沒發生過？

顧予盯著顧希，一字一字地說：「顧希，我什麼都不要，包括你。」看著熟悉的臉隨著他的話從眞摯深情變爲錯愕憤怒，沒有產生預期中的快感，只有深深的哀傷。

「別想！我不會放你走，你這輩子都必須和我在一起！」

何必呢？顧予不理解顧希爲什麼還要把他帶回去，他所有美好的東西都給了顧希，家人、青春、家業，甚至連心都給了。現在的他不再天眞爛漫，身心都有抹不去的疤，爲什麼不能放過他？再吵下去他都嫌浪費口水，沒來由感到疲憊，「顧總，可以放手了嗎？我要去洗澡，你要是還想做，等洗過了再說。」

「我幫你洗，我們兄弟還可以談談心。」

「你想要在浴室做，沒問題，這也在服務範圍內，談心就不必了。」

顧希的唇角抿出向下的弧度，靠近把顧予打橫抱起。

淋浴間裡蒸氣氤氳，花灑當頭淋下，顧予藉著水流的熱度獲得了一些暖意。身體暖了，心裡好像就沒那麼難受，如果不是身邊還有人，他喜歡多沖一會兒。

「你能不要一直看嗎？」顧予沒有回頭，光是和顧希待在一個空間就夠讓他不舒服，何況顧希的目光實在太有侵略性，總覺得和被侵犯沒兩樣。

顧希倚在門邊，看著和記憶中不同且更爲白皙瘦削的身體，目光幽深充滿探究，

「你就當我不在這裡。」

顧予嗤笑一聲，「下流的癖好。」

儘管被諷刺顧希卻不在意，抱起手臂好整以暇，「從小到大，我就是這麼看著你。」

以前，他總趁顧予不注意時貪婪又露骨地注視著，能多看一眼就多看一眼，看到旁人都發現不對，只有顧予渾然不覺，還當他是無害又純眞的弟弟。

顧予手上動作停了一下，眼神一暗，嘴邊又揚起無所謂的笑，「愛看就看吧。」付錢都能上床了，沒道理不能看，至於以前的事，就不要再提了。

語畢，他伸手撐開臀瓣，探入手指讓一股股白濁流出來，再用溫水沖乾淨。客人不愛戴套，他們就得花功夫清理，這種事第一次做時既尷尬又屈辱，多做幾次後已沒有多大的情緒波動。

顧予的動作仔細周到，不是怕沒清乾淨會生病難受，只是不想身體裡有顧希的東西，想到就噁心。

顧予洗完披上浴袍想出去，見顧希還擋在門口，「讓開。」

「換我洗了。」

顧予側過身，讓顧希往裡走。

「過來幫我洗。」顧希說完，脫下身上的衣物，走進淋浴間，看向還站在門口的顧予，「還不進來？」

顧予冷漠地看了眼那肌肉結實比例完美的身材，動也沒動，「你都這麼大了，還不會自己洗嗎？」

上次他這麼說是多久以前了？恍然間，記憶深處好像有個八九歲的男孩纏著要他幫忙刷背洗頭。他拗不過，最後語帶寵溺地回了這麼一句話。

同樣一句話，如今說來卻是事不關己，滿是嘲諷。

顧希也像是想到什麼，剛欲發作的脾氣又按捺下來，「不是說浴室裡也能做？那就來個全套服務。」

「你可以去投訴我服務差。」

「然後把你換掉？」顧希當然知道顧予在想什麼，「不換，你這種服務態度也只有我受得了。」既然找到顧予，就不會放他走。

「那你慢慢洗。」

顧予轉身想走，才邁了一步就被顧希拉回，「一起洗。」

「我洗過了。」

「還能再洗一次。」

「不要。」

「你非要我弄髒你，才願意再洗一次？」顧希忘了他哥現在不是那麼好哄了，只好語帶威脅，「想被綁起來？還是喜歡鞭子？你不是最怕痛了嗎？」

樂園裡，讓貴客開心的道具和新奇玩法應有盡有，只要出得起價，樂園的服務一向周到。

顧予重新堆起職業笑容……忘了是誰教他的，不開心的時候還是可以笑，「那就再洗一次。」脫下浴袍，走回淋浴間。

即使不願，他又能逃到哪裡去呢？當莫黎不幫他開門時，他已有了覺悟，窗戶八成也被封上了吧……他垂著眼，不想看顧希臉上是什麼表情。

顧希扭開熱水，水珠順著兩人身體落下。

顧希把顧予壓向一邊牆壁，兩人肌膚相貼，顧予感覺顧希下身快速脹大，體溫比他高很多。

「顧總眞是有精神。」顧予沒好氣地說著。

「摸摸它。」

顧予消極罷工，顧希就抓著他的手放在那處上下套弄。

「用點心吧，職業道德呢？」顧希因情慾暗啞的聲音在顧予耳邊抱怨，顧予這才勉強敷衍地套弄。

顧希再次把顧予壓向淋浴間的牆並開始吻他，綿長的深吻把顧予吻得差點喘不過氣。一吻結束，顧希還不夠一路往下吻，嘴角、側臉、脖子、鎖骨、乳尖、腰腹都沒放過，與此同時兩手老練地愛撫挑逗。

顧予被撩撥得情動，壓抑的細碎呻吟不斷，身體也有了反應。

顧希滿意地也幫顧予套弄，「就知道哥哥喜歡這樣。」語氣裡滿是蠻橫和無賴，彷彿和年少時光重疊起來。

浴室裡任何聲響都有放大的效果，曖昧的呻吟和隱忍的低喘每一聲都確確實實傳進耳膜，熱氣蒸騰間催化著情慾。

兩人釋放後，沖掉手中的黏膩，在顧希堅持下，顧予被抱著泡進浴缸裡。浴缸很大，夠兩個男人伸展四肢，浴缸邊放著一盆花瓣和香料，還有些適合在水裡用的助興道具。

顧希將顧予攬進懷裡，骨節分明的大手在他胸口和下腹的疤痕游移，「這麼長的疤，傷得很重？痛嗎？」

比起心痛，那些傷算什麼？顧予在心中回應。

「這一年多的時間你去了哪裡，發生了什麼事？我好想你。」顧希的語氣深情而繾綣，和當初說要和他永遠在一起時一樣。

顧予體力不行，只能疲倦地往後躺在顧希胸膛上，不想回答。

顧希的手落在顧予腰上的藤蔓，沿著藤蔓蔓莖往大腿內側或揉或摩，像是想確認又或是天眞地想擦掉這些紋身，「這個刺青多久了？」

顧予閉著眼，不想解釋，「忘了。」

「弄不掉。」顧希聲音悶悶的，他心中的哥哥是世上最善良、最乾淨、最好的人，身上原本也如白玉般沒有半點瑕疵，怎麼會出現這麼大片他不知道的刺青？

「確實弄不掉。」顧予自嘲地笑了笑，笑當年天眞的自己，也笑顧希的動作毫無意義，「別弄了。」

顧希悻悻地停手，轉而把顧予抱得更緊，臉貼著耳邊在頸項和側臉落下細吻，

「你為什麼把臉換了？為了避開我嗎？我找了你好久。」

顧予對那場意外的記憶很模糊，也無意對顧希解釋離開後的事，聞言只是別開頭。

「聲音也變了，抽菸把嗓子抽壞了？」顧希沒等到答案，收緊手臂，「我喜歡你以前的樣子，不過沒關係，你現在也很好看，只要是你就好。」

顧予漠然地聽著深情體貼的情話只覺得諷刺，畢竟把他逼到這種境地的人就是顧希，怎麼可能感覺到情意？還好晚上幾乎沒吃東西，要不然他早就吐了。

「你為什麼不說話？剛剛在床上話不是還挺多的嗎？」

「顧希，你要做就做，不做就睡覺，不用裝模作樣，你那張假面具不用老是戴著，這裡沒人看。」顧予冷冷地說著，清楚感覺到身後抵著他腰臀間的火熱，故作柔情不都是為了性事？那就直接來吧，反正現在顧希說什麼他都不會信了。

「沒有什麼假面具，我只是想好好和你聊個天，我們兄弟好久沒說話了。」顧希的手在水面下並不安分，時而輕撫時而揉捏。

顧予盯著浴缸旁玻璃隔板上的水珠，看得出神，寧可發呆也懶得打起精神應付顧希，畢竟受了傷後，他的體力一直不好，此時已經腰痠腿乏覺得睏。

顧希看顧予沒反應，便故意說些對方不想聽的，「你變成這樣，顧承風知道了肯定會捨不得。」

說到父親，顧予就像是心頭被針扎了一下，那是他傷得最深的傷口，「你還有臉提爸爸？」

「爲什麼不能提？他對不起我的地方太多了，我做得還不及他狠。」

「他養育你、栽培你，哪裡對不起你？」

「他只是負了他該負責的部分，顧承風從來不把我當兒子。」顧希冷笑，「你確定顧承風只是把你當兒子嗎？他對你就沒有別的意思嗎？」

「你知道你在說什麼嗎？」顧予氣得直發抖，發狠用手肘往後一撞。

顧希一直有防備，輕鬆閃過，反而抓住顧予的手往關節極限一轉一扭，把手固定在背後。

顧予登時痛得叫出了聲，隨即又咬緊下唇不想示弱。

「看來你還有體力？那就再來一場吧？」顧希興致高昂地頂了頂，「哥哥的身體依舊很美味。」

顧予閉上眼，想起莫黎說的——撐過去就好了。

夜，比想像中長。

隔日一早，莫黎接到通知立刻放下喝到一半的咖啡，趕往樂園最深處的貴客包廂。

爲了不打擾貴客休息與隱私，莫黎按著樂園的規矩，挺直背脊站在房門外，在門上清脆且規律地敲三下，靜候五分鐘，沒有回應就重複這個舉動。

許久，包廂裡的客人總算打開了門，穿戴整齊的英俊男人站在門後。

「顧總，您好，我是樂園的經理莫黎。」

顧希擋在門口，不讓人往房裡看，一手插著口袋一手撐著門，因爲被打擾神情顯不滿，明知故問：「我的車來了嗎？」

「還沒有。」

顧希不悅，「沒有？那還催得這麼急？」

「前檯收到通知，您想帶小雨走？」

「對。」

「這裡是樂園，您這樣不合規矩。」

「要不是知道這裡是樂園，我還會跟你們打過招呼嗎？」顧希冷笑，「我不知道他怎麼會出現在這裡，但他是我的家人，我來帶他走，要多少錢，你們說就是了。」

「不是錢的問題。」莫黎歉然微笑，「孟老闆說過樂園有樂園的規矩，不管小雨以前是誰，我只知道他現在是樂園的人，就算是顧總也不能把他帶走。當然，如果小雨願意那是另一回事，您讓小雨親自說一聲，辦妥手續就可以離開。」

「他睡著了。」

莫黎面帶微笑，態度卻沒有絲毫退讓，「那就等他醒吧。」

顧希知道顧予不想跟他走，自然得趁顧予沒醒把事辦好……腦中一邊思索，一邊氣場全開，不客氣地開口：「不過就是帶一個人走？你一個小小的經理還能怎麼攔我？」

莫黎不卑不亢，沒退半步，「不敢，只是提醒您，樂園能屹立不搖數十年不是沒有憑藉，況且這樣的事傳出去對您也不好，不是嗎？」

顧希沉默片刻，一陣衡量後還是放棄了，顧氏剛整併完成，拿下一個重要標案，而樂園的政商關係很好，人脈深厚，隨便使絆子都能讓他不好過。既然知道顧予在哪裡，他有得是辦法，深吸了口氣，恨恨地說：「我會再來。」並做好萬全的安排。

莫黎依然保持職業微笑，態度不冷不熱，「歡迎再次光臨。」

Chapter 2 昨日予希

顧予五歲那年，一個濃妝豔抹的女人帶著小他半歲的男孩來到顧家。

小男孩眼睛大大的，但是雙頰凹陷，皮膚暗沉沒有光澤，仔細看身上衣服還有汙漬，顯然過得不好。

顧氏集團的總裁，同時也是顧予父親的顧承風很不待見這對母子，讓管家把人擋在屋外，在客廳裡陪顧予玩積木。

「顧承風，你出來啊！我帶著你兒子來看你了！」

「小希真的是你兒子！你不相信可以去做親子鑑定！」

「顧承風！你好狠心啊，居然捨得讓我們母子在外面餐風露宿！」

即便隔著一段距離，女人怨毒的淒厲控訴仍傳進屋裡。

顧予抬起小臉看著神情和平時沒兩樣的顧承風，又看看傳來聲響的屋外，對眼前的情景感到困惑，「爸爸，他們是誰？」

顧承風揉了揉顧予細軟的頭髮，「小予不用知道。」

顧予最聽父親的話，既然顧承風說他不必知道，他就接受了，乖巧地點頭，「嗯。」

顧承風抱起顧予讓兒子坐在大腿上，語氣輕柔，「爸爸只有你一個兒子。」

女人在太陽底下叫累了停了下來，不過沒走，反倒牽著小男孩在屋外庭院裡閒逛。

管家得到的命令是不讓母子進屋，就沒趕兩人走。

小男孩雖小，可彷彿明白自己不受歡迎，接連說了幾次想回家，被女人斥責後才默默閉上嘴，眼裡湧現淚珠卻在落下前扭頭用袖子擦掉，他知道哭沒有用。

女人近乎歇斯底里，重覆說著：「回家？我現在就是帶你回家！這裡才是你家！」

小男孩退後兩步，縮在角落害怕地看著女人。

女人見狀清醒了些，抱著小男孩叮囑：「裡面那個人是你父親，只要你進了這個門，以後要什麼就有什麼，現在先忍一忍！」

小男孩點點頭，其實他不曉得母親在說什麼，他只希望女人能對他溫柔一點，這樣就夠他開心了。

夜幕低垂，女人和小男孩依然被擋在顧家宅子外。女人既冷又餓，早沒了白日時囂張的氣焰，只是用怨毒的目光看著宅子裡暖黃色的燈火，以及屋裡隱約可見的小男孩和男人。

顧承風父子正在共進晚餐，長桌上擺滿美味健康的餐點，好幾樣都是顧予喜歡吃的，當然都是顧承風特意囑咐的。

顧予很開心，說了好幾次喜歡爸爸。

顧承風聽了很受用，鮮少顯露表情的臉上出現笑容。

晚餐結束，顧予說想去院子盪鞦韆、看星星，被顧承風拒絕了。顧予才注意到早上那對母子還在外面，即便年紀小，也理解到兩人的不容易，同情心油然而生，「爸爸，我可以去找小希玩嗎？」聽見女人喊小男孩的名字，他便偷偷記在心裡。

「不行。」顧承風拉著還小的顧予往樓梯走，「你該睡了，我們上樓，我說故事給你聽。」

此時，門外傳來女人的尖叫以及幫傭們的驚呼，連家中養的狗都湊熱鬧地叫了一陣。

「小希……小希！你怎麼了？」

顧承風停下腳步，眉頭皺了起來，臉色陰沉。

顧予也被吸引了注意力，握著父親的小手因爲害怕握得更緊了。

沒多久，管家進來了，躬身低頭稟報：「孩子還小，體力不好，暈過去了。先生，您看要先接他進屋子，還是送到醫院去？」

顧承風冷冷道：「趕出去。」

「是。」

交代完，顧承風拉顧予要上樓，發現以往都會自己走的顧予居然拉不動，蹲下一看，顧予不知道什麼時候哭了。他看著純眞小臉上的淚珠，內心一陣觸動，「爲什麼哭了？」

「小希是不是生病了？」

「他沒生病。」

顧予的小臉皺成一團，大顆淚珠淌在臉上，「我聽到了，能不能救救小希？」

顧承風嘆氣，把管家叫回來，「讓他們住副樓的客房，不准到主樓來，讓蕭醫師去看看。食宿不缺，但也不用特別款待。」

「是。」管家立刻就去處理。

顧予也跟著破涕爲笑，「小希會好起來？」

「會的。」一瞬間，顧承風好像看見很多年前的自己，和床邊那輕輕的童稚聲。

「小風會好起來？」

小男孩隔日就醒了，因爲營養不良躺了半天，吃了些東西睡到下午。女人被安排在另一個房間，聽到有專人看顧孩子便開心享用了下午茶，還讓人幫她做指甲，想到即將成爲顧家的女主人就樂不可支。

顧予正值愛玩的年紀，趁著顧承風出門工作，央求保母幫忙捉蝴蝶支開對方，偷溜出主樓，在副樓找到小希住的地方。

顧予的小短腿跑了一段路後累得不行，氣喘吁吁地推開客房的門，對著床上的小孩就喊：「小希！」

床上的小男孩嚇了一跳，縮到床邊靠牆的角落，用戒備的眼神看著來人。

顧予露出友善的笑容，眨著眼，「你叫小希對嗎？你還好嗎？」

小希被笑容融化，放鬆了大半的戒備，好奇地問：「你是誰？」

「我叫顧予。」顧予朝顧希伸出手，小希怯怯地伸手搭上。

小孩子之間沒那麼多彎彎繞繞，年齡相近的兩人很快就玩開，笑語不斷。

顧予不見了，顧家上下都急，管家領著僕人把整個宅子都翻遍了也沒想到顧予和那個小男孩在一起。

傍晚顧承風回來，管家領著家僕們認錯。

在一陣冷肅氣氛下，顧承風問清經過，腦中靈光一閃，後才冷著臉來到副樓。

兩個孩子因爲玩累了，一起睡在床上，恬靜美好彷彿世上沒有任何煩惱。

隔日，顧予被嚴加看管，哭鬧了一整天。

顧承風得了消息，回到家就把顧予叫到身前，「小予不是最乖了嗎？一整天都在吵什麼？」少見地對兒子板著臉。

顧予知道顧承風生氣，仍鼓起勇氣，「我喜歡小希。可以讓他陪我玩嗎？」

「你想要他？」

「我要小希當我的弟弟。」顧予聽見小希媽媽說小希是他的弟弟。雖然管家、保母、女傭和園丁都對他很好，但一直沒有年齡相近的玩伴，覺得有個弟弟滿好的，以後就有人和他一起玩了。

顧承風嘆了一口氣，再次開口時語氣裡有幾分篤定，「你有一天會後悔。」

「不會。」顧予幾乎沒怎麼思索，見顧承風不說話，又重複了一次，「我不會後悔。」

「等到後悔就來不及了。」

顧予那時並不理解父親爲什麼這麼說，當他理解時，顧承風已經不在了。

顧承風終究還是順著顧予，把小希接進顧家，換上顧姓，名爲顧希。

帶著顧希來的女人沒能得到女主人的位子，甚至連顧承風的面都沒見到，縱使心有不甘，但看在錢的分上，還是興高采烈地簽了保密協議，拿著一筆可觀的錢毫不留戀地走了。

✦

顧希剛到顧家時看見每個人都怕，只要有人靠近就哭，只願意和顧予玩。

當上哥哥的顧予開心極了，努力把所知的一切教給顧希，帶他認識顧家裡每個人，領著他把顧家裡裡外外走過一圈，連他最寶貝的祕密基地也分一半給顧希。

顧希開始怯生生地叫顧予哥哥，開始對周遭的一切感到新奇有趣。

顧希知道媽媽去了很遠的地方，他必須和爸爸哥哥一起生活，即便對新環境感到不安，卻不吵也不鬧。顧希總是跟在顧予身邊，喜歡總是對他笑的哥哥，害怕據說和他長得很像的爸爸。

顧承風把顧希接進顧家後，囑咐他一切吃穿用度都比照顧予，偶爾會來看兩個小孩子玩在一起的樣子，看著看著經常眼神迷離若有所思，像是想起什麼往事。

管家和幫傭都以爲顧承風接納了顧希，儘管顧承風從沒抱過他。

顧承風對家務事特別保密，外人只知道顧承風有兩個兒子，其他的一概不知。直到顧予和顧希到了上小學的年紀，這兩個孩子才和同階層的同齡孩子有了接觸。

他倆上的是大眾公認的貴族小學，標榜和國外的貴族小學同樣高規格和高水準，當然也是高收費。顧承風把兩兄弟送到這裡不見得是認同學校的水平和教育理念，只是認爲小孩子多交點同圈子的朋友總是好的。

貴族小學裡的老師都是人精，開學前就記熟了每個孩子的背景，知道對某些孩子可以強硬些，有些最好順著免得鬧大了影響飯碗。

顧予和顧希原本不在同一班，無奈顧希爲此吵得不行，老師們商量之後沒連繫家長便把他調到哥哥班上。

顧予顧希班上還有另外兩個商界鉅子之後——尹少千、于慕析。

入學第一天的下課時間，尹少千就來到顧家兄弟面前，趾高氣昂驕橫無禮，開口便問：「你們哪個是顧家的私生子？」

顧希大概是跟著母親時營養不良，個子長得慢，比顧予矮了一個拳頭，但自尊心強，面對挑釁哪裡能忍，立刻衝著尹少千罵：「你這個醜八怪才是私生子！」

尹少千臉色一變，勃然大怒，推了顧希一把，「你說什麼！」他自小嬌生慣養，長得眉清目秀從沒被罵過醜。

顧予看見顧希被推得晃了一晃立刻拉住對方，把弟弟護在身後，「你是誰啊？我們不認識你，不想和你說話。」

「我是東尹的尹少千，總該聽過東尹吧！」尹少千挺胸抬頭，面有傲色。

他們確實聽過東尹，顧承風安排的家庭教師除了傳授課業知識外，也會講講國內商界幾家大企業和財團。

顧家的顧氏和于家的盛世都是地產商，從土地開發到規畫設計、銷售和末端的物業管理都成立了公司一條龍處理，肥水不落外人田。

尹家的東尹則是以貿易起家，早期經濟起飛生意做得風生水起，積累了大量財富，趕上政府開放民營銀行時拿到特許執照後跨足金融業，做得有聲有色，營收年年成長，短短數年規模就翻了好幾倍，近年已經躍升為國內前三大的民營銀行。

「聽過又怎樣？」顧予不覺得顧氏比東尹差，顧承風也沒提過要避讓誰。

「聽過就好，我也聽過顧家有個私生子。我沒看過私生子，難得有機會當然要看看。」尹少千說完自以為有趣地笑了起來，目光一轉，指著顧予身後的位子，「對了，雖然沒看過私生子，但是我看過養子，就在你們後面。于慕析，你說是不是？」

顧予轉頭，他後面位子有個坐姿端正的男孩，正在座位上看書，聽見尹少千的話，抬頭淡淡睨了一眼，語氣有些老成，「尹少千，尹總裁知道你這麼沒禮貌嗎？」

尹少千氣得直跳腳，「少拿我爸壓我，以為來我家的時候被誇兩句懂事就了不起嗎？」

于慕析挑眉，聲音不大卻夠四周的人聽清楚，「也許我該找時間拜訪尹伯父，和他談談你把我推進池塘裡的事？」

尹少千微愣，發現不少人瞬間轉頭看向他，眼神驚疑不定。他擔心事情鬧大，趕緊反駁：「你、你少誣賴人！」

「你以爲都沒人看見嗎？那好，我把這件事告訴令尊，讓他判斷我是不是誣賴你？」

于慕析儼然就是個小大人，光是幾句話就逼得尹少千啞口無言，白嫩的臉漲得通紅，氣得說不出話來。

「你閉嘴，我很忙，不跟你說了，下次再跟你算帳！」尹少千不知道于慕析說的證人是眞是假，心虛不敢賭，狠狠瞪了對方兩眼就匆匆跑開了。

顧予看著尹少千這個惡霸走開頓時鬆了一口氣，差點以爲不能保護好弟弟了，主動到于慕析身旁道謝。

「我沒幫什麼，不用謝。」于慕析微笑，他主要是幫自己，剛好順便避去顧予和顧希的難堪而已。

顧予對這個坐在他後面的同學很有好感，發現顧希呆站著沒反應，連忙拉過弟弟對于慕析自我介紹：「你好，我是顧予，給予的予。這是我弟弟，顧希，希望的希。」

「只差半歲。」顧希悶悶地反駁，自從弄清楚顧予只大他半歲，他就對叫哥哥的事有些不樂意。

「我是于慕析。」于慕析禮貌地回應，不顯冷淡也不過分親近，見顧予露出思索的表情，拿了一張白紙寫上自己的名字，字跡端正。

「好特別的名字，你的字真好看。」顧予湊近看了，露出燦爛笑容，「那我們現在是朋友了。」

顧希則是一臉不以爲然，「才第一次見面。」

「慕析剛剛幫了我們，要有禮貌。」顧予輕聲告誡顧希。

顧希不情不願地點了下頭，用低的不能再低的聲音應了一聲。

顧予沒顧上糾正顧希態度欠佳，眼睛一亮，突然發現了于慕析和顧希名字最後一個字是諧音，「眞巧，慕析也可以叫小析耶？」

「不可以！」顧希立刻反對，在顧予疑惑和于慕析探究的目光下才不情不願地解釋：「這樣我會分不清你在叫誰。」

「也是，那我只叫你小希。」顧予被說服了，轉頭對于慕析說：「我叫你慕析可以嗎？你可以叫我小予。」

「好。」于慕析點頭。

顧希聽了眼睛一亮，立刻拉著顧予央求，「我也要叫你小予。」

「不行，要叫哥哥。」顧予雖然常常讓著顧希，對稱謂卻很堅持，他覺得哥哥這個稱呼擔著一份責任，提醒著自己要好好照顧弟弟。

聞言，顧希隨即垂下嘴角，鬱悶的心情都寫在臉上。

一旁的于慕析輕輕笑了，超齡的成熟讓他可以觀察到兩兄弟間許多有趣的互動。

顧希瞪了于慕析一眼，「笑什麼?」

「沒事。」于慕析無辜地聳聳肩。

尹少千除了嬌生慣養傲慢無禮外，對朋友還算大方，得了好東西也不忘分一杯羹給身邊的人。沒多久，以他爲首身邊聚集了十多個小跟班，其中家境比較好算得上小頭目的是雙全集團的么子魏哲永和祥記未來的繼承人的裴歆。

裴歆腦子靈活，經常幫尹少千出點子，而魏哲永個性溫吞，在尹少千面前總是唯唯諾諾，要不是魏家是東尹的大客戶，尹少千還眞不怎麼想搭理他。

儘管大家都是富二代富三代，但論家業和財力大部分的人都還差東尹一大截。這年頭做生意誰不想和銀行打好關係，孩子們的家長知道班上有尹家的孩子，或多或少都囑咐自家孩子要和尹少千打好關係，就算做不來也別交惡。

這些小孩子也都是人精，自然知道跟著誰對自己更有利，除去逢迎拍馬的，剩下的人多採取隔岸觀火明哲保身的策略。

不知是誰通風報信，顧希是後來才進顧家大門認祖歸宗的事被尹少千知道了，記恨顧希罵他醜八怪，得知他出身不光彩後更沒有顧忌，尋到空子就想捉弄對方。

這天，顧希發回來的作業本上有一堆塗鴉，從第一頁到最後一頁無一遺漏，而且還畫得特別醜。

顧希忍著即將爆發的脾氣問了每個同學，沒有人承認是兇手，甚至有人怕被牽連不敢和他說話。最後，他來到尹少千面前，劈頭就就是一句「一定是你做的」。

尹少千仍是那副眼高於頂的神態，坐在位子上，笑得特別討人厭，面對顧希的問話愛理不理。

一旁的裴歆站出來幫尹少千出頭，語氣有幾分狐假虎威，「你有證據嗎？」

「不可能是別人。」顧希非常篤定一定是尹少千做的，不然他怎麼會露出那副惡作劇成功樂不可支的表情？

裴歆面有得色，「既然你沒有證據，那就只是瞎猜。」說完還推了顧希一把。

顧予從教室外回來看見了，也不問發生什麼事，著急地跑來護在顧希身前，「你們不要欺負小希，」

尹少千見狀，嗤笑一聲，「你們看，顧家的私生子是個需要人保護的膽小鬼。」

語畢，尹少千的小跟班們跟著哈哈大笑，間或取笑奚落幾句。

「你們笑什麼！」顧希的小臉氣得通紅，雙拳握緊，要不是顧予緊緊拉著，他就會把拳頭往尹少千臉上招呼。他不想總躲在哥哥身後，比起被保護，他更想保護人。

顧予看對方人多勢眾，明白打起來對己方沒好處，「你們要是再欺負小希我就告訴老師。」

「只會打小報告，誰怕你啊？」

「對啊，沒證據還誣賴人。」

尹少千嫌跟班們吵，抬手讓幫腔的人停下，「顧予，你爲什麼要幫這個私生子？他又不是你的親弟弟。」

「小希就是我的親弟弟！」顧予知道顧希和他不是同一個媽生的，但同父異母也是兄弟，不管誰問他都會這麼回答。

顧希站在顧予身後緊緊抿著唇不發一語，內心澎湃，混雜著感動和難以言喻的情緒。他知道自己能有現在的生活都是因爲顧予，對此心存感激，也覺得特別卑微，每件事他都想辦法做得比顧予更好，就算迄今仍尚未換到顧承風一句肯定，他仍想證明自己並不差。

唯獨出身他改變不了，他就是顧承風原本不願意相認的私生子，這是他不願啓齒的痛處。尹子千的每句嘲諷都是往他的傷口灑鹽，他感到難堪又心痛，眼淚到了眼眶被硬生生逼了回去，半點都不願意示弱。

這場鬧劇最後是以上課鐘響作結，後來顧希買了新的作業本，在顧予關心了兩句後臉上表情也像是不在意了，一切像是沒發生過似的……但心結這種東西，總是易結難解。

亂畫作業本事件後，尹少千一夥人沒有收斂反而變本加厲，故意把垃圾丟到顧希座位，或是趁機偷藏書包、背地裡喊他私生子、雜種，把惡作劇當成生活調劑。

顧予注意到這些事就開始和顧希形影不離，有他在顧希身邊，尹少千多少會顧忌一些。

顧希一開始並不樂意，他不想連在學校裡都要被顧予照顧，然而發現顧予跟著他後就不會和其他同學玩，便覺得這樣也挺好的。

在顧希還沒意識到他對顧予不只是手足之情前，他就喜歡獨占著顧予的注意力。

尹少千雖嬌生慣養，不過尹家也是有規矩的，要是他犯了大錯被父親知道，即便有母親拚命護著也會受罰。於是，他從小就懂察言觀色，知道有些人能踩幾腳，有些人不能欺負。

他聽說顧承風特別寵長子顧予，心想以後顧氏多半由顧予繼承，便耐著性子沒對顧予出手。有顧予在的時候，他不太欺負顧希，只是小打小鬧偶爾拿捏不住輕重，就做得過火了。

尹少千有天覺得悶，裴歆提議找顧希「玩」，尹少千不置可否。

小跟班揣摩上意，打算嚇一嚇顧希，要是嚇著了就能笑他是膽小鬼……這不過就是他們每天的日常，沒人覺得有什麼問題。

打定主意之後，四五個人在校園裡找到顧希和顧予。

顧希在幫顧予推鞦韆，于慕析在旁邊的樹下背英文單字——他是被顧予用「老是待在教室會變笨」的理由拐出來的。

有個小跟班接到裴歆指示裝作路過，在顧希背後用力推了一把。顧希手上力上加力，而顧予抓著鞦韆的手不夠牢，就從鞦韆上被推下，面朝下撲倒在地，手肘在撐地時發出喀嗤一聲，森森白骨從小手臂上冒出頭，鮮紅的血汩汩地從破口淌出，順著白嫩的小手臂流下。

顧予痛得眼淚都掉出來，卻還記著張頭找顧希。

「低頭！」于慕析焦急地大叫。

顧予不知道發生什麼事，沒多想，立刻依言低頭。

擺盪的鞦韆堪堪從他的頭頂擦過，看見這一幕的人無不倒抽一口氣——要是敲中了，後果不堪設想。

顧希原本要去看顧予，聽見于慕析大叫才注意到擺動的鞦韆太危險，趕緊把目標轉向鞦韆，拉住鏈條將鞦韆停下。稍稍鬆一口氣後他才放下鞦韆奔向顧予身邊，隨即被怵目驚心的血紅給嚇得渾身發涼，帶著哭音嘶啞地喊了一聲，「哥！對不起，我不是故意的，剛剛有人推我……」

「不是小希的錯……是我沒抓好……」顧予痛得直冒冷汗，但看見顧希慌亂自責的樣子還是想先安慰弟弟。

四周原本也在玩耍的孩子嚇得目瞪口呆，尹少千那一夥人看見出事了立刻作鳥獸散。

于慕析也跑走了，不過他在五分鐘後帶著老師和校護氣喘吁吁地跑過來。

校護看見顧予的傷勢趕緊做了止血和固定處理，旁邊的孩子又害怕又好奇地往這裡探頭探腦，被老師喝斥趕回教室。

片刻過去，救護車到了，顧予被抬上擔架，小小的身軀還占不到擔架一半的空間顯得特別讓人心疼。

顧希緊跟在顧予身邊也上了救護車，老師看兄弟倆感情好便沒趕他，陪著兩人到醫院。

顧予原本就白皙的膚色在此時更是蒼白，皺著一張臉，咬著下唇忍著不哭不喊，然而也許是太疼了，眼淚不停地掉。

「還好嗎？很痛嗎？」顧希顫抖著聲音，慌亂地就像是要世界末日。

顧予的臉還是痛苦地皺著，聽見顧希的話搖了搖頭想讓弟弟放心，可惜沒有多少說服力。

顧希見狀更是擔心，仰起小臉，焦急地問對面的救護員，「怎麼辦？我哥哥會不會死掉？」

「小朋友不用擔心，他的傷口已經止血，剩下的到醫院再處理就好了。」救護員親切又耐心地安撫著。

「眞的？你不能騙我。」顧希睜大眼睛打量著救護員，想看出對方是不是說謊。

救護員瞧顧希一副人小鬼大的樣子，無奈地笑笑，「放心，雖然我不應該這樣跟你保證，不過一般骨折不至於危及生命。」

顧希緊皺的眉頭這才鬆開，低頭湊近顧予耳邊，「聽見了嗎？那個叔叔說你不會死，所以你不准死，聽到沒有？」

顧予的臉色似乎又白了一點，點點頭。他不知道自己會不會死，只覺得手很痛，不動也痛，輕輕動更痛，方才還流了很多血，這一切都讓才剛上小學的他很害怕。但是他不想弟弟擔心，抬起沒受傷的手抹掉臉上的淚，努力讓聲音聽起來有精神一點，「我不痛，你別哭。」

「我沒哭，你才是愛哭鬼，一點傷就哭。」顧希一直覺得他哥細皮嫩肉受不了一點傷，有時只是破皮小擦傷就掉淚，而每次顧予一哭他就心疼。

「小希最厲害了。」顧予是眞的如此認爲，他常覺得自己沒用，特別羨慕堅強的顧希受了傷也不吵不鬧。

隔天，老師問了在場同學事件始末，不知道是不是尹少千打點過了，每個都說是顧希推了顧予，除了于慕析——

「我當時低頭在背單字沒看見，但我覺得顧希不會做這種事。」

「眼見爲憑，既然你沒看見那就不算。」老師沒採納于慕析的話，畢竟除了他之外的人都說是顧希把顧予推下鞦韆，於是當天他就把調查結果告訴了顧承風。

顧承風回家後氣得甩了顧希兩巴掌，把孩子打得重心不穩跌倒在地，「你不知道小予怕痛嗎？你怎麼忍心欺負他？惡作劇也該有分寸！」

「我不是故意的，是有人推我！」顧希的臉頰熱辣辣地痛著，然而他忍著沒說自己也怕痛。

「老師說現場的人都看到了，你還要狡辯？」顧承風沒理會顧希的辯解，只當他在推託責任。

「反正我說什麼你都不相信！」顧希委屈地大吼著。

「你這是什麼態度？」顧承風深呼吸，努力壓抑脾氣，「小予的痛覺是一般人的兩倍以上，你以爲沒什麼的傷，他可能都難以承受！你好好反省吧。」

「什麼？」顧希愣怔，訝異顧予體質異常。他不曉得這件事還取笑過顧予，現在想起來萬分後悔，內疚地覺得自己確實該反省。

顧承風把顧希關了三天，還不給他食物。

當時顧予住院沒人幫顧希說話，幸好管家看不過去，擔心小孩子會餓壞身體，偷偷塞了麵包和牛奶。

後來，顧予傷勢好轉，在醫院有精神了就吵著要見顧希，動不動就要下床找弟弟，看護也拿他沒辦法。

顧承風爲了顧予傷勢著想，才把顧希放出來，讓他陪著顧予。

從此以後，顧承風對顧希就沒有多少好臉色。

小孩子儘管單純，也能察覺到大人的態度。

沒多久，顧予發現了父親的偏心，雖然吃穿用度他有的顧希也有，物質生活完全得到滿足，然而在顧承風眼前的待遇卻不同。

顧承風不喜歡看見顧希，管家就留了心，在顧承風示意下，他出現的地方顧希都會被帶開，有時是到玩具房待著，有時到小花園吃點心。儘管管家做事細緻不想傷了孩子的心，若只有一次兩次也罷，長此以往又怎麼瞞得住？

不過顧希從來不問，只有頭幾回忍不住情緒，眼眶裡滿是瑩潤的淚水，抿著嘴角一聲不吭，牽著管家的手乖巧地往該去的地方邁步。

管家光看著就心疼，這才多大的孩子啊！可他只是個管家，很多事都不是他能多嘴甚或插手。

除此之外，顧承風只會抱顧予，一時興起時也只帶顧予出去玩，彷彿忘記了顧希的存在。

「爸爸不喜歡小希嗎？」顧予曾經這麼問過。

「沒有。」

「爲什麼不讓小希一起出來玩？」

「他有自己的功課要做，做完了才能出來玩。」顧承風沒說的是，他交代管家安排的功課是顧希絕對做不完的量。

「可是我沒做功課——」顧予心虛地眨了眨眼。

「小予很乖不用做功課。」

顧承風這句話沒有半分邏輯，只是顧予被幾個穿著絨毛玩偶裝路過的人吸引了注意力，也就忘了追問。

不過，顧予在離開遊樂園前還是拉著顧承風的手，由衷地說了一句：「下次我想和爸爸、小希一起來玩。」

顧承風今天心情不錯，慈愛地看著兒子天眞無邪的眼睛，揉了揉顧予的頭髮，「好，下次。」

顧予雖然一直沒等到下次三人一起去遊樂園玩的日子，但覺得父親工作太忙對弟弟不夠好沒關係，他是哥哥，可以加倍對顧希好。有次兩兄弟獨處時，顧予愼重地拉起顧希的手，努力板著臉，認眞地說：「小希，我會對你很好很好。」

顧希抬起小臉，笑容瞬間綻放，隨即又收了一半，試探地問：「眞的？」

顧予眼神澄澈，語氣眞摯，「眞的，我的玩具都可以給你，以後玩遊戲也可以讓你，我還要保護你，不讓你被欺負，也不用怕尹少千那些人。」

「你只是現在對我好而已。」顧希自從被母親留在顧家後，內心深處就種下了不安全感，他害怕有一天顧予也會不要他。

「不只是現在，是永遠。」顧予糾正。

「永遠是多久？」顧希不安地問。

「永遠就是很久很久。」顧予還小，努力在有限的詞彙裡解釋。

顧希眼睛一亮，綻開笑容，「你不能騙我。」

顧予張開雙手抱住顧希，語氣眞誠，「我絕對不會騙你，你是我的弟弟，我最喜歡小希了。」雖然顧承風對他很好，衣食不缺，但他一直沒有差不多年齡的玩伴，顧希的出現補足了這個缺憾，日子過得比以前多采多姿。

顧希微微一愣，旋即也回抱顧予，「我也最喜歡小予。」

「要叫哥哥。」

「我要叫你小予。」

「可是我比你大。」

「你才我大半歲，不算。」顧希想要賴，因爲他覺得當哥哥才是保護者，而他想保護顧予。

「就算只大一天也是哥哥。」

顧希眼珠子一轉，心裡有了想法，「有別人在我就叫你哥哥。」反正他不想叫，旁人也會逼他叫，這時候拿出來講還能當作是態度上的退讓，讓顧予不要逼得太緊——顧希骨子裡還是有三分顧承風商場上的作風。

顧予聽見顧希這麼說，神情緩和了些，只是仍不放棄地問：「只有我們兩個在的時候呢？」

「到時候再說。」顧希故意含糊其詞。

「好，好吧。」顧予無奈地接受了，畢竟當哥哥必須寬宏大量，得包容弟弟的一點任性。

✦

鞦韆事件過了半年，顧承風見顧予能跑能跳沒留下什麼後遺症才安心，想著該讓顧予多認識一些人，便帶著顧予出席商界大老閨女的婚宴，獨留顧希在家。

顧希習以爲常，沒有特別傷感難過的情緒，只是他對結婚這樣的事不理解，便問了管家，「結婚是什麼？」

「結婚就是兩個人決定以後一起過日子。」

顧希想起了顧予的承諾，充滿期待地問：「永遠在一起嗎？」

「可以這麼說吧。」管家心想，儘管這世界不是每段婚姻都能走到最後……但似乎不必和孩子說這些。

「哥哥說要永遠對我好，我要和他結婚。」顧希帶著童音天眞地說著。

「這……恐怕沒辦法。」管家臉色爲難。

「爲什麼？」顧希頗爲受挫，沒想到一向親切的管家居然不支持他的決定，「因爲我不好嗎？」

「不是的。」管家嘆了口氣，用長輩的身分輕輕拍了顧希的肩膀，「你很乖很聰明，是個好孩子。」

「那爲什麼不讓我和哥哥結婚？」

「現在的法律不能讓同性結婚，就算有一天法律通過了，你們還是兄弟，依然不能結婚。」管家試圖解釋。

「因爲我和哥哥是男生，而且是兄弟？」顧希理解不了，只是重複管家的話。

「你長大了就會懂了。」

「懂什麼？」顧希依然糾結著，把眉心都擠出三條皺褶了。

管家腦中靈光一閃，想了個合理的解釋，「小少爺喜歡哥哥是兄弟情深，是手足之情，和想結婚的愛情不一樣。」

「愛情？」顧希不懂愛情，只覺得如果能和顧予永遠在一起，那種想法當作愛情也沒關係吧。

「有一天，大少爺和小少爺都會找到喜歡的人，然後結婚。」

管家的話宛如一道驚雷，把顧希嚇了一跳，「你是說，我和哥哥會分開嗎？」

管家發現顧希的小臉又皺了起來，趕緊解釋：「不是分開，是各自組成一個幸福的家庭，兩位少爺還是兄弟。」

各自組成家庭？顧希腦中浮現另一個人搶走顧予的畫面，頓時心情變差，悶著聲音問：「那我們會永遠在一起嗎？」

「你們會和自己喜歡的人在一起，過著幸福的日子，這在兄弟之間很正常，小少爺長大了就會明白。」管家知道自己說得沒錯，然而看著顧希失望的臉仍心疼得手足無措，只好拿出大人慣用的「長大就會懂」來塘塞。

顧希來到顧家沒多久就學會了察言觀色，曉得管家被問得煩了不想繼續話題，便貼心地點點頭微笑道謝，心底卻有了一個念頭——要怎樣才能和哥哥永遠在一起？

他不想把哥哥分給別人，誰都不行。

顧希知道顧承風不喜歡自己，八成也不會喜歡自己的母親，但令他覺得奇怪的是，顧宅裡也都不提顧予的母親，彷彿是個禁忌。

「你有媽媽嗎？」

「有啊，每個人都有媽媽。」顧予睜著無邪的大眼，認眞地回答。

「那你媽媽呢？」

「張叔說媽媽是天使，生下我後就回到天堂了。」

「死了？怎麼死的？」顧希不客氣地就把死字說了出來，他的母親沒有因爲他是孩子就特別對待，也就習慣了不顧聽者心情的直白說話方式。

顧予卻被兩個死字給刺得心頭痛了一下，他年紀還小，又備受呵護，沒人跟他解釋生死是怎麼回事，小臉上的眉毛垂了下來，悶悶不樂，「你不要一直說那個字。」

顧希嘖了一聲，有些不耐煩，然而一看顧予執拗忍耐著的臉，態度立刻就鬆動了，他不想讓唯一眞心對自己好的人難受。

「知道了，以後不這麼說了。」顧希揉了揉顧予的頭髮，放輕了語氣問：「可以說說你媽媽嗎？」

「我沒見過她。」顧予開始回憶記憶中的母親，「張叔說她很漂亮，眼睛很大，笑起來很好看，短頭髮，很有氣質。」

「眞的？」

「是眞的，雖然爸爸不跟我說媽媽的事，但有一陣子我想媽媽偷偷哭，張叔發現後就偷偷給我一張媽媽的照片。」顧予急著想證明，說完偷偷哭的事才發現說漏嘴，頓時感到有些不好意思。

顧希沒嘲笑顧予，因爲他也想他的母親，儘管他母親經常情緒不穩，對他有時好有時壞，至少心情好時還是會抱抱他，或是買糖果給他，「你有照片？我也要看。」

「你要保密，不能對任何人說，我才給你看。」

「我發誓……爸爸呢？」

「不行。」

「爲什麼？」

「張叔說怕爸爸想起媽媽不在了心情不好，所以要保守祕密。」顧予語氣嚴肅。

顧希心想，他才沒膽量跟顧承風說這些有的沒的，「好，任何人都不說，包括爸爸。這樣可以了吧？」

聞言，顧予才放鬆了緊繃的表情，拉著顧希的手來到他的臥室，從他最喜歡的布偶熊背包裡拿出一張一側有撕扯痕跡的照片。

那顯然是某張照片的一部分，儘管照片不完整但人物清晰可辨，是一位穿著洋裝的溫婉女子，雙手交疊，坐在名貴的英式骨董沙發椅上，眉目和顧予有幾分相似。

「怎樣，是不是很漂亮？」

「還可以，我媽也很漂亮。」顧希不清楚爲什麼要比這個，下意識覺得不能輸。

顧予想起帶著顧希來的女人，點點頭，「你媽媽也漂亮。」

顧希反覆看著照片，起了好奇心，「另一半的照片不知道是什麼？」

「可能是爸爸吧？」顧予說出自己的猜測。

顧希看著手上的照片，心裡覺得哪裡不太對又說不上來，隨口附和顧予：「有可能，也許爸爸和張叔會知道。」

「不能問爸爸，說好了這張照片不能讓他知道。」顧予不笨，知道問了就會被顧承風發現，他不想冒著失去媽媽照片的風險。

「張叔呢？」

「我問過了，張叔說他不知道。」

「那就沒辦法了。」

這件事很快就被顧希忘了，只留下模糊的記憶。

顧予十歲時，顧承風爲他辦了生日派對。

說是生日派對，其實顧承風把市裡幾家有來往的商業巨頭都邀了，有些不適合明面上談的東西就適合在這種非正式場合上探詢彼此的意願。

這幾年顧氏在首都外圍新市鎮的開發案賺了盆滿缽盈，連續推案都在兩個月內完銷，甚至締造未公開銷售就已被預訂完售的紀錄，和盛世建設並稱地產雙雄。

一時之間，地產開發成了最熱門的產業，好幾個財團都成立了建設公司準備跨足地產界。

顧承風商場得意，各家企業和集團自然不會錯過這樣的場合，紛紛趁著參加生日派對的名義來探探顧氏。

儘管顧承風讓顧予可以邀請朋友參加派對，但顧予思來想去也只邀了于慕析，因爲于慕析是他在班上最好的朋友。

除了顧希之外，顧予最常和于慕析互動，他們有許多共同話題，可以聊家裡額外安排的才藝課多無聊，也能聊要怎麼避開大人偷偷上網儲值看漫畫。而且于慕析很聰明，顧予遇到煩惱不適合和顧希說的時候，問于慕析總能得到答案，比如他很擔心身高漸漸被顧希超越，沒了當哥哥的底氣，也比如顧希和父親頂嘴時他該說些什麼緩和氣氛。

「你可以來參加我的生日派對嗎？」下課時間，顧予對著鄰座正在看書的于慕析這麼說。

于慕析放下厚厚的科學百科，表情詫異，「你要邀請我？」

「對啊，你是我的朋友。」顧予笑著。

「好的，我會去。」于慕析慎重點頭，雖然早在顧予開口之前，于家已經收到了邀請函，于老爺子讓于慕析陪同參加。不過在于慕析認知裡，因爲商場關係受邀和作爲顧予的朋友受邀是不同的，不由地露出微笑，發自內心感到開心。

「太好了！」顧予由衷感到開心，「你喜歡吃什麼？我請張叔幫你準備……張叔是管家，看著我長大，對我很好。」

「不用爲我特別張羅，沒關係，謝謝你。」于慕析教養很好，經常像個小紳士，說話彬彬有禮。

顧予沒來由地對于慕析很有好感，或者說他對任何人都抱持善意，除非遇上像尹少千那樣的人。他樂於和人親近，只是在學校怕顧希受欺負，經常跟著顧希的結果就是甚少交到朋友。

「對了，你喜歡草莓蛋糕嗎？」

「草莓蛋糕？」

「張叔問我想要什麼口味的蛋糕，我決定了再告訴他。如果你也喜歡草莓蛋糕，我就選草莓蛋糕，如果你喜歡其他的，我就換成那個口味。」顧予第一次邀請朋友到家裡玩，不知道能做些什麼，便想著不如就選朋友喜歡的蛋糕口味，反正只要是蛋糕他都喜歡。

于慕析愣了一下，「你是壽星，你決定就好。」

「那你喜不喜歡草莓蛋糕？」

于慕析看著顧予期待的眼神，內心有種觸動，他從記事起就待在育幼院，儘管被領養後緣分淺薄的養父待他很好，而于老爺子在一番糾結後還是把他當親孫子用心栽培。他依然清楚自己是養子，時刻提醒自己要有分寸，更懂得察言觀色，讓他比同齡人早熟。

他在于家不把自己當少爺，對管家、司機、園丁和女傭都一樣謙和有禮貌。平日裡他下意識忽略自己的喜好，從不主動要求什麼，沒有一點富家少爺的驕縱，在學校，同學經常當他沒脾氣，也很少有人顧慮他的感受和喜好。

他沒想到顧予願意爲了他變動重要的生日蛋糕，這是他第一次被如此看重。

「喜歡。」于慕析對於蛋糕口味沒有特別偏好，但如果顧予喜歡草莓蛋糕，就和顧予一樣好了。

「那就選草莓蛋糕吧！」顧予笑得燦爛。

于慕析微笑道謝。

顧希剛走來找顧予，旁觀了兩人的互動，心裡不是滋味，年紀還小的他分不清這是什麼情緒，「爲什麼要邀請他？」

「我們都是好朋友啊。」顧予說得理所當然。

「有我在還不夠嗎？」顧希不希望于慕析到顧家來，覺得這會讓顧予和于慕析的情誼變得深厚……他不想和別人分享哥哥。

「小希是我唯一的弟弟啊，有你在我很開心。」

儘管顧希聽到「唯一」時心情好了許多，仍不是很滿意，「我也可以當你的朋友。」

顧予無奈，只好笑了笑，「好，我也會和小希當好朋友。」

顧希覺得自己被當孩子敷衍了，但也不知道要反駁什麼，便生著悶氣。

顧予看見顧希鼓著兩個腮幫子悶不吭聲，知道對方在生氣，卻有些摸不著頭緒，伸出手指，戳了戳他鼓鼓的臉頰，「你在氣什麼？」

顧希瞪了一眼顧予，「我沒生氣。」他的自尊不允許他把嫉妒的事情說出來。

「既然沒生氣，那我就不用安慰你了？」

聞言，顧希的腮幫子更鼓了一點。

顧予見狀，噗哧一聲，笑了出來，看見顧希委屈的眼神才趕緊收起笑容，「我們放學去放風箏怎樣？張叔做了一個比之前那個還大又漂亮的風箏，你一定會喜歡。」

顧希眼睛亮了亮，腮幫子不鼓了，「一起？就我們兩個？」

「當然。」

「好。」顧希不氣了，他還是有很多時間可以和顧予獨處，不用和其他人分享。

這天，顧希有件事沒和于慕析說，他趁于慕析要去圖書館借書離開教室時跟了上去。走廊上，他快步走到于慕析前頭，擋住去路，開頭就是一句：「你不要太得意。」

于慕析不解，卻很鎮定，微微偏頭，「什麼意思？」

「是我喜歡草莓蛋糕，小予是選了我喜歡的口味。」顧希故意惡狠狠地說。

于慕析愣了愣，隨即淡淡一笑，「我知道了。」

顧希沒想到于慕析竟然不惱，原本想要宣示主權，沒想到碰了軟釘子，一肚子妒意，發作也不是，不發作也不是。

「你放心，你在顧予心中無可取代。」于慕析心平氣和地說著，頓了頓，見顧希沒作聲便接著說：「沒事的話我先走了。」

顧希覺得被看透了想法心裡不太高興，一時之間卻又想不出要說些什麼扳回一城，只能望著于慕析漸行漸遠的背影。他隱隱覺得于慕析比尹少千棘手，莫名地產生了一層憂慮。

✦

時光飛逝，很快就到了顧予的十歲生日。

這天，顧予一大早就醒了，小心翼翼掀開被子下床，避免吵醒睡在身邊的顧希。

顧家很大，顧予和顧希從小就有各自的房間，只是顧希經常假裝回自己的房間睡，趁著沒人注意的時候過來找顧予。顧予問了原因，顧希總說沒有哥哥陪睡不著，顧予覺得顧希可憐便由著他，任憑對方爲了增加安全感或靠或抱著他睡。

顧希有時候來得及在起床時間前回到自己與顧予相鄰的房間，有時候睡得太沉就會被負責喚醒的保母發現。

顧宅上下除了顧承風，大家都樂見兩個孩子膩在一起，在顧希可憐的眼神攻勢下，沒人會爲了這點事去和顧承風打小報告。

顧予下床的第一件事是去看床邊的大布偶熊，把珍藏的媽媽照片拿出來，捧在手心上對著照片說話，彷彿母親就在身邊聆聽。每當重要節日或是心情低落時他就會這麼做，而照片裡的溫婉女人也總會回以包容和理解的微笑。

「媽媽，謝謝妳生下我，今天是我的十歲生日，爸爸辦了生日派對，會有很多人來，妳在天上也和我們一起慶祝吧！」

顧予彷彿看見照片裡的母親笑著對他說生日快樂，心情更好了些，隨後慎重地把照片收回布偶熊的背包裡。

接著，還穿著睡衣的顧予就去拆顧希昨晚給他的禮物。顧希堅持禮物只能在當天拆開，原本顧予想熬夜等午夜十二點一過就拆開，但是昨晚兩人聊起未來要做什麼，聊著聊著不知不覺睡著了。

他拆開包裝紙，露出裡面大約兩隻小手剛好可以捧著的小木盒。

顧予看不出來是什麼，把木盒打開，輕快的音樂隨之流瀉而出，原來是一個音樂盒。木盒中間還有兩個小男孩的剪影，從神態能認出是顧予和顧希，在機芯齒輪帶動下剪影還會轉圈。

顧希聽見音樂盒的聲音醒了過來，立刻起身下床從顧予背後抱住他，把頭擱在顧予肩膀上，親暱地問：「怎樣，喜歡嗎？」

顧予拿起精緻的音樂盒，露出燦爛笑容，回頭對著顧希道謝：「謝謝你的禮物。」

顧希立刻眉開眼笑，原本因為擔心顧予不喜歡禮物而懸著的心也跟著放下，轉為不出所料的得意，「就知道你會喜歡。」

「小希眞厲害，這段音樂你竟然記得？」音樂停下，顧予又轉動了木盒底部的發條，讓音樂不斷撥放。這段輕快的旋律是顧予自己編曲，私下練習時彈給顧希聽的，沒想到顧希記了下來。

「這麼簡單我怎麼可能記不起來。」儘管顧希嘴上說得輕鬆，其實費了一番功夫才記住，當時他就想送顧予一個有兩人共同回憶的禮物。

顧予笑得很開心，他眞的很喜歡這個禮物，不只是因為顧希記得他彈的曲子，還因爲顧希雖然不太愛叫自己哥哥，他仍可以透過這些細節感受到深厚的兄弟情誼。

顧希不知道顧予的想法，他只想讓顧予高興，讓顧予永遠待在他的身邊，至於兄弟情誼……他並不理解兄弟的意義，小時候母親沒有教過他這件事，也不覺得自己需要哥哥，可是他知道自己需要顧予，而顧予對他好的原因是基於他倆的血緣關係，爲了待在顧予身邊，他才接受有個同父異母的哥哥。

顧希把頭靠向顧予，享受屬於兩人之間的親暱，「你一定要收好，張叔說這是訂做的，這個世界上就只有一個，弄丟了就沒有了。」

「嗯，我會的！」顧予說完，小心翼翼捧起木盒，放進書桌抽屜裡。

顧希看著和他身型差不多的背影再次在心裡發誓，他要和顧予永遠在一起，他會對顧予很好很好，讓顧予喜歡他，離不開他。

時間不早了，敲門聲正好在此時響起。

「大少爺，您起來了嗎？」門外是管家張叔的聲音。

「起來了。」顧予聽見聲音就去開門。

管家身後還有兩個幫傭阿姨，他們要幫顧予打理衣著儀容兼提醒細節。今天是顧予的生日派對，把顧予照顧好是他們今天最重要的工作。

爲了這一天，顧家大宅十天前就開始布置，窗明几淨、花草修剪只是基本，顧承風還特地找了專業團隊負責這場活動，從場地裝飾、花藝設計、活動安排到節目橋段等等，力求盡善盡美。顧家很少對外開放，但既然要邀請客人，就不能失了面子。

這是一場戶外派對，一片綠草茵茵的草地上用漂亮的白色布幔和鮮花搭起了用餐區和小舞台。美食佳餚更是不可缺少，安排了五星飯店主廚現場製作外燴，並且搭配藍帶甜點師特製的宴會甜點和蛋糕，以及顧承風指定的幾款佳釀。

顧予換上了特別訂做的合身西裝，領口有個可愛帥氣的紅色領結，頭髮梳得一絲不苟露出光潔的額頭，穿著發亮的手工皮鞋被帶到了顧承風身邊。

顧承風對顧予的服裝儀容很是滿意，誇了幾句就拉著他的手來到庭園。

顧予不知道大人們花了多少心思，只知道這一天家裡變得好漂亮，來了好多客人。他跟在父親身邊，喚了好多次叔叔、阿姨、哥哥、姊姊……他都快記不住了。

後來，有個頭髮花白卻把背脊挺得筆直、穿著唐衫的老人帶著于慕析來到顧家父子面前。

顧承風柔聲向顧予介紹：「小予，這是于老，叫爺爺。」有別於工作時經常流露的冷厲，今天臉上都掛著笑容顯得特別充滿父愛。

「于爺爺您好，我是顧予。」顧予儘管一早上已經笑得太多兩頰發痠，仍努力露出燦爛的笑容。

「很乖巧的孩子，很像他母親。」于老點點頭，原本冷硬的面部線條柔和許多。

顧予原想聽于老或父親多提點母親的事，但于老沒有如他的意，轉而對顧承風開了個玩笑，「比你小時候聽話。」

顧承風並不介意提一點小時候的舊事拉近感情，輕笑兩聲，「當年年紀小不懂事，讓于老見笑了。」

「那也是宥謙先起鬨的，我還記得你倆在這園子裡到處跑，沒人追得上，撞倒了不知道多少東西，把老顧氣得七竅生煙。」于老的聲音略沉還帶點啞，說話同時眼神焦距慢慢飄遠，像是陷入回憶裡，卻陡然收束目光，面色很不好看，「可惜現在只剩你了。」別過頭佝僂著身子咳嗽，好一會兒才停。

于慕析墊起腳尖幫忙拍背，目光擔憂，「爺爺？」

「于伯保重身體。」顧承風看出老人身體狀況大不如前，語氣裡多了幾分關心。

于老咳了一陣後順過氣，擺擺手，「沒事，老毛病了。」

顧承風關心不減，語氣體貼周到，既不刻意討好也不讓人覺得反感，「顧家留著一帖極有效的治咳祕方，明天就讓人送去給您。」

「讓你費心，反正我活到這把年紀，差不多夠了。」于老豁達地笑了笑，臉上的皺紋深了幾許，彷彿只是個普通的慈祥和藹老人，而不是帶領盛世征戰數十年屢戰屢勝的將軍。

「您身體硬朗，一點咳症治治就好，孩子還小，還得多和于老學習。」顧承風這話半是禮貌，半是真情實意。

于老年過不惑才喜獲麟兒，沒想到獨子于宥謙在四年前因病過世，離世前一年知道自己來日無多便領養了于慕析。于老別無選擇只能將于慕析當作于家的香火，用心栽培，期望有朝一日他可以成為盛世的接班人。

聞言，于老轉頭看了身邊個頭還不到他肩頭的孩子，微微一笑，話裡透著一股使命感，「是啊，我得拉拔他長大。」輕輕拍了拍于慕析的肩，對著顧承風說：「顧著說話沒好好跟你介紹，這是我孫子慕析。」

「顧叔叔好，我是于慕析。」于慕析對著顧承風行禮，儀態標準俐落。

「聰明懂事的孩子，于老教導有方。」顧承風投以肯定的眼神。

「過譽了。」儘管于老這麼說，仍能從微微上揚的嘴角看出他還是很受用。

「慕析，你能來眞是太好了。」顧予原本乖巧地待在父親身邊，聽話題輕鬆起來便跟著出聲，拉了拉顧承風的手，抬頭望著顧承風：「爸爸，慕析就是我邀請的同學。」

「哦，這麼巧？」顧承風看著兩個孩子，目光一瞬柔和。

「這事我也才剛知道，沒想到慕析和你兒子是同學，你以前和宥謙也是同學對吧？」

顧承風頷首，「是啊，當了十二年的同學，只是有幾年同校不同班。」

「那時候你們常玩在一起，原本我看好顧氏和盛世交到你們手上時可以多多合作，沒想到……」于老語氣感傷，說到後面只是嘆氣，沒把話說完。

顧承風知道于老是想起了英年早逝的獨子，不禁跟著想起當年神采飛揚的故友，默然片刻……低頭看見顧予正朝于慕析擠眉弄眼，天眞可愛的互動讓他內心深處有些觸動，微微一笑，「既然兩個孩子這麼有緣，就讓他們去玩吧？」

「這年紀的孩子就該玩。」于老點點頭，拍了拍于慕析的肩膀，「去吧。」

于慕析一開始還有些躊躇，低聲又對于老問了一句確認。

顧予在旁看見于老點頭，連忙笑著道謝，而後拉著于慕析走開，離開前還聽到顧承風開始和于老聊市場動向的事。

「于伯父，臨海的開發案，您怎麼看……」

顧予對大人們的話題不感興趣，開心帶著于慕析越過賓客和服務生，走到場地邊緣一處人少的空地，旁邊是裝飾著滿滿汽球和鮮花的柱狀擺設。

「生日快樂，這個送你。」于慕析從口袋拿出一個綁著金色緞帶的白色小紙盒。

「謝謝。」顧予開心接過禮物，在于慕析期待又忐忑的目光下拆開。小紙盒裡放著一個小玻璃瓶，裡面放著一片四葉草，瓶口有軟木塞蓋著。

「聽說四葉草可以帶來好運。」于慕析看似鎮定地解釋，然而飄忽的眼神還是洩漏了不安的心情，他怕顧予不喜歡這個禮物。即便如此，他還是沒把爲了找四葉草花了許多時間，還被蚊子叮得手腳都是包的事說出來。

「謝謝，我很喜歡。」顧予語調輕快，笑得露出可愛的小虎牙。他把玻璃瓶收回小盒子裡，慎重地放入口袋，笑著拉起于慕析的手，「你來了我眞的很開心，和你出來我才能鬆口氣，不然還要陪我爸和那些人說話。」

于慕析感覺心意被好好珍惜，前幾天因爲蚊子叮咬癢到難以入眠也不算什麼了。他很開心能被顧予邀請，更開心顧予如此期待和他見面，「今天很熱鬧，很多人都來祝你生日快樂。」

「但是只有你是我邀來的。」顧予眞誠地說著。

「你只邀請了我？」于慕析很詫異，畢竟顧予和班上同學都相處得還不錯，除了尹少千一夥之外。

「因爲我們是朋友啊，而且我爸說以前他和你爸也是好朋友，我們一定可以成爲很好的朋友。」顧予拉著于慕析的手緊了緊，語調輕快堅定。

于慕析眼睛先是亮了亮，隨即神色有些黯然，「可是我是被收養的。」心底知道自己和其他含著金湯匙出生的孩子不同，只要收養家庭不要他，就得回育幼院。

「收養有什麼關係？于爺爺不是把你當親孫子看嗎？我相信你爸爸是愛你才收養你的。而且我想和你做朋友，是因爲你很好，不是因爲你是于家的人啊！」顧予眼神堅定地望著于慕析，話裡帶著鼓舞人心的力量。

于慕析被顧予這番話觸動，胸口暖暖的，極少向人吐露的傷口被顧予的話治癒了。向來被誇乖巧懂事有著超齡成熟穩重的于慕析，此時只知道笨拙地道謝。

「爲什麼要說謝謝？」顧予偏著頭，滿臉困惑，隨即想到有件重要的事，「對了，你有沒有看到小希？」

「顧希不是跟你在一起嗎？」在于慕析的印象裡顧家兩兄弟幾乎形影不離。

「爸爸說顧希去幫張叔的忙，我以爲應該就在這附近，後來我被帶著認識好多人，就沒問顧希去哪了。」

于慕析心思細膩善於觀察，頓了頓，謹慎地開口：「顧希經常這樣嗎？」

「怎麼了？」顧予疑惑地反問。

「好像和叔叔不太親近？」于慕析選擇了比較含蓄的詞彙。他以爲雖然今天是顧予的生日，但顧承風應該會把兩個孩子都帶在身邊，怎料他只向賓客介紹顧予……

顧予表情一僵，旋即勉強笑了笑，「不是這樣的，今天是我生日爸爸才只帶著我，平時爸爸對小希也很好。」

顧予知道顧承風似乎不太喜歡顧希，年僅十歲的他無法理解這一切，不過他認爲三人是一家人，彼此之間的血緣羈絆一定能克服一切。

于慕析察覺顧予表情生硬，但他個性體貼不會在此時爲難朋友，便沒追問，「那你去找顧希吧？我一個人待一下沒關係。」

「邀請你過來就不能把你丟著不管。」顧予頓了頓，看向某個方向，又再收回視線，語帶歉意，「而且尹少謙他們也來了，我怕你們會碰上。抱歉，他們不是我邀的。」

「沒關係，我知道，我們家裡的長輩都有來往難免會在這種時候碰上，我之前就遇過了。」

顧予擔心地問：「他們有沒有對你怎樣？」

「放心，這種正式場合，他們家裡大人也在，就算想做什麼也會忍住。」于慕析不想讓顧予擔心，笑著回答，略去過去曾遇到的一些小動作沒說。

顧予鬆了一口氣，「還好沒事。」

于慕析看著顧予感同身受般爲他擔心、害怕，不禁更珍惜顧予這樣的朋友。他喜歡和顧予來往，想和他相處久一點，「我和你一起找顧希吧？」

「好。」

於是，兩個穿著正裝的小男孩便開始穿梭在戶外宴會會場，顧予一邊快步移動，一邊和身邊的于慕析說話，「我有件事要跟你說，你別生氣。」

于慕析疑惑，「怎麼了？」

「對不起，後來小希一直說想吃巧克力蛋糕，所以蛋糕一半是草莓口味，另一半是巧克力的，晚點分蛋糕的時候你可以和服務生說想要草莓口味的。」顧予不曉得顧希怎麼臨時改變心意了，他又不忍心拒絕顧希，還好管家張叔說可以選兩種口味。

于慕析心裡不是沒有一點波瀾，然而看見顧予帶著歉意的表情就覺得沒什麼好計較，只是想到顧希時又沒來由地不快，不知道怎麼發洩這股情緒。

顧予怕于慕析生氣，緊張地等著答案，沒想到卻看見于慕析目光柔和地問：「你想吃什麼口味的蛋糕？」

「我？」

「對啊，今天是你生日，你的願望比較重要。」

「我的願望就是讓我喜歡的人開心啊。」顧予沒怎麼思考很快地給出答案，嘴角上揚，笑靨如花。

于慕析愣了愣，停下腳步，心弦彷彿被撥動了一下。

顧予發現于慕析沒跟上，也停下腳步，回頭問：「怎麼了？」

「沒什麼，我也希望我喜歡的人能開心。」于慕析說完感覺整張臉都在發熱，害羞又難爲情，明明只是好朋友，爲什麼有種像是在告白的錯覺？

「太好了，我們的想法一樣。」顧予開心地給了于慕析一個擁抱。

顧予的舉動出乎于慕析意料之外，猝不及防下沒來得及動作，站得直挺挺像個雕像似的，等反應過來雙臂要回抱時顧予已經分開了。于慕析斟酌著該說些什麼時，就聽見顧予朝一處一邊跳著揮手一邊大喊——

「小希，我們在這裡！」

于慕析順著顧予的目光望去，也穿著西裝的顧希就在不遠處，聽見顧予叫喚立刻笑著跑了過來，只是目光轉向他時似乎不太高興。

顧希語氣不太客氣，朝著于慕析劈頭就是一句，「你怎麼來了？你們剛在做什麼？」

于慕析知道顧希應該是看見他和顧予剛才有些親暱的互動，卻不動聲色，語氣一如往常，「沒做什麼。」

顧予發現顧希語氣不太好，不明所以地拉了拉顧希的袖子，壓低聲音叮囑：「小希，別這樣，是我邀請慕析來的。」

顧希看見顧予瞬間表情柔和語氣轉軟，裝作若無其事，「我又沒有不讓他來，只是很意外。」

顧予訝然，「我不是跟你說過了？沒關係，我們都是好朋友。」

「誰和他——」顧希話到嘴邊視線對上顧予，連忙收斂語氣改口：「認識那麼久了，本來就是朋友還用說嗎？」

一旁，于慕析只是微笑附和：「是朋友，好朋友。」

顧希看了于慕析一眼，欲言又止，最後還是按捺著沒有發作。

顧予像是什麼都沒發現，笑容燦爛，一邊拉著于慕析，一邊搭上顧希肩膀，開心地說起今天安排了哪些有趣的節目。

有顧予居中調劑，顧希和于慕析你一言我一語看起來有說有笑相處融洽，三人聊完今天的節目又聊起兩兄弟在顧家花園裡有個祕密基地。

顧予興沖沖地想帶于慕析去看，恰巧張叔來找顧予才打住。

「大少爺，表演時間到了。」

「好的，謝謝張叔，我立刻過去。」

張叔應下離開，顧予轉頭語調輕快對兩人說：「我等一下要彈鋼琴，練了好幾天，要是彈不好不要笑我。」

顧希搶著安慰顧予，「你彈得很好，你是最好的！」

于慕析上前一步越過顧希，給了顧予一個擁抱。他發現懷抱中的顧予體溫微涼，心跳略快，知道對方很緊張，不如表面上那般若無其事，「放輕鬆，不用擔心。」

顧予看著于慕析，低低說了一聲：「我沒在那麼多人面前彈過。」

于慕析會意，知道顧予在等什麼，遂道：「別緊張，絕對不會有人笑你，會彈琴已經很厲害了。」

「也沒很厲害，只是喜歡而已。你想學嗎？我可以把會的教你。」

「學過，學不會，我聽你彈就好了。」于慕析撒了一個半真半假的謊言。剛被收養時，養父于宥謙幫他安排了各種課程，其中鋼琴老師曾誇過他很有天分，後來沒繼續學琴是養父過世後于老爺子不讓他學，說是對以後接班沒有幫助。

顧希拉了拉顧予的手，打斷他和于慕希的對話，「我帶你過去吧，再不過去張叔又要來催了。」

「我自己去，你陪慕析。」

顧希看了一眼于慕析，幾不可聞地嘖了一聲，在顧予期待的目光下只能無奈點頭說好。

顧予往舞台方向走，只是走了幾步又跑回來，對著于慕析說：「謝謝你，我覺得好多了。」

語畢，不等于慕析反應又匆匆往台上跑去，腳步輕快。

✦

樂園。

顧予醒來時只覺得全身都不舒服，腰痠背疼抬手都嫌費力，暗暗地把顧希又罵了一遍——他還在顧希訂的那間房間裡。

房裡盡是情事過後的痕跡，空氣裡瀰漫著一股腥羶，被套床單濕了一片，凌亂地一半在床上一半落在床下，衣物被扔在地板上，擦拭過後的衛生紙一團團散落在床邊。前一晚兩人鬧騰到太晚，他只記得自己在歡愉的餘韻中疲憊地睡著了，也許顧希沒讓人進房間整理吧？

還好睜眼看到的是樂園，不是顧家，沒有什麼比這個更讓人欣慰的了，顧予翻身，把臉埋進枕頭裡感嘆：「這裡真的不能待了。」

他原本沒打算這麼快離開，儘管樂園不是個好地方，但是一群遍體鱗傷的人互相取暖，就會覺得日子好像不是那麼難，因此讓他撐過了一天又一天。

顧予又躺了一會兒，不知不覺睡了過去。

不知道過了多久，莫黎來到床邊，柔聲道：「小雨，該起來了。」

顧予嫌吵，用棉被蓋住臉，樂園房間裡的高級床墊和羽絨枕比宿舍裡的好睡太多了。

「再不起來就扣錢了。」

顧予聽見了，不情不願地睜開眼，「爬不起來，太累了，職業傷害啊。你都不知道我被迫勞動了多少次，應該要用次數計價才對，用時間算根本虧大了。」

「如果下次顧總還來找你，我會幫你抬一抬價。」

「不用，沒有下次了。」顧予根本不想再見到顧希，勉強坐了起來，蓋著上身的被子隨之滑落，動作同時腰腿一陣痠疼，更別提那個本來就不是用來性行爲的器官傳來陣陣痛感，肯定腫了。

莫黎看見顧予身上歡愛後的痕跡，斑斑點點的數量多到快變成一隻花豹，手腕甚至脖子上還有著紅痕，不難想像遭遇了什麼。他的目光有了一絲倉皇，沒在那些痕跡上多作停留，原本想說些什麼，但看顧予臉上還是漫不經心的笑，便把話都收了回去。

「我欠孟老闆的應該還清了吧？」

「顧總很大方，加上昨晚的，確實還清了。」

「那我該離開了。」

「你還不能走。」

「怎麼，捨不得我？」顧予故意對莫黎眨眼媚笑，兩手攀上莫黎的脖子，傾身就要靠上。

莫黎退了一步，臉色淡定地推開顧予，「于總約了今晚。」

「好吧，就當告別演出。」如果預約的是別人，顧予就會直接拒絕，但于總是常客，不差這一晚，道個別也無不可。

樂園的員工並非全都無家可歸，住得遠、不想回家和沒地方去的人都能住進宿舍，算是員工福利。

宿舍在樂園後一棟不起眼的小樓，一人一間單人套房，房間不大，放張單人床和衣櫃後沒剩多少空間，但是顧予很喜歡，儘管這是他住過的房間裡最小的。

他最喜歡的是床旁邊的一扇窗戶，窗戶外是一株欖仁樹，高度剛好到他窗邊，經常有鳥類棲息。坐在床上靠著窗邊聽著鳥鳴、看樹看花看天看雲，他可以度過一天又一天，什麼也不想，假裝自己無憂無慮。

腰痠背痛的顧予被莫黎叫醒回到宿舍簡單洗漱後倒頭就睡，直到暮色降臨才被楚天吵醒。

顧予房間的鎖壞了好一陣子，稍微用力一推就能推開，他和管理宿舍的老伯說過，老伯年紀大了不知道是不是記性不好，遲遲沒來換鎖。他想房裡沒有值錢的東西，便也沒去催。

楚天和顧予很熟，知道房門的鎖壞了，敲了半天門沒人應門，怕他出事，索性推門進來看看。楚天體格壯碩，待在房間裡顯得特別擁擠，還好顧予房間裡沒多少東西，生活痕跡很少，像是剛搬進來，也像是隨時就要搬走。

「你沒事吧？」楚天把手指湊到顧予鼻子下面探探鼻息，「還有氣。」

「別吵，讓我睡。」顧予翻了個身，拉上被子打算繼續睡。

「該上班了，莫黎要我一定要把你叫醒，時間差不多了，你熟客快到了。」

「知道了。」顧予睡了一整天還是覺得累，但想到是告別演出，揉了一把臉，慢悠悠地坐起。

「那個——」楚天欲言又止。

「怎麼了？」顧予以爲莫黎交代了什麼。

楚天的目光落在顧予赤裸的上半身，「昨天的客人這麼激烈啊？這樣你的老相好會不會吃醋？要不要蓋點粉？我那裡有遮瑕膏。」

原來是這點小事，顧予懶懶地伸手撈起床頭的菸盒抽了根菸，點火，隨手把菸盒和打火機扔回床頭。吸了一口菸，感覺身體的倦意褪去了一些，他輕浮地笑了笑，「不用遮，他又不是我的誰，吃什麼醋？」

「啊？我以爲你們在一起，雖然都一個月沒來了，不過之前可是每隔兩天就來，而且只要你陪，說他對你沒什麼我才不信。」

「誰會看上我？來樂園都是找樂子的，要找伴的不會往這裡找。」

「說的也是，但是——」楚天說到一半停了一下，顧慮朋友的心情，換了個婉轉的方式，「我不是說你不好啊，但是你也知道你現在這個打扮不符合一般審美吧，老是點你，沒道理啊。」

「大概是口味奇特？腦子撞過吧，我也不知道他爲什麼總是來找我。」顧予把抽了兩口的菸按進菸灰缸裡，掀開被子下床，只穿著一件鬆垮的卡通印花短褲，赤著腳就往套房裡的浴室裡走。

浴室很小，不過至少乾淨整潔，設備都還堪用。

顧予動作很快，熟能生巧，洗頭沖澡以及該有的事前準備都沒落下。清潔結束，他拿條毛巾擦完身體擦頭髮，也不避諱楚天在，套上乾淨的內褲，幾乎是光著身體就走回房間，準備穿衣服。

「你怎麼頭髮又沒吹乾？」楚天皺眉看著顧予半濕的頭髮。

「擦過了，差不多就可以了。」

「這樣會頭痛感冒。」楚天看不過去，回自己房間裡拿了吹風機幫顧予吹頭髮。

顧予只好順著楚天，乖乖坐著讓他吹頭髮，忍不住想，也許人與人間就是靠這種細微的溫情聯繫起來的吧？

「好了，快去換衣服吧。」楚天總算滿意，這才放過顧予。

「謝了。」顧予輕輕道謝，回到衣櫃前。

今天是告別演出，不用特意打扮，他打開衣櫃，避開花花綠綠刺眼的顏色，抽出一件白色襯衫，搭配一條難得沒破洞的黑色窄管牛仔褲。他今晚心情不錯，就把那些廉價項鍊飾品省了。

接著他拿髮膠隨便抓了頭髮，在鏡子前一站，儘管一頭金髮，但和昨日相比可以稱得上清新脫俗，襯著俊美的臉、瘦削的身形，走在街上的回頭率肯定有九成。

楚天在旁邊看了吹了聲口哨，「你早該這麼穿，你衣櫃裡的衣服有九成九都不適合你。」

「就是不適合才好。」顧予高深莫測地說著：「等我離開這裡，那些衣服都是你的。」

「免了，你的品味我無福消受，而且尺碼不對，穿不了。」楚天語氣嫌棄。

顧予不以爲意，哈哈一笑，「那我問問蘇諾要不要。」

「你的風格他駕馭不來。」

「眞可惜。」顧予語氣裡沒幾分惋惜，笑著和楚天出門，離開宿舍踏著夜色走向樂園。

夜裡微涼，楚天都拉了拉風衣，顧予卻無所謂，迎著夜風，無動於衷，「今晚夜色不錯。」

楚天抬頭，「有嗎？雲那麼厚，連顆星星都看不見。」

顧予這才瞇起眼看了一下天空，還眞的一顆星也沒有，他依舊不以爲意，「我只說了夜色不錯，沒說有星星。」

楚天摸不著頭緒，「沒有星星怎麼能算夜色好？」

顧予笑了笑，兩手插著口袋，哼著不成調的旋律，興許是最後一晚，步伐似乎輕快不少。

今晚的樂園依然熱鬧，貴客們進來了一撥又一撥，停車場裡都是名貴的進口車。

顧予剛一走近就被莫黎的人發現，盡責的小弟一看見他到就立刻迎上，拉著人往包廂的方向走。

「小雨哥，你總算來了。」在樂園裡會禮貌地喊他一聲哥的，也就只有打雜的小六，小六個子小，臉嫩得像十七八歲，也不知道成年了沒。

「急什麼？」

「快點，盛世的于總已經來了。」

盛世的于總，自然就是于慕析了。

「就讓他等，這麼熟了，他不會計較。」顧予寧可被半拖半拉著前進，也沒想要走快一點。

「怎麼可以讓客人等？」

顧予不置可否，目光四處游移，打量著這個他待了兩年的地方。

儘管樂園是個充滿慾念和銅臭的地方，建築與庭園景緻卻優雅迷人，尤其在月色下，一抹象牙白在暖黃光下暈染成有溫度的樣子，彷彿眞的是座沒有煩擾的樂園。

樂園裡的包廂設計風格各異，一間包廂就是一個獨立的大房間，有客廳、臥室、庭院景觀以及泡澡池，有的甚至有游泳池和SPA間或調教室。

于慕析經常指定的是一間簡約風，以白色爲主色調，加入灰藍和明黃裝飾襯托的房間，整體明亮新穎，有著大大的庭院，院子裡種滿花草。

如果在房裡待到早上，陷進床墊裡的顧予會被日光喚醒，瞇著眼睛透過白色窗紗就能看見綠意蔥蔥漂亮的庭院和泛著藍色波光的泳池，這曾經是他喜歡的景色。

經歷了那麼多事後，顧予認爲這樣的風格已經不適合他，總覺得自己是這片明亮白色裡最醒目的汙點。但他只是想想，從沒告訴于慕析，在樂園裡，他們這樣的人想什麼並不重要。

于慕析一聽見開門聲就抬起頭，目不轉睛靜靜看著進門的人，久久沒移開視線。

顧予走到于慕析身前，一手插在褲子口袋，另一手在于慕析眼前揮了揮，「怎麼了，認不出來？」

于慕析移開目光，把不經意流露的情緒收起，抬了抬鼻樑上的細金邊眼鏡，語氣一如往常，「很久沒看你這樣穿。」

「不習慣？不習慣就忍著，我懶得換了。」顧予扯開嘴笑得輕浮散漫，偏偏有種慵懶的風情讓人移不開眼。

「好看，不用換。」

「原來連你也嫌棄我的品味。」

「沒有。」于慕析淡笑，眼裡盈滿笑意，「餓了嗎？吃點東西。」

如顧予說的，即便顧予遲到了，于慕析也沒生氣。

房間裡的燈都被打開，于慕析就坐在灰藍色的沙發上，一旁放著公事包和一疊資料，顯然還有工作沒處理完只好帶過來，而且看起來輕鬆自然，大概不是第一次把樂園當作辦公室。

沙發前的大理石茶几擺了六七樣菜，菜色不像樂園廚師做的，還冒著熱氣。

顧予看了一眼，「哦？頤園的招牌菜都在這了，今天這麼大手筆？這不是得提前預訂嗎？」

頤園是市裡知名的中餐館，價位也是出名地不親切，味道卻是遠近馳名地好，訂位經常爆滿，一般得提前半年預定，是顧承風喜歡的餐廳之一。

于慕析說得雲淡風輕，「剛好想吃，不知道你喜不喜歡？」

「換個口味也好，沒什麼喜不喜歡。」顧予伸手拿筷子，夾了兩樣菜、一口魚肉就擱下筷子。

「不合胃口？」于慕析注意著顧予的動作，體貼詢問。

「我現在吃得少，倒是你這麼晚還沒吃，該多吃點。」顧予說出口的原因只是其一，隱去不說的是頤園八成換過廚師，肉比往常熟了一分，菜生了些許，而魚肉鮮是鮮，調味卻比舊時差了一點。菜式熟悉，卻已徒具其形，加上人事已非，看見這些菜，觸景傷情，導致他胃口大減。

于慕析見顧予如此，也不勸，點了點頭，「我回封郵件。」

「工作沒忙完還有空過來？其實你忙就不用過來了。」

「忙得差不多了，想來看看你。」

「我挺好的，不用管我。」顧予扯開嘴，懶懶笑著，眼裡沒有神采，像是什麼都沒看進心裡，沒什麼值得留戀的事物。

于慕析沒答，微微沉了嘴角，手指在鍵盤上敲打。回完郵件，他把筆電闔上放進公事包裡，看著坐在一旁玩盆景的顧予。

「想你了。」短短數字，似蘊含無限情意。

顧予聽了，沒往心裡去，笑了笑便算是回應，「我不信你沒別的對象。」

于慕析張口想解釋，卻被顧予餵了一口菜擋了下來。他不讓他說，他就不說，反正總有機會說，況且有些事用做的更快。

「好吃嗎？」顧予隨口問。

「好吃。」于慕析點頭，沒說只要是對方餵的都好吃，就算是糖衣毒藥他也能嚥下去。

「那就好。」顧予敷衍地扯了下嘴角。

于慕析帶的菜很足，五六個人吃都夠，果不其然剩下了大半，最後只能叫人收走。

顧予在服務生離開後就把明亮的吸頂燈關了，只留下幾盞點綴氣氛的燈具，讓暖黃色的光爲房裡添上幾許溫度。

按以往習慣，顧予會在房裡的香氛機裡點上幾滴紓壓放鬆的佛手柑精油，將音響切換成輕柔的輕音樂。接著幫于慕析解領帶和領口的釦子，用輕重適中的力道按按肩頭，放鬆肌肉消除疲勞。

如果于慕析有興致，他們也會更進一步，如果于慕析想找人說說話，顧予就會當一個好聽眾。

于慕析多日沒見顧予，思念和慾念都急需紓解，並不滿足於只是說說話。只見他拉過顧予，讓顧予坐在他腿上，兩個人面對面。

于慕析骨節分明的手幫顧予解釦子，有別於顧希昨晚的急不可耐，于慕析氣定神閒像是拆禮物似的，一顆接一顆慢慢解開，像是珍而重之，也像個調情老手。

「一個月沒見，不想我嗎？」

顧予輕笑，將手勾上于慕析的脖子，輕佻的語氣聽起來沒有半分眞心實意，「怎麼不想呢？我每天就等著你來捧場。」下意識忽略于慕析那過於認眞的眼神，對於男人話裡的情意一笑置之。他曾經也被人這麼看著，曾經滿心以爲那是眞的，直到遍體鱗傷，才發現自己太過天眞。

他的天眞用完了，沒有多餘的留給于慕析。傻一次是天眞，再犯就是蠢了，何況這裡是樂園，歡場無眞愛，他不想重蹈前人覆轍。

于慕析手上沒停，隨著顧予襯衫的釦子一一解開，露出蒼白瘦削的身體，以及肌膚上的紅痕和青紫。

由於兩人面對面，顧予還坐在于慕析大腿上，他感覺于慕析全身僵了一下，幾秒後才恢復手上動作，「怎麼了？」明知故問。

于慕析勉強收起透出怒意的眼神，按捺著情緒，盡可能保持語調和平日無異，「昨天接了客人？」

「嗯。」顧予應了一聲，沒有要照顧于慕析情緒的意思。

在顧予的想法裡，于慕析就是一個常客，但常客又如何？你情我願，明碼標價的買賣，他沒有欠于慕析什麼，當然于慕析也不能干涉他接別的客人，而且他一個月沒來，他都覺得自己大概是被放生了。

這一年來，顧予除了于慕析之外沒有和其他客人過夜，也因此于慕析有種顧予專屬於他的錯覺，乍然看到顧予身上別人造成的痕跡時，不免感到五味雜陳，訝異、怒意和……醋意？

顧予發現于慕析欲言又止，等了等，故意笑問：「你想知道是誰嗎？」

「我能問？」于慕析定定看著顧予，手指輕輕揉了揉顧予頸間、鎖骨、胸前和腰腹上的紅痕，像是想抹去那些痕跡。

「不能，但我想告訴你。」顧予扯開嘴角，無所謂地笑了笑，「是顧希。」不知道這是什麼心態，也許是能和他聊這話題的人不多，也或許他就想看于慕析的反應。

于慕析微垂下頭，不發一語，高挺鼻樑在側臉暈上一些陰影，還好鏡片掩去了眼裡難得顯露的情緒。

「顧氏和盛世是競爭對手，不約而同都點了我，眞是巧。」顧予語氣輕佻，像是開個無關緊要的玩笑……應該不是于慕析把顧希叫來的吧？

于慕析抬頭，唇角向下抿了抿，拉起顧予的手，手指撫過顧予帶著一圈圈瘀痕的手腕像是心疼不已，低沉的嗓音如同上佳的弦樂器擦過耳膜撩動心弦，「我和他不一樣，我不會這樣對你。」

「隨便，我無所謂，來樂園不就是找樂子嗎？付了錢想怎麼做就怎麼做，偶爾激烈點就當生活調劑。」顧予露出理解的笑容，只是嘴角那抹若有似無的自嘲還是洩漏了心情。

「你喜歡？」于慕析把手探進顧予半掛在身上的白襯衫，滑過胸前繞到後背，輕柔地撩撥著，他知道顧予喜歡被摸這裡。

若即若離的熟練手法帶起輕微又舒服的癢意讓顧予瞇起眼睛，不自覺地微微抬起下頷，像隻貓咪在享受摸摸服務，方才被拉起的手再次環上于慕析的脖子，將身體貼向對方。半晌，他睜開眼睛慢悠悠地舔了舔嘴唇，眼神滿是情慾暗示，「你想試試？」

「好。」

聞言，顧予像是被打回原型，眼睛瞪大，吞了吞口水，試探地問：「我還以爲你不喜歡那些？」

「我都可以，只怕你不喜歡。」

以往他倆的性事儘管激烈，然而並不出格，沒玩過什麼特別的花樣，顧予原以爲是于慕析個性所致，沒想到是顧慮他？

「想玩什麼花樣？」顧予心裡沒底，儘管從小認識，但他從來不覺得自己夠了解于慕析。大概因爲是養子的關係，于慕析總是很少說自己的事，又或者他總是忙著滿足顧希的需求，沒心力分出太多時間深入了解這位朋友。

「不管是什麼都會讓你舒服。」于慕析在顧予耳邊低低呢喃，手指摩擦過滑膩又柔韌的肌膚，不自覺地描繪起腰間撩人的藤蔓刺青一路向下，遇到礙事的褲頭熟練地解開釦子拉開拉鍊，隔著底褲極富技巧地挑逗著顧予半硬的下身。他的另一手繞向顧予後背抱著，既是爲了安全也是侷限對方的活動範圍，唇舌舔上顧予胸前的淡粉色凸起。

顧予原本已經被挑逗得體溫升高，觸覺比平時敏感了些，此時胸前驟然一股酥麻感宛如電流般竄過身體，反射性地溢出一聲呻吟，低啞又透著歡愉，「嗯哈——」

于慕析得到鼓勵，手口不停，更認眞地給予刺激。

顧予覺得胸前和下身酥酥麻麻的，快感全都疊加在一起，雖然舒服但實在太過刺激讓他只想往後退，可是于慕析偏偏不讓他逃走，只好討饒叫停：「別一直弄那裡。」

「聽你的。」于慕析的口吻像個謙謙君子，給予顧予充分尊重，愛憐地吻了下挺立紅腫的乳尖，然後轉向另一邊胸口。

「唔——」顧予想解釋自己不是這個意思，卻想到今晚過後就要離開樂園，覺得此刻順著于慕析的喜好也無所謂，何況也不是不舒服，便放開身體任憑慾望迅速燃起。他一手在于慕析緊實的背肌游移，一手曖昧地在厚實的胸肌上畫圈，下身蹭了蹭隔著黑色西裝褲已經蓄勢待發正興致盎然地抵著他的部位，啞著聲音挑逗，「只有這樣嗎？」

于慕析輕笑，語氣帶點寵溺，「別急。」

顧予右手下移，故意撫上于慕析的褲襠，西褲下的性器輪廓明顯，顧予的手從勃發的根部撩撥著滑向頂部，在敏感的頂端畫著圈或輕或重地刮搔，聽于慕析呼吸重了一些，取笑道：「你不急？」

于慕析眼裡的慾望更濃，眸色幽深，「我原本想慢慢來……你這樣點火，今晚別想睡了。」

「那就不睡了。」顧予放蕩一笑，眼神一勾，精緻俊美的臉頓時冶豔非常。

于慕析看得挪不開眼，突地吻上顧予。

他們唇舌交纏，體溫又添了些熱度，顧予在一陣陣輕顫和呻吟間眼神逐漸濕潤迷離。他肺活量差，在長吻裡撐不了多久，于慕析總是恰到好處地停下，等顧予喘著吸了口氣後又再吻上。

兩人下身互相抵著，誰也沒掩飾赤裸的慾望。

于慕析抱起顧予，放到床上，脫掉顧予礙事的褲子，就剩白襯衫和底褲。襯衫釦子只剩一顆沒解，衣服半掛在身上，瘦削又不失美感的曲線若隱若現，襯衫下擺長度堪堪蓋住腿根露出兩條勻稱又白皙筆直的長腿，比沒穿還性感。

于慕析在床頭櫃子裡一陣摸索，打開一個新的包裝，顧予沒來得及看于慕析拿了什麼，就感覺乳尖被夾上了東西，有點癢又有點痠麻。

他低頭一看發現是個乳夾，做工精緻，夾子之間有五六條細細的金色鍊子連接著，鍊子綴著水晶，要不是實在無法當眾佩戴，算是一件漂亮的飾品。

「很適合你。」

「怎麼不是適合你？」顧予臉頰染上薄紅，又羞又臊，想拒絕又想起剛剛說玩什麼都可以的是他。

顧予從床上坐起，光是這麼動了一下，水晶鏈子晃動間牽動夾子，一陣難以言喻的快感從乳尖竄過，直往下身，嚇得他僵住不敢動。

于慕析觀察著顧予的反應，「你很喜歡。」

「哪裡喜歡了？」顧予嘴硬地澄清。

「臉更紅了，還有那裡……」于慕析用目光掃了下顧予下身，「更有精神了。」

顧予想反駁，低頭看見被性器撐起的淺灰內褲上有一大片深色，頓時沒了底氣，總不能說那不是興奮造成的……

「好了，這種東西玩過就好了。」顧予說完伸手想拿下乳夾。

于慕析立刻出手制止，「你戴著很好看。」

于慕析爲了證明所言不假，抱起顧予轉向床畔那從天花板延伸而下的大面穿衣鏡，「你看。」

鏡中青年有著精緻俊美的臉孔和修長纖瘦彷彿纖不盈握的身形，臉上因情慾潮紅、眼眶瑩潤。最醒目的是白皙胸前飽受疼愛殷紅的乳尖，其上還加著華美又情色的乳夾飾品，配上纏繞腰腹延伸至臀縫的藤蔓花樣紋身，更顯淫靡妖嬈。

就算顧予近年慣於僞裝，看到鏡中的自己仍有一瞬表情失守，以爲早已拋棄的羞恥心偏偏在此時出來刷存在感。

只一眼，顧予就趕緊別過臉，「沒什麼好看。」

「很好看，我很喜歡。」于慕析把顧予再拉回懷中，摟著人問：「再加點玩具？」

現在是玩開了嗎？于慕析，沒想到你是這種人！顧予忐忑又戒備，「你想加什麼？」

「貓尾巴和耳朵？剛剛打開櫃子看見了，一定很適合你。」于慕析在顧予耳邊哄著，三分商量七分討好，像個討糖吃的孩子。

感覺不算太難以接受？而且要是拒絕了這個選項，說不定下個選項就是繩子和皮鞭，顧予微微遲疑後便答應了，「好。」到了樂園後，最大的改變就是對性事的尺度拓展了不少。

得到肯定答覆的于慕析從櫃子裡取出道具，幫顧予帶上毛茸茸可愛的黑色貓耳，接著讓顧予趴在床上撅起屁股，將貓尾巴戴上，道具尾巴根部是矽膠材質的錐狀物。

「不舒服就說。」于慕析柔聲說著，脫下顧予的內褲後用手指做了潤滑，拿著尾巴道具動作輕柔地將其推入。

顧予把頭埋在枕頭裡，悶悶地哼了一聲。他和于慕析雖然已經坦誠相見多次，但是這個姿勢和從未體驗過的玩具他仍然感到害羞，冰涼的異物讓他微微瑟縮了一下，隨即順從地放開身體接納侵入體內的椎狀物。

「好了，可以動了，應該不會掉出來。」

顧予感覺適應了後便轉身照了鏡子，只見雪白雙丘間多了一條黑色長毛尾巴，隨著他的動作晃呀晃的，要不是長在自己身上，他肯定能沒心沒肺地誇聲好看。

顧予兩手從于慕析胸肌向上勾上脖子，下身貼近，抬起腿曖昧地纏上于慕析的腰，在耳畔輕聲問：「原來于總喜歡這種的？」

「要看對象是誰。」于慕析一手抱著顧予，一手放進口袋按下貓尾巴的遙控開關。

顧予瞬間感覺到後穴裡傳來震動，于慕析放入的位置剛好抵著前列腺，隨著震動身體一陣酥麻，差點有了想射的念頭，還好于慕析手下留情，震度不大。是他掉以輕心了，就知道樂園裡的玩具沒一個沒點花樣。

顧予覺得不能老是處於被動狀態，便半拉半帶地把于慕析推到床上，舔了下嘴唇，笑問：「你不想放進來嗎？喵？」

于慕析其實忍得辛苦，褲襠間高高撐起的慾望甚是明顯，只是他向來擅長忍耐，從小被教育要成爲贏家得先沉得住氣。他的目光在顧予幾近赤裸的身體上游移，慾望瀕臨失控，嗓音染上情慾比平常低沉，示意顧予幫他，「慢慢來，不要用手。」

顧予聽話地靠近，雙膝跪下，低頭用牙齒拉開西褲拉鏈，男性慾望的氣味隨之而來，小心咬開內褲褲頭，勃發炙熱的性器立刻彈出。

「明明這麼想要了，你眞能忍。」顧予說完，伸出舌頭半舔半吮。

于慕析因爲舒服發出一聲低低的喘息，下身往前挺了挺，修長的手指穿過顧予的髮絲，目光低垂，滿意地看著吞吐性器的青年，心理和生理都特別滿足。

顧予並不如他表現出的從容，由於玩具的位置正抵著前列腺，一開始覺得還好的小震動，隨著時間過去帶起越來越多的酥麻。加上乳夾晃動時產生的刺激更是讓他覺得身體發軟，下身性器勃發充血，頂端冒滲出瑩潤液體渴望釋放。

從于慕析的角度能看見貓耳顧予眼眶濕潤全身潮紅，夾著絨毛尾巴的臀部肌肉繃緊，背脊腰線誘人，情動下肌膚特別敏感，隨意的一個輕撫都能帶起一陣輕顫和呻吟。

這個畫面實在太養眼。顧予來到樂園後，嘴上技術好上不少，于慕析幾次差點要射在顧予嘴裡，要不是他定力驚人，肯定早就繳械了，「好了，上來。」

顧予依言跨坐在于慕析身上，下身蹭了蹭男人，委屈又難耐，「我想要了。」要不是爲了尊重于慕析，他都想用手自己來了。

「再忍忍。」于慕析語帶寵溺，半哄半騙，探到顧予身後拉出尾巴。

隨著尾巴離開體內，驟然失去刺激的腸道感到一陣空虛，念頭一起，炙熱的性器就長驅直入。

「啊……」被充滿的瞬間顧予不受控制地發出呻吟，「慢……慢一點。」

儘管早已熟悉彼此身體，但對於突然的入侵他仍需要適應，畢竟于慕析的尺寸比方才的尾巴玩具大多了。

「好。」于慕析體貼地抱著顧予，讓他躺在床上，緩緩抽插著，讓緊窒的腸壁適應，同時俯身親吻顧予，手指不住地逗弄胸前和腰間敏感處。

顧予很快就適應了，並且想要更多，難受地扭動身體，雙腿夾著于慕析腰側，放鬆後穴順著律動迎合著。隨著腸液分泌，于慕析的進出更爲順利，漸漸加大力度和頻率，房間裡充滿淫靡的水聲和肉體碰撞聲。

顧予體溫升高，完全沉溺在慾望裡，無法思考，全身到處都酥麻敏感，只差一線就要高潮，卻沒想到于慕析猛地放慢了速度。他不滿地抗議：「別停……」

「叫我的名字，就給你。」于慕析在顧予耳邊說著，聲音低沉而富有磁性，像是蠱惑迷途羔羊沉淪慾望。

顧希和于慕析是氣質迥異的兩個男人，一個強勢蠻橫，有時爲了更大好處不介意撒嬌示弱，一個溫柔周到細緻體貼，怎麼看都是個優雅有禮的紳士，然而到了床上，一樣都喜歡占據主控權。

而他，不當顧予後變了很多，以前多餘的軟弱和矜持都被他丟了。現在的他樂於沉淪，也不再在意什麼羞恥，快樂只差毫釐，爲什麼不要？

「于慕析，慕析，給我——」顧予急切地喊著，勾在于慕析腰上的雙腿夾得死緊。

于慕析吻上顧予，下身一陣衝刺，顧予報以熱烈回吻。

不久後，兩人一起達到高潮。

「小雨——」

「啊、啊——」顧予舒服得連腳趾都蜷曲起，依稀聽見于慕析喊他的名字。

顧予分不清于慕析叫的是小雨還是小予，他沒和自己提起顧予的事，之前總當于慕析叫的是小雨，但今晚他突然分不清了……恍然間，他們彷彿還是座位相鄰的同窗好友。

顧予昨晚消耗太大，做一次就累得不行，于慕析也不勉強，他對於床伴非常體貼，事後清理從不用顧予做。

顧予剛從情事餘韻裡回過神，就被摘下眼鏡的于慕析抱進浴室，用溫度適中的熱水和細細的肥皂泡沫從頭洗到腳，由裡及外，該洗的、不該洗的都洗了，顧予自己來還不見得這麼細緻周到。

洗完澡，披上寬大柔軟的浴袍，顧予想自行走回床，卻因爲兩腿痠軟地上濕滑，一不留神滑了一跤，還好于慕析眼明手快及時救援。

顧予道了聲謝，「沒事。」

「我抱你回去。」

「幾步路而已，我能走。」

于慕析抓著顧予的手不放，態度堅定。

顧予無奈，「那就勞煩于總了。」

于慕析聽見稱呼，幾不可查地蹙了下眉，隨後就用公主抱的方式把顧予抱回床上。

他的體力已經差成這樣了嗎？顧予看見鏡中于慕析精壯的肌肉和自己蒼白瘦弱的

身體，不由地升起感嘆，但也只是很短的瞬間。連著兩日折騰著實讓他累極，一沾上床就把臉埋進鬆軟的枕頭裡，連根手指都懶得抬。

不知道是不是仗著顧予現在看不見身後，此時于慕析有別於以往甚少顯露情緒，沒有鏡片遮擋的目光滿是寵溺，拿了條毛巾坐到床邊幫顧予擦頭髮，輕描淡寫地問：「莫經理說今天是你在樂園的最後一晚？」

「莫黎眞多嘴。」顧予沒想要通知于慕析，畢竟他只是來樂園尋歡的客人，離開後能代替自己的人很多，沒必要特地交代。

「是我問了他下次預約的事。」于慕析淡淡地解釋。

如此一來，確實是瞞不住。顧予想明白也不糾結，坦然一笑，「你在我身上花了不少錢，是該給你個交代。我欠孟老闆的錢還清了，也不想待在樂園了，明天就走。」

「決定好去處了？」

顧予沒想到于慕析會如此關心他，半開玩笑地回道：「怎麼，想繼續捧我場？」

于慕析沒半點被取笑的尷尬或怒氣，語調平穩誠懇，「我缺一個隨身祕書，你願意來嗎？」

「祕書？我什麼都不會。」

「沒關係，慢慢學。」

「帶著我會讓你丟臉，樂園生意這麼好，見過我的可不只一個兩個人。」顧予知道于慕析把他放在身邊會有多不方便，閒言閒語肯定不會少。

「我都不在意了，你擔心什麼？」

也是，這種事情老闆不在意就沒問題了，他替別人想那麼多做什麼？這個毛病得改，顧予自嘲地笑了笑

「要和你上床嗎？」

「你願意的話。」

「可以，記得薪水多加點。」顧予不討厭于慕析，也不討厭和于慕析上床，反正主動權在他，感覺不虧就答應了，當然也沒忘記要求額外的勞動報酬。

「好。」

「對了，我其實不叫小雨，也沒有身分證。」是眞的沒有或是丟了他不想說。

「知道了，薪水付現，只是你得取個名字。」，于慕析體貼地沒追問，轉而討論另外的問題。

「隨便。」名字不過是代號，他被叫什麼都無所謂了，只要不是顧予都好。

于慕析沉默片刻，「我幫你取？」

「可以。」顧予答得爽快。

「委屈你跟我姓，叫于慕雨？」

「都行，只是這個名字怎麼聽起來和你挺像的？」

于慕析知道顧予在想什麼，索性連他的身分也安排了，「就當是我的遠房親戚。」

「那我喊你什麼？」

「你樂意的話，可以叫一聲哥。」

不知道是不是幻聽，顧予似乎從于慕析的話裡聽出了一絲笑意，不過哥哥弟弟是可以隨便叫的嗎？他們只存在肉體關係吧？

顧予揉了揉臉緩解尷尬，故作輕鬆地調侃：「不是在床上喊吧？」

于慕析大氣回應：「你要是喜歡，也可以。」

先是一個在床上喊他哥的顧希，再來一個在床上要他喊哥的于慕析，這像話嗎？一個個都亂了套。

Chapter 3 白沙在涅

顧予出院時孑然一身沒地方去，孟然想起樂園宿舍還有空房，和顧予說了讓他白住不用錢。顧予覺得去哪都無所謂，便住了進去。

他隻身一人，沒有行李，沒有隨身物品，倒是孟然讓人幫他置辦不少，床墊、棉被、枕頭、衣服和鞋子等日用品都買了新的。顧予只是淡淡看了一眼，輕輕說了聲謝謝。

孟然做完這些就去忙生意了，他在國內外都有盤根錯節的生意網絡，經常不在樂園。至於是什麼生意，是不是和樂園一樣的生意，沒人知道，一般人只聽說他家族是早期的望族，政界商界都有很多人脈。

顧予來了宿舍就一個人待在房間裡，哪也沒去，坐在靠窗邊的床上，看著窗外的藍天白雲、紅花綠樹就能度過一天。對他來說，每一天都像是靜止的，時間彷彿用極緩的速度流逝。

房間裡有衛浴，水龍頭扭開就有喝不完的水，顧予要是覺得腹部抽痛就喝點水，忍一忍就過了。

房間外每到下午就開始有人說話喧鬧，到了晚上就會安靜一陣子，快到凌晨又是一陣吵雜復又歸於沉寂。那些聲音顧予像是聽到又像沒聽見，他總想不起來門外的人們說了什麼，只是偶爾回神時發現臉上都是淚……爲什麼哭？不記得了，也不能想。

蒼白的寧靜在一個夜晚被打破，約莫凌晨三點快四點，顧予的房門被拍得砰砰作響，接著那人似乎開始用肩撞或用腳踹門。

宿舍雖然簡潔乾淨，但屋齡近三十年了，房間的木門沒換新過，用久了多有磨損，門鎖和鎖眼扣得不嚴實，撞幾下就開了。

來人一身酒氣，看見窗邊的黑色人影嚇得倒抽一口氣。不過他反應也快，旋即按了門邊的開關，明亮的吸頂燈把房間照得纖毫畢現，包括倚在窗邊的顧予。

門口站著名高瘦男子，身上穿著紅黑配色的風衣外套，白上衣緊身皮褲，套著一雙長靴，臉上畫了煙燻眼妝，膚色極白，像是好幾年沒曬過太陽。

男子以爲自己喝多了眼花，還特地多看兩眼，「原來這間房有人啊？」

顧予沒理會，只覺得房間亮得刺眼，便抬手遮了些光，依然注視著窗外，那些微弱的光點讓他心情平靜。

「我是隔壁房的，不好意思，忘記帶鑰匙，想借這裡待一晚。」

男子看似有禮貌，卻又沒解釋爲什麼忘記帶鑰匙不是撞自己的門，而是撞別人的門。

顧予嫌吵，皺了下眉，沒有回話。

男子酒喝多了，看人都有重影，也不介意被冷落，自顧自地說：「我叫莫黎，你的名字呢？」

顧予頭微微轉了一下復又看向窗外，連莫黎也不確定對方是不是看了他一眼。

莫黎八成覺得顧予沒趕他就是接受他了，暈乎乎的也沒心情聊天，就著顧予沒占著的半邊床躺下，一閉眼就睡著了。

顧予過了好一會兒才起身，動了動僵硬發麻的手腳，只爲了下床關燈。

他看著床上的陌生人，想不起那人方才說的名字，卻也不在意，把床讓給莫名其妙闖入的人，在昏暗的燈光下走出了這棟建築物。

樂園宿舍前有一片院子，隨意種著花花草草，還有兩張長椅和一盞立柱式庭園燈。

時序剛入秋，凌晨氣溫低，顧予身上就一套單薄的衣褲，在醫院躺了大半年身體本就虛弱，還連著幾日沒吃東西，走了一小段路已有暈眩感，踉蹌著走到一張長椅便失力般坐下，沒有餘裕去想冷不冷的事情。

顧予不知道自己爲什麼走出來，也不知道該走去哪裡？甚至也想不起來爲什麼答應來到這裡。

清晨的風似乎讓他清醒了一些，腦中偶爾浮現的畫面已經不會讓他反射性落淚，總算能思考現在是什麼時候？該做些什麼？

在醫院清醒後，顧予的記憶力就時好時壞，久遠的事情怎麼也忘不了，剛發生的事怎麼也記不起來。只依稀記得有人幫了他，借了他一筆錢，讓他住到這裡來……他失去了所有，活著已經沒有追求，爲什麼要救他呢？

「活著，就還有希望。」

腦中又浮現了這句話，是誰說的？想不起來了……濃烈倦意襲來，只是眨了下眼，顧予就被拉進黑甜的夢裡。

他抿著的嘴角總算往上揚起……夢中，家人團聚，笑語不斷。

顧予再次醒來已經躺在床上，在那個他放空了好幾天的房間裡。

床邊坐著一個似乎看過幾眼的男子，如果仔細看就會發現是那晚踹他房門還占了床的莫黎。莫黎臉上素淨，一身簡單衣褲，氣質乾淨清爽，和前日夜裡初遇時判若兩人。

房間門不知道什麼時候修好了，連帶著房裡也多了不少東西，食物、營養品、成藥擺了一桌。

莫黎從自己房間拉了張椅子坐在床邊，百無聊賴地翻著八卦雜誌，瞥見顧予睜眼立刻扔掉手中的雜誌，先是伸手探了探額溫，鬆了口氣後，又去拿了杯溫水給他，「退燒了，喝點水。」

顧予依言喝了一口就想打發過去，莫黎死活不接過杯子，才又多喝了兩口。

「你怎麼就跑到院子裡睡了？不只發燒還營養不良是想把自己餓死嗎？宋沁因爲沒照顧好你被孟老闆罵了一頓，至於我——」莫黎特意停頓，委屈地癟了一下嘴，「只是跟你借了半張床就被一起罵了。」

莫黎發現顧予沒反應，把臉湊近了要讓顧予看清楚，「記得我嗎？我叫莫黎。」

聞言，顧予微微點了下頭，不知道是眞的記得還是敷衍。

「我問了孟老闆，他說你叫小雨。」

顧予看了一眼莫黎，不說話，他對這個新名字還是很有意見。

「小雨這名字不錯，文文靜靜的，和你的氣質很合。」

「對了，你什麼時候來的？我怎麼都沒見過你？」

「孟老闆說你來好幾天了？我怎麼就沒印象？」

「你這張臉好看到讓人嫉妒，看過不可能忘記。」

莫黎一連問了幾個問題，顧予都沒回答，也不知道是不是嫌他吵，眉頭還皺了一下。

莫黎見狀，不由地笑了，「怪了，孟老闆沒說你是啞巴。」

顧予看莫黎沒要走的意思，而且一個人也能說個沒完，這才開口：「沒什麼好說的。」言下之意，他不是啞了，只是沒想說的，所以才不說話。

「你就沒有想問的？」

顧予搖頭。

莫黎不是這麼容易放棄的人，顧予的反應反倒激起他的興趣，或者是一種在樂園待久了培養出的體貼，「你剛來一定有很多問題，隨便問一個吧？」如果一個班上有人落單，他就是那個會主動和落單同學玩的人。

顧予沉默，莫黎不見放棄，坐在床邊椅上支著頭朝顧予微笑，等他開口。

僵持了至少一刻鐘，顧予才勉強問了一句：「宋沁是誰？」

「宋沁是樂園的經理，至於樂園，則是像我這樣的人賺錢的地方。」莫黎把顧予沒問的也答了。

樂園？顧予聽過這個地方，在以前的圈子裡聽那些愛玩的公子哥們提過，總之就是個尋歡作樂、放縱花錢的好地方。

「你這樣的人？」顧予隱約抓到莫黎話裡沒說出口的東西，只是思緒飄忽，喃喃地重複了莫黎的話。

莫黎笑了笑，聲音卻有幾分苦澀，「需要用錢，也不介意用身體換錢的人。」

顧予意識到自己脫口而出的問題太過冒犯，「抱歉。」

莫黎一愣，接著仰頭大笑，笑得顧予懷疑自己是不是說了笑話？

莫黎笑停，擦掉眼角笑出的淚水，拍了拍顧予的肩膀，「真是有禮貌的好孩子。」

顧予無言，閉上眼睛表示要休息。

孟然交代了莫黎要照顧顧予，他就順勢放了假，連著三天沒上班，都待在顧予房裡，盯著顧予吃飯、吃藥、好好休息。

莫黎大概是個怕寂寞的個性，靜不下來，就愛找人聊天，顧予成了他沒選擇下的聊天對象。

雖然顧予覺得吵，但往好處想，莫黎減少了顧予陷進回憶裡的時間，多了幾分活在當下的鮮活感。

顧予這幾日精神好了不少，莫黎問個三五句，顧予能回個兩句，莫黎對此進步甚是滿意，「你認識孟老闆？」

「不認識。」

「我感覺他特別關照你。」

顧予沒接話，不置可否。關於孟然，他知道對方是救命恩人，可是他原本就沒要人救。

房間裡又是一片寧靜，莫黎習慣了這樣的對話模式，一個話題聊不下去了，他可以立刻說一個新的，想到的時候也會介紹環境，「這棟宿舍一共五層，總共三十間房，加上你目前住了二十六個人，都是樂園的員工，等你好點，大家可以認識認識。」

「不用麻煩。」

「我們不麻煩，是你覺得麻煩吧？」莫黎看似粗線條實則心細，那黑白分明的眼裡能分辨客套和敷衍。

顧予被說中了，也不反駁，靜靜看了莫黎一眼。

莫黎反倒覺得欣慰，「你開始有些情緒了，這是好事。」

顧予貌似聽懂了卻不以爲然，「你還做心理諮商？」

莫黎兩手一攤，「有些客人喜歡聊天，反正付了錢，我回個幾句也沒損失。」

「我沒錢。」顧予眸色淺淡，說起這三個字就和呼吸一樣自然，一點沒有普通人的羞澀、自卑等情緒起伏。

「和朋友說話收什麼錢？」莫黎莞爾一笑，拍了拍顧予的肩，像是要把什麼力量傳過去，「這世界沒那麼好，也沒那麼糟。」

是嗎？顧予的視線又轉向窗外，焦距落在遠方，不知道想起了什麼。

莫黎和顧予的對話總是聊幾句歇一會兒，然後再聊幾句。

隔日，莫黎又一身家居服踩著室內拖，敲了兩下顧予的房門，知道門沒鎖顧予也不會幫他開門，就逕自開了門進到房裡。

一進門就看見顧予剛洗了身澡，換上素淨的白衣黑褲，依舊坐在床上看著窗外。

「窗外有什麼好看的？不就是幾棵樹，偶爾飛來幾隻鳥？每天看都膩死了。」

顧予不想解釋，只是淡淡地回了句，「你不懂。」

「我是不懂，你說說看？」

「看了心情平靜。」

莫黎挑了挑眉，不怎麼認同，看見顧予一頭半濕的黑髮立刻轉移了注意力，彈向房裡的浴室拿了條毛巾出來，「你不知道洗完頭要擦頭髮嗎？還坐在窗邊，你是想再病一場嗎？」

莫黎邊說邊拿著毛巾往顧予頭上招呼，儘管罵罵咧咧，手上力道卻細緻輕柔。

「我自己來。」顧予伸手要去拿毛巾，莫黎卻不放手，「既然擦了，我就幫你擦乾，好人做到底。」

既然莫黎這麼說了，顧予只好把手放下。

「就你這個樣子，肯定沒辦法好好照顧自己，根本是少爺命，也不知道怎麼有辦法長這麼大。」

顧予像是被話刺到了，身體一僵。

莫黎發現了，手上極短暫地停了一下，不動聲色地順手放下毛巾，換上吹風機，「怎麼，不樂意？我都沒嫌自己是丫鬟命了。別亂動，很快就好了。」

顧予放鬆了僵硬的身體，低下頭配合莫黎。

「身體好點了？」

「嗯。」

「那好，我帶你出去走走。」莫黎沒用問句，他知道要是讓顧予選，顧予肯定不想出去。

顧予抬眼，張了張口，最後還是沒拒絕。

「出去走走對身體好。」莫黎念叨著從衣櫃裡翻出一件立領外套，堅持讓顧予穿上，這才回房換上外出服，帶顧予出門。

莫黎從宿舍後的車庫開出一輛半新的進口車，招呼顧予上車。

顧予坐上副駕，忍不住問：「你的車？」

「孟老闆的，說是給大家方便，你就當作公務車吧。不是特別貴的車款，反正有保險，撞壞也不用心疼。」莫黎說完還揚了揚嘴角，似乎真的不把這輛車當回事。

車子平穩快速駛出宿舍，在山坡的公路上穿梭。現在剛過午後，陽光普照，透過車窗往遠處看去能清楚看見一棟棟高樓，到了晚上，就是一大片漂亮的夜景。

「去哪？」顧予問。

「市區，帶你去吃點東西。」

「我沒錢。」不是出去走走？怎麼就變成吃東西了？做什麼顧予都無所謂，就是沒錢的這件事得先聲明。

「我知道，你之前說過了。」莫黎單手操控方向盤，左手肘架在車窗上支著頭。知道了還帶他出來？顧予弄不清楚莫黎是什麼意思，索性不搭話，而後發現對方似乎無論何時都是一副隨性不羈的樣子。

莫黎轉開車用音響放著龐克搖滾，心情很好，抓著機會就會幫顧予補充環境知識，也不管顧予聽不聽，「樂園雖然靠近市區，嚴格說起來還是荒郊野外，想買個東西都不方便，這麼隱蔽也是爲了貴客們的隱私，畢竟很多事情都不方便光明正大地做。」

車內安靜了半分鐘，顧予勉強給出了一個回應，「嗯。」

莫黎勾起嘴角，繼續道：「你可能沒聽過樂園，樂園在上流圈子很有名，稱得上是頂尖招待所。這樣的招待所在市裡不出五間，但能玩男人的就只有樂園。」

這些事情顧予早有耳聞，也就沒什麼訝異的神色，莫黎只當顧予向來都是這副淡漠的樣子。

莫黎和顧予想像中的樂園裡的人很不一樣，便多問了句：「你要在樂園待多久？」歡場總歸不適合長久待著。

「我也想知道。」莫黎輕笑一聲，「不用管我，倒是你，最好別踏進這個圈子。」

「爲什麼？」

「你不適合。」

「怎樣的人適合？」

莫黎嘆了口氣，「我說不出來，也許這世界上根本沒有人適合，留在樂園裡的人原本都不適合。」

顧予在莫黎原本神采飛揚的臉上看到了滄桑和疲憊，這和平日的莫黎很不一樣……顧予暫時分不清哪個才是眞正的他。

「樂園就是個大染缸，不管你原本是什麼樣子，進了樂園，都不再是原本的自己。」

顧予沉默，他很想說，他早已經不是原本的自己了。

「大家都想出去，從進來時就盼著離開的那天，但是有幾個順利呢？唉，不說了——」莫黎嘆了一大口氣，按下車窗，讓秋天涼風吹進來，同時把音響音量調大，高頻率的鼓聲和喧囂張揚的電吉他瞬間盈滿車內，彷彿驅散了一些難以言說的鬱悶。

顧予靜靜看著車窗外的景致，沒追問莫黎說了一半的話是怎麼回事，現在的他已經知道有些話最好別問，有些傷口最好別碰。

約莫一刻鐘，車窗外的景物從鬱鬱蔥蔥過度爲繁榮現代的城市風貌，車子並未往市中心開，而是在一個不起眼的入口彎入小巷，平順駛入一間有著黑色金屬大門的餐廳。要不是大門矮牆上低調掛著「與慶」二字，大部分的人大概會以爲這是棟民宅。

這間餐廳設計別緻，四周是庭園造景，在秋意正濃時也能有些繽紛的顏色。停車場不大，停著十多部車，有限量名車也有一般國產車。車子一停妥，就有穿著旗袍身段窈窕的服務生出來迎接、鞠躬帶位。

莫黎要了間包廂，兩人被帶著走了條左彎右拐的石板小路，到了一個有小院子的和室。

院子裡都是楓樹，楓葉剛紅了一半，紅中參綠像暈染似的看著也別有風韻。

服務生介紹幾句留下菜單就先離開了，讓兩人挑好菜後再搖鈴叫人。

「愛吃什麼就點。」莫黎大方地說著。

「你不是缺錢？」顧予記著莫黎說過待在樂園是因爲缺錢。

莫黎盤腿坐著，正在喝茶潤喉，聽顧予這麼直白地問，差點沒把茶噴出來，「咳咳，我是缺錢，但沒缺到連頓飯也請不起。」

「再怎麼說我在樂園這幾年也是存了點錢，反正——這店裡的菜也不貴。」

顧予看著菜單上的標價，不確定莫黎說的不貴是不是真的不貴，畢竟以前不缺錢，菜單上的標價從沒認眞看。

顧予想了想，還是把菜單放下，「給你點吧。」

「沒你愛吃的？」

「都可以。」顧予從醫院醒來後就吃得少，對食物的興致不高，說起這句話是眞的沒半點客套。

「那我點個三菜一湯，加兩個涼菜和甜品，要是不夠你儘管說。」莫黎這幾天盯著顧予吃東西，對他的食量心裡有底，也就沒點太多。

搖鈴點菜後，沒等多久就上菜了。

每盤菜分量不多，擺盤倒是漂亮得像幅畫，一般人第一次見了就算沒驚呼連連也會想拍照留念，顧予卻沒什麼反應。

「你不覺得挺漂亮的嗎？」莫黎訝異顧予如此淡定。

「好看。」顧予點頭，神色還是淡淡的，認爲沒必要解釋這裡他來過幾次，看多了就不新奇。

「快吃吧。」莫黎不急著動筷，先勸顧予多吃幾口。

顧予看莫黎沒動，知道盛情難卻，便道：「一起。」

兩人這才各夾了幾筷子。

「好吃嗎？」莫黎問。

「好吃。」顧予點點頭，入口的味道確實好。

莫黎有些欣慰，「這裡我以前來過一次，景色看起來一樣好，味道沒變。」

莫黎沒說是跟誰來，顧予也沒問，他曉得莫黎想說的就會說，不想說的問也沒用。

這一頓飯，莫黎又說了樂園的一些事，當然是揀開心的說了，有同事間的趣事，也有樂園裡的不解之謎，就是沒說進樂園之前的事。

顧予儘管飯量還是少，但已經比前幾日吃得多，這讓莫黎付起帳單時覺得沒那麼心疼。

穿著旗袍略施淡妝的女服務生笑容可掬，從玄關送兩人來到停車場，莫黎讓人別那麼麻煩，女服務生聞言深深一鞠後才離開。

剛走進停車場要取車，就聽見旁邊一輛剛發動的進口車立刻熄了火，從駕駛座走出一個把名牌穿了一身卻只襯出猥瑣氣息的禿頂男子，「哎喲，這不是莫黎嗎？」

莫黎一聽聲音，臉上掛上了營業用笑容，回頭望去，「陳二少您好，沒想到能在這裡遇到，眞巧。」

「樂園的新貨？看著不錯，叫什麼名字？」那人目光露骨地在顧予身上打量。

顧予胃裡一陣翻滾，說不出的噁心感油然而生。

「他不是樂園的人。」莫黎往顧予身前挪了一步，擋住陳二少的目光。

「不是騙我的吧？怕我陳征出不起價？」

「怎麼會呢？樂園的門永遠都開著。」

「哼，我過幾日就去樂園探探，小美人記得洗乾淨了等我。」

「歡迎，請記得提早預約。」莫黎禮貌地笑了笑，「陳二少的時間寶貴，我們就不多打擾了。」

陳二少自然知道莫黎是什麼意思，故意意有所指地丟了句：「莫黎啊，崔家訂了門親事，你應該知道吧？」

「郎才女貌，這段佳話早有耳聞。」

陳征常年浸淫酒色眼珠混濁，咧嘴一笑，露出猥瑣笑容，「你要是寂寞，我也可以陪陪你。」

莫黎裝作聽不懂，「我不寂寞，陳二少不用擔心。」

陳征不悅，臉色一垮，甩手便回到車上，引擎聲剛響，車子風馳電掣地滑出車庫駛離餐廳。

莫黎目送陳征離開，等車子消失在視線裡才和顧予回到車上。

「陳家的敗家子。」莫黎一上車就和顧予解釋：「放心，他最近又欠了一筆賭債，聽說差點被家裡打斷腿，短期內沒錢上樂園玩樂。」

儘管陳家的運輸業和顧家的地產業沒有來往，顧予對這人了解不深，不過陳征差點把陳家搞垮的事蹟實在太出名，連他都聽說了。

「樂園的貴客都這樣？」

「很少。」莫黎揚起嘴角，像是諷刺又像是挖苦，「大多都愛臉面，至少會把自己打理好，雖說關起門是另一個樣，但沒關門的時候通常人模人樣。」

「那你見過——」顧予一句話才說了開頭，臉色一黯，止住了話。

「誰？」

「沒什麼。」顧予不想問了，那個人有沒有來過樂園和他有何關係？

莫黎駕車離開與慶餐廳沒有直接回樂園，而是轉到一間便利商店停下。

「等我一下，買點東西。」莫黎說完就下車，關上駕駛座車門，走兩步後隨即回來，彎下腰單手撐在車頂，低頭探進車問：「你有沒有想買點什麼帶回去？盡管說，別客氣。」

「不用了。」

「來罐啤酒？不對，你身體剛好還是別碰酒，不如來罐可樂？」

「真的不用。」顧予搖頭。

莫黎見顧予堅持，便揮了揮手，關上車門往便利商店裡去了。

沒多久，莫黎結完帳從便利商店裡出來，手上拿著一個裝得滿滿的大塑膠袋，一上車就交給顧予，「有喜歡的就拿走。」說完就發動車子，開上寬敞平穩的馬路，打道回樂園。

顧予打開塑膠袋，袋子裡有洋芋片、捲心酥和一大堆糖果餅乾，什麼都有，像是沒有思考就隨便拿了一堆，飲料就只有果汁和可樂，另外還有一本八卦雜誌。

這麼一大堆零食和莫黎的形象合不起來，平常也沒見莫黎喜歡吃這些東西，像是莫黎特別爲顧予買的。如果零食和飲料是買給顧予的，那莫黎眞正想買的是什麼？八卦雜誌？

顧予想起這幾日莫黎照顧他時，經常坐在床邊的椅子上翹著腳看八卦雜誌打發時間。他以前就不是很喜歡這類雜誌，所以也沒注意莫黎都看了什麼。

因爲莫黎的這項喜好，讓顧予好奇雜誌上的內容，便把雜誌從塑膠袋裡拿了出來，只見封面上寫著〈政商聯姻，崔聿海島婚禮迎娶美嬌娘〉、〈G6開發案，盛世顧氏勢在必得〉、〈新版黃金單身漢出爐〉。

「怎麼了？」莫黎的眼角餘光發現顧予翻著塑膠袋，卻不說話，也沒拿什麼吃，摸不著頭緒。

「你喜歡看雜誌？」顧予從袋子裡拿出雜誌，揚了揚。

「八卦雜誌，誰不愛看？」莫黎匆匆看了一瞥，會意過來，笑了笑，「我房裡有一大堆，都送給你，打發時間很好用。」

「不用。」看熟人花天酒地緋聞連篇？還是看豪門恩怨愛恨情仇？他從小到大聽得夠多了，何況他自己的故事已經精采得夠做一本特輯。

顧予想起方才陳征說的那句話，看著手上的八卦雜誌瞬間心領神會，陳征說的崔家應該沒有別人了。

「崔聿要結婚了。」顧予淡淡地說，注意著莫黎的反應。

進口車性能好，操控性佳，坐起來平穩舒適，儘管如此，顧予仍能感覺到車子頓了一頓。他看了一眼後視鏡，方才的路上沒有任何坑洞或障礙物，莫黎爲什麼突然放緩速度？

「我分心了，你剛說什麼？」莫黎不好意思地說，表情看起來和平日無異。

「雜誌上說富航的崔聿和執政黨大老黃元信的小女兒結婚了。」

「嗯，上個月就傳出來的消息。」

「哦？我沒聽說。」顧予對於崔聿並不是很關心，只是隨口聊著，暗暗觀察莫黎。

「那時候你應該還在醫院，不知道也正常，當時新聞炒了快有半個月，兩位新人連幼稚園照片都被挖出來，親朋好友也被問過一輪，能報的花邊都報得差不多。每天打開電視就是他們的事情，看都看膩了。」

「你可以不看。」

莫黎莫名就噎了一下，一長串抱怨瞬間止住，竟是一句反駁也沒說出來，默默打開車上音響，讓快節奏的搖滾樂打破車上的寧靜，掩飾不知道該說什麼的尷尬。

車子穿過一片綠蔭後回到樂園，車子停妥後，莫黎讓顧予先回宿舍。

「你先進去，我在外面抽根菸，」莫黎背靠著車門，從外套內袋裡拿出銀色菸盒和打火機，樣式簡約，用草寫刻著幾個英文字，應該是一套的。

這幾天，莫黎怕影響病人，在顧予面前都沒抽，已經忍了好久。

「菸是什麼味道？」

「不是什麼好東西，快回宿舍吧，外面冷。」莫黎揮手讓顧予離開，熟練地點火抽起菸，再把打火機放進口袋裡。

顧予沒動，站在兩步遠處看著莫黎。只見莫黎修長的手指夾著菸，放在唇邊吸了一口便拿開，從口鼻緩緩吐出白煙，煙霧像片輕紗，把莫黎的臉蓋住，朦朧間他神情中似有一絲快慰和惆悵。

莫黎轉頭，發現顧予沒走，愣然問：「要抽？」

「好。」顧予走近。

莫黎愣住，「不要吧？你的病不是才剛好？」

「你知道對身體不好還抽？」

「我不一樣，我抽很久，戒不掉了。」莫黎厚著臉皮，理直氣壯。

「我想試試。」顧予定定看著莫黎，不退讓。

莫黎嘖了一聲，「別說是我帶壞你，不舒服就早點放棄。」

「不要你負責。」顧予輕輕笑了一下，伸手。

莫黎從外套內袋裡拿出菸盒，輕拍菸盒底部露出幾根菸，伸手遞了過去。

顧予拿了一根，用拇指和食指拿著，笨拙地放到嘴邊。

莫黎看著顧予生疏的動作不由地笑了笑，一手擋風一手打開金屬打火機，幫顧予點菸。

菸很快就點燃，紅色火光在白色菸捲末端燃起，顧予抽了一口立刻嗆得不行，辛辣感盈滿喉嚨和鼻腔。

「咳咳咳——」顧予咳得眼淚和鼻涕都不受控制，無奈他現在沒辦法太講究，隨手用袖子擦了。

「哈哈哈！」莫黎見狀笑得開心，似乎早就預料了這一幕，「慢慢吸，輕輕吐，讓菸順著喉管，在肺裡繞一圈再吐出來。很多時候，這樣會快活很多。」

顧予看了莫黎，滿眼不信。

「至少，這裡感覺沒那麼痛。」莫黎笑著指了指胸口。

顧予忍著菸草混著焦油的辛辣嗆感，按照莫黎的方法試了幾口，總算沒再嗆得一把鼻涕一把眼淚，慢慢地好像就適應了……人類這種生物，總是能習慣很多事情。

「笑一笑好多了，你也試一試？」莫黎指了指自己笑到發瘦的臉頰。

顧予奇怪地看了莫黎一眼。

莫黎把菸放嘴裡叼著，伸出空出的兩手，手指放到顧予頰上，一左一右往上劃撐開一個笑容，放開手後稱讚：「好看多了。」

顧予表情僵了僵，沒拿菸的手撫上嘴角，不清楚自己多久沒笑出這樣的弧度，木木地收起笑容，「沒事笑什麼。」

「爲什麼不能笑？笑是爲了讓自己開心。」莫黎說得理所當然。

顧予沒回話，吸了一口菸，這次沒再被嗆得咳嗽，身體像是有了短暫放鬆感，也許莫黎說的話是有那麼幾分道理。

隔日，莫黎恢復正常上班，去樂園前來看了顧予，關心了幾句後留下半包菸和打火機。

這晚顧予沒對著窗外發呆，而是隨手翻起昨天買的八卦雜誌，莫黎隨便翻了幾頁後也不管他要不要就送給他了。他以前對這種雜誌沒有好感更不會看，如今認眞閱讀內容，看著捕風捉影似是而非的報導時心情意外平靜，像是看小說似的，差別只是主角是曾經熟悉但如今已感覺陌生的一群人。

翻過一頁又一頁，直到〈新版黃金單身漢特輯〉時他停下了手，只因熟悉的面孔驟然出現在眼前——雜誌放了一張顧希穿著正式西裝的帥氣照片。旁邊還有其他幾位上榜者，但他已經無心辨認，目光死死地黏在那張照片上，眼裡情緒複雜，先是訝異，接著是憤怒、厭惡、心痛和懊悔。

他以爲自己遭逢變故後已經心如死灰，卻沒想到看見顧希的照片時還是怒不可遏，手上不自覺地用力把雜誌抓皺。

不知道過了多久，胸口那股憤怒稍稍平息，他才能逼自己挪開視線，閱讀這篇報導內的文字。

「本刊每年皆會評選出商界身價不凡的黃金單身漢，按資產、學歷、外型、家世等爲本刊讀者嚴格把關後選出十人。本年度按例配合局勢變化、資產增減等因素將名單做出調整。」

顧予跳過一大段關於評選標準，以及費時許久如何艱辛等無關緊要的廢話。

「富航崔聿因已訂婚無緣上榜，顧氏接班人顧予讓與股權後意外失蹤迄今下落不明。不過顧希自接掌顧氏起，即大刀闊斧進行內部改革，雷厲風行的手腕賦予顧氏嶄新面貌，近期推案接連完銷業績蒸蒸日上，本年度財報可望刷新記錄，頗有當年顧承風的風采故入選。東引金控尹弘國么子尹少千接任董事，尹少千畢業自常春藤大學，擁有ＭＢＡ高學歷，年輕多金加上堪比明星的外貌無疑是上榜人選。」

顧予看見尹少千時皺了下眉，懷疑尹少千可能買了這本雜誌的廣告，雜誌才會無視他更有作爲的兄長，讓他上榜，還寫了那麼多溢美之詞。

顧予跳過了不熟識的兩人，翻到下頁看見一張熟悉的面孔——于慕析。這張照片選得很好，側面四十五度角把于慕析原本就帥氣的五官拍得特別立體，身形挺拔寬肩窄腰，一身訂製西裝配上細框金邊眼鏡把他襯得優雅又矜貴，嘴邊帶著謙和的笑意朝人揮手，大概是出席公開活動時被拍下的。

于慕析什麼時候變得這麼有模有樣了？上次見到于慕析時他們聊了什麼？想不起來——

算了，反正不關他的事，顧予搖了搖頭繼續讀雜誌上的報導。

「盛世于慕析由于老指定接班後身價水漲船高，去年接任總經理後，完成棘手的商業區共有地整併，預計規畫商辦大樓，未來可期，帶動盛世股價再創新高。」

顧予腦中思緒紛來沓至，看了幾頁已感到疲憊，闔上雜誌，脫力般靠著牆坐了一會兒，目光落在桌上，起身伸手搆向莫黎留下的菸，抽出一根，點著放在唇邊深深吸了一口，緩緩吐出。

他知道自己不是以前的顧予了。他現在有個名字叫小雨，雖然聽著耳熟，一開始很排斥，聽久了也就麻木沒有區別了，反正也回不去以前的生活。畢竟有家人在的地方才是家，他沒了家人，便沒有家。

看著雜誌上的日期，木木地想起顧家接連出事後已經過去了大半年，總使他不甘心、不情願，一切已成定局。

他知道莫黎帶他出去走走的用意。他該走出這個房間了，即便他還不知道要做些什麼，也該適應新的生活。

人啊，還是得想辦法過日子。

當天深夜，莫黎又喝得很醉，走路都是歪的，磕磕碰碰弄出一連串聲響，在自己門前一陣摸索拍門。

顧予沒睡著，聽見聲音，開門一看，只見莫黎半邊身體攤靠在門上，兩手在褲子裡翻找，眼神矇矓，一身酒氣……多麼熟悉的場景。

顧予輕輕嘆氣，「怎麼了？」

莫黎聽見聲音，把目光投向顧予，努力把眼前的人看清，無奈舌頭不太靈活，「門……打、打不開。」

「我看看。」顧予幫莫黎找遍身上的口袋，「沒有鑰匙，你記得放哪了嗎？」

「在口袋啊？我……沒丟。」

醉鬼說的話能信嗎？顧予放棄再找，果斷決定先幫莫黎度過這一晚，「今晚你先在我房間睡。」

「唔，不……不能麻……麻煩你。」莫黎說著，靠著門的身體開始往下滑，過了兩秒意識到狀況不對，兩腿用力想站好，反而重心不穩就要摔倒，嚇得顧予趕緊扶了一把。

「不麻煩。」

眼看莫黎醉得不行，顧予拉過莫黎一隻手架在肩膀上，想把莫黎扶進自己的屋裡。卻沒想到爛醉的人實在太沉，顧予近來身體又差，立刻被莫黎的重量給壓得重心不穩，兩人狼狽倒地。

兩個人弄出不小聲響，宿舍幾個員工下班了剛好聽見，三五成群地過來一探究竟，七嘴八舌地把莫黎和顧予給架起。

顧予的肩膀和臀部在墜地時撞上了，頓痛一陣又一陣，忍著沒出聲。這些年他已經習慣忍耐，不輕易喊痛，尤其是在醫院那段痛不欲生的日子，他每天過得宛如酷刑，睜開眼就得和劇痛搏鬥，時常痛暈過去，也常痛醒。

「你們怎麼了？要做點什麼也得回房裡做啊！」穿著短版背心和緊身褲的男子打趣道。

「誰說的？在走廊才刺激好嗎？」這是一位妝容精緻留著長髮的漂亮偽娘說的，他身材纖瘦婀娜雌雄莫辨，不說話時根本看不出來。

「好了，你們就會開玩笑，把新朋友嚇到說不出話了。」穿著豹紋襯衫的壯碩男子對顧予露出善意的笑容，「還好嗎？有沒有哪裡受傷？」

「我沒事，謝謝。」

「你一定是莫黎負責帶著的那個小雨對吧？」

「嗯，你們好。」顧予原本不想和人有太多接觸，但想到三人是莫黎的朋友，便禮貌性地露出淺淺微笑。

「我是楚天，他們是Eno和小雪。」楚天個頭最大，主動介紹。

顧予向三人點頭微笑，就算是打過招呼，雖然他的態度不至於冷淡但也說不上親近，不過他們看起來都不以爲意。樂園裡的人形形色色，初來乍到，生疏很自然。

Eno攙著莫黎，「莫黎怎麼又醉成這樣？」

小雪抿嘴一笑，「人啊，一有傷心事就想把自己灌醉，何況我們這些人喝客人的酒不用付錢，就更沒分寸了。」

楚天轉頭對著小雪說：「別說了。」

「我也沒說什麼，大家不都知道的嘛？」小雪委屈地瞪了楚天一眼。

Eno舉起手指放在唇上，「噓！」

「好啦好啦，我不說了，累死了，你們早點弄完早點睡。」小雪跺腳，哼了一聲，說完就往自己房間走去，遠遠還能聽見轉動門把和開門、關門聲。

「你們誰來幫忙開莫黎的門？他應該帶著鑰匙吧？」Eno攙著莫黎越來越吃力，開口催促。

顧予側身讓開通道，「找過了，沒找到鑰匙，我的床可以讓給他睡。」

「哦？那你睡哪？」小雪好奇地問。

「我沒關係，這幾天睡太多了，剛好睡不著。」

「這是你說的啊，嘖，莫黎怎麼這麼重？」Eno面露痛苦，一副快撐不住的樣子。

「你的體力不太行啊？」楚天連忙過去幫忙架起莫黎，兩人合力把爛醉如泥的莫黎搬上顧予的床，顧予幫忙把莫黎的鞋襪脫了。

「有事要幫忙可以找我，我在前面那間房，門上掛了個風鈴的就是我。」楚天道。

Eno搬完莫黎還有些喘，聞言也跟著說：「莫黎幫過我幾次，他要是有事也可以找我，我住樓上，門上有個藍色太陽。」

「謝謝你們。」

大家工作一晚都累了，安置好莫黎後就各自回房。

隔日，宿醉醒來的莫黎被頭痛叫醒，發現竟然不在自己房裡，轉頭一看，顧予不知道什麼時候把椅子拉到窗邊，正對著窗外的景色心不在焉地翻著八卦雜誌。

顧予的房間外沒有遮蔽，窗戶總是開著，時常有風吹進來。涼風陣陣，吹起顧予垂在額前和兩頰略長的頭髮，露出濃淡合宜的眉，和略圓的眼型，他像是在看雜誌也不像在看雜誌，神色寡淡，眉眼間盡是疏離淡漠。

他原本就是這個樣子嗎？看著年輕，怎麼一副死氣沉沉的樣子？然而撇開不符年紀的成熟，眼前這一幕就像畫報似的，比雜誌裡的模特好看。

宿醉並不好受，莫黎頭痛欲裂，才看了顧予兩眼就不由地倒吸了口氣，連忙揉起太陽穴。

顧予發現莫黎的動靜，轉頭，「早。」

顧予這一動，不屬於這個世界的疏離感瞬間褪去，突然鮮活起來，多了點人味。莫黎心想，讓顧予願意稍微敞開心房，他的努力也算是沒有白費吧？

「早，幾點了？」莫黎開口，聲音還是啞的。他在顧予房裡沒看見時鐘，摸了口袋也沒找到手機。

「差不多中午吧？樓下送便當的剛來過。」顧予的窗下剛好能看見宿舍門口。樂園的人都過著夜生活，多半睡到午後，這時候叫外送的只會是宿舍管理員和清潔工。

「中午？那挺早的。」

顧予把雜誌放到一邊，起身幫莫黎倒水，「喝水嗎？我不知道要去哪裡找解酒的東西。」

「水也可以，謝了。」莫黎道謝，接過杯子，一口喝下。

顧予見杯子空了，伸手把杯子拿了回來，又倒了一杯給莫黎。上次顧予病了之後，房裡多了開水壺，現在喝的水都是煮過的。

「我怎麼在你房裡？又占了你的床，你該不會一夜沒睡吧？」莫黎這次喝水的速度放慢許多。

「你沒帶鑰匙，又喝醉了，就讓你進來睡。」

「啊，鑰匙？不會又掉了吧？」莫黎有些懊惱，他喝醉了就亂扔東西的毛病老是改不了，「是你把我抬進來的嗎？就你那點力氣？」

顧予覺得被莫黎小瞧了有點不滿，旋即想到現在的自己確實撐不住莫黎，只能認了，「楚天和Eno幫了忙，還有小雪也來了。」

「哦，老同事，回頭我再謝他們。對了，謝謝你的床和水。」莫黎說著便把杯子放在床邊櫃子上，拉開被子下床，「我去找管理員拿鑰匙，上回弄丟鑰匙後就寄放了一把在他那。」這樣就不用再找鎖匠開鎖。

莫黎聞了聞自己身上的味道，衣服沾上菸味酒氣還有一股酸味，八成是吐的時候拿袖子擦嘴沾上的，味道複雜難聞讓他皺起眉頭，然後心虛地看向顧予的床，尷尬地笑了笑，「我身上太臭了，晚點我幫你把床單被套換洗一下，被我睡過後你都不能睡了。」

「沒關係。」顧予心想這種事聽起來不難，他應該能做到。

「哪能沒關係？我先回房間洗澡換衣服，把自己弄乾淨了再過來處理，忙完後晚上還要上班。」

「去樂園嗎？」

「當然。」

顧予眼神一轉，難得對一件事露出了一點興趣，「樂園是什麼樣子？」

莫黎微愣，「聲色場所能有什麼樣子？」

「我想去看看。」

「有什麼好看的？我每天看也不覺得好看。」

「找工作，還錢給孟老闆。」顧予還記得在醫院裡說過要還錢的事。

「就說了你不適合。」

「你不也說過，大家一開始都不適合？」

莫黎話到嘴邊又嚥了回去，什麼樣的人適合樂園？他還真說不出，樂園裡什麼人都有。如果要找出共同點的話，大概都是有故事的人。

莫黎先和樂園經理宋沁通了電話，把顧予想去樂園看看的事說了。

宋沁一開始不同意，想到孟然說過盡量滿足顧予的要求，最後還是同意了。

「你要看好他，出了事由你負責。」宋沁不忘把責任推乾淨。

「知道了。」莫黎硬著頭皮答應了，其實心裡也沒個底。

莫黎把結果告訴顧予，他神色如常，沒有特別高興或者別的情緒波動。

「我要穿什麼？」顧予打開衣櫃，衣櫃裡有剛入住時，孟然讓人置辦的衣服。負責的人沒問顧予就買了些襯衫西褲，除此之外，只有一兩套有領休閒衫和牛仔褲。

「唔，白襯衫黑西褲，這也可以，安全牌嘛，哪個男人不適合呢？」莫黎頓了頓咕噥了一句：「只是和員工制服太像了。」

顧予點頭，洗了澡就把衣服換上，這次記得吹乾頭髮了。

莫黎今天還是一身狂野，漁網似的上衣和沒穿差不多，上身套了件皮夾克，半遮半掩，下身是件低腰短皮褲，露出一截勻稱腰身和丁字褲褲頭。

顧予看呆了。

莫黎主動解釋：「這在樂園不算太出格的打扮，每個人風格不一樣，提供貴客們不同選擇，偶爾有主題活動才要穿訂製的制服。」

顧予還是想不出要說什麼，只能點點頭，「知道了。」

「走吧。」

兩人步行走在石板路上，沿途是暖黃色的路燈和花草樹木。

「你別亂跑，在前面走走還可以，後面那些房間是做生意的，你別進去。要是遇到客人，你什麼話也不用說，走開就是了，絕對別說你是樂園的人。」莫黎絮絮叨叨念了一路。

「你已經說三遍了。」

「我還是不放心你。」莫黎又上下看了一遍顧予，雖然他沒有刻意打扮，但憑著出色的外貌和身上乾淨的氣質就夠吸引人了，「太招蜂引蝶了。」

顧予淡淡抬眸望向莫黎，「什麼？」

光是一個簡單動作，由顧予做就別有風采，讓人升起一種想碰觸、想收藏，甚至更齷齪的心思。

莫黎越看顧予越是擔心，「樂園的貴客們都是要臉面的人，人多的地方不會明擺著強迫你……你要是落單了就大聲叫人。」

「知道了，我又不是沒有半點反抗能力。」顧予覺得莫黎的反應太誇張了，他又不是什麼稀罕的稀世珍寶，何必如此不放心？

他出門前照過鏡子，沒覺得有多好看，衣服也不如其他人暴露，而且還沒正式加入樂園，實在不理解莫黎的擔憂。

莫黎嘆了口氣，「我是真的擔心。」

顧予無奈，「你放心，我會自己負責。」總歸不是什麼龍潭虎穴吧？

談話間，優雅洗鍊的白色建築物很快就映入眼簾，這是顧予第一次來到樂園。

不同於顧予的想像，這裡的氣氛一點也不像個聲色場所，如果要找個形容來比擬，大概更近似於他去過的那些高級餐廳。柔和的燈光設計、典雅又恰當的布置，來往的服務生都穿著白襯衫黑馬甲和西褲，舉止儀態都經過訓練，禮貌周到又優雅。

「莫黎，今天比較早啊？」門口的接待看見莫黎立刻出聲招呼。

「對啊，帶朋友來看看，和宋經理打過招呼了。」

「我知道。」門房並不訝異，看來宋沁交代過了。

門房看見了顧予，禮貌性笑了笑，側過身，做了個請的動作。

莫黎帶著顧予走進大廳，一邊介紹，「今天還早，走大門沒關係，也方便你到處看看。」

「平常不這麼走？」

「大門是讓客人出入的，我們要是走大門難免會碰見不想見的人，挺麻煩的。大家通常都從側門進，不用經過大廳就可以直接到休息室。」

「休息室？」

「一般我們上班會先待在休息室裡，客人有需要的時候，經理會把我們叫出去，有時候是直接指名，有時候就像選美那樣站一排讓人挑。」

顧予想像了一下畫面，心裡隱隱覺得不舒服，因爲不想讓莫黎難堪，便只點點頭表示聽見了。

「其實宋沁那裡有照片，也有貴客會看著相冊挑，不過大部分新客還是喜歡看到眞人。」

「客人都在什麼地方？」

「一般都在包廂裡飲酒作樂，樂園後面有幾個房間，需要額外空間進行其他服務的人有些就會預約那些房間。」

「性交易？」

「大部分是吧，這裡是樂園，只要不危及性命也不是太誇張的要求，基本上什麼服務都有，當然也有那種只是來找人聊天的客人。」

莫黎帶著顧予參觀了包廂、庭園、餐廳，並隨機挑了一間房間。

房間裡明亮寬敞，有著可以供十多人玩樂的客廳，客廳裡包含了視聽設備、擺滿酒的酒櫃、器具齊全的吧檯、只用透明玻璃作爲隔間的衛浴，可以想見裡頭的人沐浴時外頭會看見什麼樣的光景。在一道從天花板垂落至地的輕幔後，是兩張超大尺寸的圓形床。

這樣的床一張已經夠四五個人睡，爲什麼需要兩張？顧予沒有問出口，有些事情光看布置就能想像。

「很糟糕，對嗎？」莫黎的語氣頗有種置身事外的感覺，也許是麻木了吧？

「還好。」關於放浪形骸的玩樂，顧予不是沒聽過，只是沒想過有一天自己會站在這裡。

莫黎笑了笑，拉開床邊有著精緻桌腳的古典矮櫃，「這抽屜裡的都不是好東西，像這個藥水雖然味道還可以，過程也能享受到，但醒了後多半會後悔。」莫黎說完又拿起一個像香水般做工精緻的玻璃罐，「這是塗的，見效快，什麼效果我就不多說了，另外還有道具——」

莫黎拉開顧予原本以爲是衣櫃的櫃子，裡頭滿滿的助興物品，從裝扮道具到鞭子、蠟燭、按摩棒……各式各樣都有。

莫黎苦笑，「這些都是新的，也消毒過了，樂園這方面的員工福利還算不錯。」

顧予啞然，不知道該說什麼。

樂園裡每個房間都有獨立的院子，莫黎推開房間外的落地窗，落地窗外有個平台，景色很漂亮。平台上有個露天大浴缸，要是有心情的話還能一邊泡澡一邊看星星。

看得出這一切都經過精心設計，質感和品味不落俗套，只是在見過那兩張大床和櫃子裡的東西後，顧予覺得還是宿舍的小房間讓人安心。

「這裡的房間風格都不大一樣，有些……比較強烈？希望你不要有機會看到。」

莫黎拿出手機看了一眼，「時間差不多了，這時間開始會有客人抵達，不能再待下去了。」

兩人退出房間，走在廊上。

「我得去休息室，你自己能回去吧？」莫黎還是想趕顧予回宿舍。

「晚點。」顧予聽出莫黎的意思，然而他還不想回去。

「我沒辦法一直看著你。」

「你本來就不用一直看著我。」

莫黎瞪著顧予，像是拿他沒辦法。

顧予不想和莫黎吵，重複了莫黎交代的話，「『要是遇到客人，你什麼話也不用說，走開就是了，絕對別說你是樂園的人』，我都知道了，還有什麼要注意嗎？」

僵持了一會，顧予沒有退讓的意思，莫黎最終敗下陣來，嘖了一聲，「算了，一起去休息室。」

「嗯。」

休息室是位於大廳樓梯後面不起眼的房間，裡頭燈光明亮而且非常熱鬧，約莫三十多個打扮各有特色的男人在其中化妝、聊天、抽菸、吃東西、滑手機，或者什麼也不做。他們有的從宿舍來，有的住在城市裡，時間到了才來上班，大多數人都能自己處理衣著外型，要是處理不了，樂園也有彩妝造型師，時間到了就在休息室裡，把大家打理好了才離開。

畢竟他們對樂園而言是商品，要弄得漂亮可口才能賣個好價錢。

休息室裡的人一見莫黎進門，約莫一半的人都打了招呼，可以想見他的好人緣。

不少人都對莫黎身邊的顧予感到好奇，一個接一個紛紛將目光對準了這名過分好看的瘦削青年，或竊竊私語或直接問了出來。

「這個漂亮小子是哪裡撿來的？」

「長得眞好，就是太瘦了，能在樂園撐多久呢？」
「我已經可以想像這個月的業績排名了。」
「還不一定呢，看起來就是個沒經驗的。」
同事們的議論讓莫黎有些頭大，揉了揉太陽穴，清了清喉嚨，對著那些人說：
「這是小雨，孟老闆撿回來的，交代我要看好了，你們也要幫忙看著。」
議論聲頓時停下，眾男男面面相覷，好像回憶起了什麼——
「哦？我聽說了，就是那個住在你隔壁的人？」
「讓莫黎被罰了幾天禁足的那個人？」
「我想應該就是了，只是沒想到長得還不差。」
「還有，他沒有要在這裡上班。」莫黎覺得非常有必要聲明這一點。
「暫時沒有。」顧予接在莫黎的話後，淡淡補了這麼一句。
眾男男瞪大眼睛之後立刻又愣住，心想小雨這話是什麼意思？
站得近的小雪問了一句：「你是指以後會進樂園？」
「他不會——」莫黎想代顧予回答，卻被顧予打斷。
「我還欠孟老闆錢。」顧予提醒莫黎，「我會還。」
幾個和莫黎熟的圍了上來，其中就有那天晚上的楚大和Eno，這兩人爲人處事講求圓滑，連忙幫著打圓場。

「以後的事以後再說。」

「小雨也是有苦衷的吧？誰又沒有苦衷呢？」

「不一定要在樂園工作才能還錢，莫黎也是爲你好。」

「當年莫黎也勸過我，我沒聽他的，誰叫樂團裡賺錢快呢？」

楚天和Eno你一言我一語，像唱雙簧似的，莫黎聽得不知道該生氣還是該笑，對顧予那點護犢之心也就放下了些。

顧予禮貌地笑了笑，明白莫黎三人的好意，也知道他們誤解他的意思，他其實只是想著，樂園這麼大總會有他能做的工作吧？

其他的人寒暄完繼續進行方才手邊的事情，只是有些人裝作不在意，目光卻不時偷偷飄過來……

又過了些時間，休息室的門被打開，一個穿著三件式西裝，梳著油頭，一臉精明的中年男子走了進來。

休息室內眾男男安靜下來，等著那名男子說話。

那人聲音略高亢，高聲道：「莫黎、小雪，白露包廂。」

「好。」

「上工了。」

莫黎、小雪雙雙站起，跟著西裝男子出去，休息室的門覆又闔上，眾人再次恢復到剛剛的樣子。

「他就是宋沁。」楚天告訴顧予。

這是顧予第一次見到宋沁，沒有什麼太多的感受，「宋經理人怎麼樣？」

「他啊，人前一張臉，人後又是另一張臉，我們這些人都不喜歡他，但他能擺平客人，我們能拿他怎樣？不過有時候他能幫我們談到不錯的價碼，這點是大家還忍受他的最大原因。」

之後有時是宋沁自己來，有時走不開是讓人來請，也有唱名一票人出去讓貴客們挑選。

後來Eno也被叫走，剩顧予、楚天和幾個人在休息室裡。

「樂園裡的人不是每天晚上都有工作做，比如說我，長得不太討喜。」楚天尷尬地笑了笑，「大家聊聊天，時間過得比較快。」

顧予點了下頭，不置可否。

「你要是想知道什麼都可以問我，我猜莫黎有些事情不告訴你。」楚天抓了抓頭，「我也欠孟老闆錢，很大一筆錢，我知道在這裡能還得比較快，雖然真的不是什麼好地方，但每個人都是自願的。」

顧予淡淡聽著，以前他就常當一個聆聽者，而且他挺喜歡楚天這樣真性情的人。

「也不能說是自願，應該說每個人都有自己的原因，不得不自願。」

「我知道。」

「你眞的要加入樂園嗎？想好了？」

顧予頓了頓後問：「樂園裡的人能不賣身嗎？」

「可以，不過錢比較少。只要我們不願意，按樂園的規矩，客人們不能強迫，只是這樣很危險。」

「危險？」顧予不解。

「你要知道樂園的消費很貴，來的都是出得起價的有錢人，要什麼就有什麼，你要是跟他說什麼不能要，原本沒興趣的都要產生興趣了，他還不千方百計設套給你嗎？」

顧予聽懂了，他也認識這樣一個人，那個想起來就心裡不舒服的人。於是他深吸了一口氣，輕聲道：「小心點就是了。」

「眞的要非常小心。」楚天看著顧予的臉有感而發。

這天，休息室裡的洗手間碰上了管線維修不能使用。

顧予在楚天指路下出了休息室，來到客人使用的洗手間。就在洗完手要離開時，一個有些耳熟的男聲從身後喚住他。

「顧予？」

顧予身體一僵，隨即頭也沒回逕自往外走。

那人卻不放棄，追了過來，「顧予，沒想到你在樂園？我是魏哲永，你不記得了嗎？」

魏哲永，雙全集團的么子，當年尹少千的跟班，總是畏畏縮縮一臉怕事的樣子，現在應該在家裡公司做事……顧予快速地回憶起來。

雖然顧予沒有停下腳步，魏哲永仍沒有放棄的意思，猛然伸手抓住顧予的手臂，「顧予？」

顧予被抓住只好停下腳步，回頭甩開魏哲永的手，聲音冰冷，「我不認識你。」儘管面如寒霜，心裡卻七上八下，他很確定自己的臉和以前不同了，按理不可能會被認出來。

魏哲永這時才看清眼前男子的臉，沒想到確實不是顧予，尷尬笑了笑，「抱歉，我認錯人了，我以爲你是我失蹤的朋友，你們神韻有點像，不過你倒是比他好看。」

顧予不搭話，被抓住的手臂還隱隱作痛，此時也沒心情查看是不是被弄傷，側身邁步越過魏哲永打算離開。

沒想到魏哲永跟在顧予身邊，又問：「你叫什麼名字？常來樂園嗎？」

魏哲永看顧予沒反應，繼續說道：「我沒有惡意，只是你和我一個認識的人很像，不是長得像，是感覺很像。」不想放走顧予，他便擋住顧予去路。

顧予被迫停下腳步，心情很差。他不記得和魏哲永有過交情，也算不上交惡，他和尹少千的那點不愉快算不到魏哲永頭上，不懂爲什麼對方對失蹤的顧予如此執著，不客氣地沉下聲音，「讓開。」下意識揉了方才被魏哲永弄痛的手腕。

魏哲永發現了立刻問：「對不起，弄痛你了嗎？我應該沒有抓得太用力？」

「我不認識你，也沒興趣聊天。」顧予沒好氣地說著。

「你沒事就好。」魏哲永注意到顧予不是往包廂走，「你在樂園工作嗎？以前沒見過你。」

由於魏哲永擋住去路，顧予只好站在原地，他對路線不熟正在思考是不是要往後走，先甩開魏哲永，再繞路回休息室……

「魏哲永？你上個廁所也太久了吧？是掉進馬桶裡了嗎？」裴歆略顯尖細的嗓音遠遠傳了過來。

魏哲永從小就處處不如裴歆，就算跟著尹少千，美其名是左右手，卻沒像裴歆那樣被尹少千倚重。聽見裴歆的聲音，他臉上表情頓時一斂，顧不上和眼前形似顧予的人說話，朝裴歆聲音處喊了一聲：「我要回去了。」

接著他對顧予露出微笑，有些靦腆，「如果你是樂園的人，我能捧你場，我叫魏哲永。今天和朋友來不大方便，下次我一個人來找你，好嗎？」

顧予根本不想回答，但怕不直接拒絕魏哲，他永會聽不懂，只好開口：「不必了。」

這時，裴歆又喊了一聲：「死胖子，還沒好？」

魏哲永小時候長得胖就被這麼叫，長大抽高後算是中等身材說不上胖，裴歆卻還是沒改私下的稱呼。

魏哲永臉上一白，勉強對顧予笑了笑，轉身往回走。沒多久就和裴歆會合，顧予還能聽見隱約的談話聲。

「你忘了尹少在等你回去喝酒嗎？」

「我肚子不舒服，沒辦法嘛！」

後半夜，樂園不那麼忙了，顧予找到宋沁，毛遂自薦，在樂園找到了份工作——彈鋼琴。

顧予練過幾年鋼琴，說不上職業水準，還是可以應付一般演奏，只是車禍後生疏了很久，需要時間練練。

樂園的貴客要到包廂時都會經過庭院花園，花園木平台中央擺了一架白色三腳鋼琴，鋼琴四周是用玻璃和鋼骨搭起來的花架，上面纏繞著薔薇藤蔓，非常夢幻浪漫。

這架鋼琴看起來維護得很好卻不見有人彈奏，宋沁聽見顧予毛遂自薦一開始也沒答應，請示了孟然後才應允，開出的薪水比不上樂園裡的男陪侍，卻已經比一般工作豐厚不少。

顧予沒有抬價，不清楚這樣的工作應該拿多少報酬，但這不妨礙他理解要靠彈琴還欠孟然的錢很不現實。

反正樂園提供基本的食宿，只要不挑住不挑食，可以說是生活無虞，彈鋼琴只是權宜之計，他就是找個地方先待著。

隔日，莫黎聽見顧予的新工作頓時瞪大了眼睛。

「你、你——」莫黎有一大串問題，卻沒想到一時口拙，瞪著眼睛指著顧予一句也沒問出來。

「和宋沁講好了，就只是彈鋼琴。」

莫黎嘆氣，他知道這時候講什麼都沒用，收回手指，無奈地開口：「你愛怎樣就怎樣吧，要是不想待在樂園了，外面的世界還很大。記住，有一天，一定要從這裡出去！」

顧予沉默片刻，在莫黎注視下，輕輕地開口，「我會的。」

Chapter 4 舊時故友

顧予得到鋼琴演奏工作的隔日就開始上工，他收到了一套樂園的制服，白襯衫加黑西褲搭配領結，襯衫不是全然的白，繡著幾條銀線低調又有質感。

其實制服說穿了和樂園服務生穿得沒差多少，差別是他沒有背心，也不像經理有西裝外套穿。儘管制服都是固定板型不如訂做的合身，顧予偏偏穿出了清冷矜貴的氣質，把莫黎和楚天看得一愣一愣的。

楚天對著莫黎問：「公司制服有這麼好看嗎？」

莫黎搖頭，「不可能，這是同一套嗎？」

「是臉，一定是臉的關係！」都說時尚的完成度在於臉，楚天覺得只有這個可能。

莫黎手指撐著下巴以手抱胸，用審視的目光盯著顧予繞了一圈，「不，我覺得不只是臉的關係，他有種說不上來的感覺……」

顧予嘴角勾起戲謔的弧度，不知道是自嘲還是單純覺得好笑，沒等莫黎琢磨出來就開口打斷了兩人的猜想，手指了指外面，「要去抽菸嗎？」

「好啊！」

「走！」

什麼清冷矜貴都是幻覺，回到現實，他們三個只是各懷心事的普通人。

顧予開始上工後臉上笑容變多了。他覺得這像極了一種重新社會化的過程，學著在這光怪陸離變幻莫測的世界裡穿上一身鎧甲。

如同莫黎所說，沒事也可以笑，可以是爲了讓自己開心而笑，也可以是爲了多一層僞裝而笑，笑著看起來特別無害、沒有威脅性，可以萬般不過心，更不用交出眞心。

按樂園的規定，顧予一晚得彈四個小時，中間自由休息半小時，沒有指定曲目，也沒有人監督他是不是彈滿規定的時間。他對這份工作還算滿意，很自由而且不用說話，更不用理會上門的貴客，減少和人的接觸就少了很多麻煩。

有時候他也會用眼角餘光暗暗觀察那些來來去去的貴客，看著在外面有頭有臉的體面人物在這裡換上另一副嘴臉和舉止。有時也會在他們高談闊論時聽到一點小道消息。

樂園裡舉目所及都有講究，鋼琴也是知名的高檔品牌，音色漂亮，做工精良，莫黎說上一位鋼琴師離職了大半年，不過定期有人保養和調音。

顧予有近一年的時間沒有好好練琴，加上車禍時手受過傷，原本擔心無法勝任，還好除了一開始有些生澀，後面就上手了。

說起來他的手眞是多災多難，小一時從鞦韆掉下來時傷了一次，半年前車禍又傷了一次，只是小時候復原快除了留下一道淺淺傷疤外，不影響他練琴，車禍這次就沒那麼幸運了。雖然傷處已經復原，日常生活無礙。但他能感覺手指協調性有了細微的延遲，技巧比不上以前，不過他不是參加檢定或比賽，隨機應變當作即興演奏無傷大雅。

除了以前常彈的幾首練習曲外，他也彈了自己寫的曲子，只要敲出開頭幾個音，後面音符就自動浮現在腦海中，手指輕快地在黑白鍵上飛舞，孰悉的旋律從指尖流瀉而出。自甦醒後心中那股鬱悶、悲傷、痛苦、不甘找不到人訴說，此時他總算能藉由琴音酣暢淋漓地宣洩。

一開始顧予還陶醉在音樂中，慢慢地他發現自己的琴音變了，即便彈輕快的曲子也像多了一絲哀傷，而緩慢憂傷的曲子更是沉痛得讓人喘不過氣……不過，應該沒人聽出來吧？誰來樂園是爲了聽演奏？

他不介意沒有人靜心聆聽，畢竟上門的貴客都是爲了尋歡作樂，有人聆聽琴聲才令他意外。他已經沒了爲誰演奏的想法，他是爲自己而彈……從今以後，他也只爲自己而活。

✦

安穩的日子才過了一週就有了變化，這晚他結束上半場的演奏打算回休息室休息時聽見有人叫他。

「小雨！」

顧予停下腳步，回頭，是魏哲永。

「這位……客人，有什麼能爲您服務？」顧予上班第一天有過一個十分鐘的員工訓練，宋沁讓一位資深員工教他樂園裡的待客禮儀，只是他通常不需要和客人打交道，以至於這段話到現在說得還不順口。

他暗暗打量魏哲永，對方看起來像是有什麼重要的話要說？他不意外對方知道他叫小雨，肯定是問了樂園的人，他意外的是魏哲永對他竟然如此窮追不捨。他以前怎麼沒看出來？但他以前沒看出來的事太多，好像也不差這一件……

魏哲永對小雨笑了笑，他長得方頭大耳，笑起來有幾分憨厚，「有件事想問你。」

顧予不知道魏哲永葫蘆裡賣的是什麼藥，閃閃躲躲不是辦法，得弄清楚才好應對，勉強擠出職業性微笑，「問吧。」

由於顧予一副隨時就要離開的樣子，魏哲永顧不上是不是太唐突沒禮貌，劈頭就問：「你在這裡工作收多少錢？」

「沒多少。」顧予是眞的覺得沒多久，另一方面是覺得這種問題沒必要確實回答，「問完了，我可以走了吧？」

魏哲永一聽急了，拉住小雨，「別走，聽說你是爲了還債才待在樂園？」果然向人打聽了他。顧予心想這件事讓魏哲永知道也無所謂，便點了下頭，同時後退一步掙開魏哲永的手。

「我可以給你一筆錢，你讓我做一件事。」

顧予不免有了戒備，「什麼事？」

魏哲永見顧予沒有直接拒絕，知道有機會，臉上擠出更多討好的笑容，然而話到嘴邊卻又吞吞吐吐，「那個，我……」直到顧予等了又等，不耐煩想走，才急急說出口：「我想幫你刺青。」

顧予以爲自己聽錯了，看了魏哲永表情認眞地又說了一次才確定，淡淡回絕，「沒興趣。」他怕痛。

「這是我的一點小嗜好，你讓我很有靈感。」魏哲永拿出手機，手機裡是一張張人體局部照片，上面是或大或小的刺青，「你放心，我不會在別人身上亂刺奇怪的圖案，這是我的作品，還不錯吧？」

顧予沒聽說過魏哲永有藝術方面的天分和興趣，原本打算直接拒絕。對他來說要在身上紋一些不成熟又低俗的圖案比死還難受，冷淡的目光落在手機螢幕上……結果那一張張作品意外地還挺有模有樣，有華麗繁複的圖騰，也有複雜精細的人物面孔，說是藝術也不爲過，「你想刺什麼？」

「薔薇，我覺得你像是被困在樂園的薔薇，冷豔堅強。」魏哲永笑得靦腆，有些侷促地說著：「家裡不喜歡我做這個，所以作品不多，但我對自己的技術很有把握。」

顧予沒管魏家是不是支持魏哲永的興趣，也不想知道自己像不像什麼薔薇，只是想了想自己的處境，又看了看魏哲永熱切的目光，慢慢瞇起眼睛，唇角勾起一抹散漫的笑，言簡意賅，「多少錢？」

顧承風教過他，世上絕大多數的東西都有價碼，只要付得起錢，一切都好談。

魏哲永手指比了一個二，顧予看見了瞬間沉下臉，轉身就走。

「等等，我再加一點！」魏哲永著急，加了一根手指。

顧予看了一眼，不屑地輕笑，加快腳步。

魏哲永不死心，豁出去般丟下一句：「要不然你開個價！」

顧予這才駐足，回頭說出他欠孟然的數字。

他怕痛，能讓他心甘情願接受魏哲永條件的，必然是一個不小的數字。剛好他欠孟然一筆錢，如果能趁機還清最好不過——儘管孟然慷慨地沒說過要他還錢，他不喜歡也不不習慣虧欠於人。

魏哲永沒想到會聽到如此超過預期的數字，嚇得瞪大了眼睛，接著露出不好意思的神情，支支吾吾：「我、我還沒眞正接手家裡的事業，一時之間沒辦法拿出這麼大筆錢，能不能打個折？」

魏哲永的經濟命脈掌握在父母手裡，雖然已經在自家公司做事，只是在他能獨當一面之前領的還是爸媽給的零用錢，即便金額不小夠他出來和朋友廝混，比起其他出手闊綽的富少還是差了一大截。

「不能。」顧予轉頭就走，他對魏哲永家裡的狀況有所耳聞，然而他不認爲魏哲永沒點自己的私房錢。

「別走，五折！打個五折可以吧？這已經夠你揮霍很久了！」

魏哲永看著顧予漸行漸遠，內心焦急，他有預感這個作品會很成功，計算著把這些年存的錢加上賣掉一些收藏，約莫能湊出來的金額，心一狠，牙一咬，對著顧予的背影喊道：「七折！我手上就只有這麼多了！」

顧予嘴角微微勾起，「成交。」議價成功。

他開價的時候衡量過，這筆錢說多不多，說少不少，差不多能讓魏哲永覺得有些肉痛，卻又沒眞的傷筋動骨。剩下的是賭魏哲永有多想在他身上紋那個圖樣，就算賭輸了他也只是維持現狀，不算虧。

顧承風教過他，當自己有了對方想要的東西，那就掌握了主動權。

「錢匯到樂園，我們就開始。」顧予丟下這句話，頭也沒回地走開了。

「好！」魏哲永上一秒還在心疼積蓄瞬間揮霍一空，想到又能完成一件作品心情瞬間轉爲雀躍，他已經迫不及待了。

✦

莫黎有個特別的熟客。儘管莫黎不說，但是顧予能看得出來，那人來時莫黎特別開心，眼角眉梢都是笑意，和平常的營業用笑容不同，那是打從心裡覺得開心才會有的表情。

莫黎稱呼對方崔少，就是前陣子因婚事登上媒體版面的崔聿。崔聿有著一張白面書生的外表，文質彬彬、高䠷挺拔、家財萬貫，是妥妥的富二代，可惜生性風流男女關係混亂，只是崔家公關做得好沒上報。

崔家和顧家的產業天差地遠沒交集，加上崔聿比顧予大上十歲，不在一個年齡區段裡更沒機會接觸，只是聽人說過他在外花天酒地玩得很開，如今一見印象更差。

明明就訂下了婚事，還來樂園做什麼？顧予沒眞的問出口，畢竟這樣的問題在這裡不合時宜，上門的貴客們又怎麼可能全都沒有家室，他該做的只有安分地彈琴。

顧予在樂園見過兩次崔聿，第一次他看見崔聿離開前罵了莫黎，莫黎低著頭沒回嘴，在崔聿離開後才用袖子抹了抹臉請假早退。第二次崔聿帶了五六個朋友一起來玩，莫黎和另外五個人被叫進了包廂，卻只有他一整晚沒出來。

顧予惦記著莫黎，那晚就睡在休息室裡沒回宿舍。休息室裡的沙發睡得他腰痠背痛輾轉反側，臨近清晨醒來後索性不睡等著天亮。

一早，崔聿前腳剛走，他後腳就跟著打掃房間的同事阿立進門。門一開，菸、酒精、迷幻藥混雜著腥臊的氣味撲鼻而來，入眼的畫面更是讓他震驚得說不出話。

莫黎全身赤裸傷痕累累地被吊在房裡，那些傷不只源於情事還參雜著惡意，兩腿間的痕跡已經乾涸，紅的白的都有。

「這玩得太過頭了吧？」饒是在樂園裡工作已有五年的阿立也不禁咋舌。

「快來幫忙。」顧予招呼阿立一起把莫黎放了下來，先確認莫黎還有呼吸，接著輕輕搖晃他在樂園裡的第一個朋友，「莫黎，你能聽見嗎？」

好一會兒，莫黎才悠悠轉醒，聲音虛弱乾啞，「我沒事。」

顧予想幫莫黎穿上衣服，環顧一圈沒看見，不知道扔到哪了，原想拿條浴巾或者床單代替，無奈房裡亂得一塌糊塗，只好請阿立去拿件乾淨的浴袍過來。

莫黎臉色蒼白，勉強勾起的苦笑也顯得特別蒼涼，「讓你看笑話了。」

「別這樣說。」顧予不知道該怎麼安慰莫黎，他眞的不覺得莫黎是個笑話。他也曾全心全意爲人付出一切卻換來一身傷痕，該被譴責的難道不是踐踏人心的傢夥嗎？

「我以爲他說喜歡我是眞的，以爲他說不會嫌棄我的工作是眞的，以爲就算他結婚了我倆還有可能也是眞的，結果只有我很傻是眞的……」莫黎越說越小聲，「頭暈，讓我睡一下。」

阿立拿著浴袍回來，走近後驚訝道：「哇！怎麼有一灘血？剛才沒有吧？」

顧予原本還百感交集，被阿立的驚呼喚回注意力，順著目光看去，發現莫黎身下的地毯不知道什麼時候洇出了一小攤鮮紅，血色從兩腿間蜿蜒而出，「快點……快叫救護車！」

阿立這下也意會過來，拿起房內座機撥了內線電話給前檯，交代出事了趕緊叫救護車。

不一會兒，睡眼惺忪的宋沁領著幾個助手跑進房間，「怎麼回事？怎麼會出事呢？崔少是常客不可能不知輕重的啊……完了完了……」

沒人回答宋沁的問題，在場的人七手八腳幫莫黎套上浴袍，有人找來了擔架，眾人合力抬起莫黎將他放上去，移動到前廳等待救護車。

那天，顧予一整天心神不寧，一直等到莫黎生命無虞的消息才放心。

命救回來了，然而心呢？顧予不敢想下去。

後來，顧予聽楚天、小雪和Eno提才知道莫黎的故事。

聽說莫黎是爲了幫前男友還債才進樂園，債還得差不多的時候那個男人竟然把莫黎甩了。就在莫黎考慮離開樂園時崔聿出現了，他對莫黎好得無微不至，以至於莫黎漸生情愫無法自拔。

只可惜有些人只是對得不到的特別稀罕，一旦得手後就棄如敝履，旁人看出崔聿對莫黎早就厭了，明裡暗裡地勸他，但莫黎沒看出來。崔聿八成覺得這事有趣，大概也想在結婚前做個了斷讓莫黎死心，帶著幾個下流猥瑣的生意夥伴要莫黎好好招待，那些人在酒精和藥物催化下沒了輕重，也沒了人性。

這事在樂園本不應該發生，只是崔聿多付了幾倍的錢，宋沁貪財加上心存僥倖便接了。

✦

幾天後，魏哲永依約付了錢，顧予履行承諾，兩人約了一個顧予放假的日子，由魏哲永在樂園開了間房進行。

莫黎不在，楚天便幫著照看顧予。

顧予放假還要去樂園時被楚天發現，只好坦白有客人付了錢讓他當紋身模特的事。

楚天問了報酬後咋舌，「沒問題嗎？不會是什麼變態吧？」

顧予想了想，「應該不是吧？」他對魏哲永的印象就是溫吞畏縮，雖然以前不曾在一起玩，但也沒什麼過節，加上過去幾年沒聽說魏哲永鬧出過什麼醜事，危險性應該不大。

楚天立刻拍胸自薦：「那他下次要不要考慮我？我面積大，能紋的地方多。」

顧予有些哭笑不得，他不知道魏哲永的挑選標準，但肯定不是看畫布大小決定，「有機會的話再推薦你。」

楚天道了聲謝，頓了頓後還是不放心，「要不要我去陪你？」

顧予笑出了聲，揶揄地問：「你去見客人的時候也帶著保母嗎？」知道楚天是好意，然而魏哲永在聯繫的時候提過不希望有別的人在場，而且他也不想麻煩楚天。

楚天一聽就懂，尷尬笑了笑，「那你看情況不對就叫人啊，內線撥999就會有人去開門。」

「知道了。」顧予記是記下了，又突然想到莫黎——肯定還是有撥不了電話的時候吧？

這晚，魏哲永先進房間，顧予沒讓魏哲永等太久就進去。

魏哲永和上次見面時差不多，就是衣著更輕便一些，身邊放著一個打開的黑色皮質箱子，看見顧予便起身打招呼：「你好，又見面了，我真的很高興你答應當我的模特。」

顧予沒打算和魏哲永太熱絡，然而對方畢竟付了錢，不好擺臉色，笑笑回了句：「那是你出的價碼合理。」

魏哲永瞪大了眼睛，「我以前沒花這麼多錢，有的也不要錢甚至還能賺一點……」說到一半和顧予眼神一觸，轉而又討好地說：「我總覺得你不一樣，這錢我付得心甘情願。」

「既然沒問題那就開始吧？」顧予覺得自己就是來履行約定的，早點開始早點結束，然後他就可以擺脫魏哲永。

「好好好。」魏哲永眼睛放光，語氣雀躍，看來也迫不及待了，「我們進去裡面房間吧，你先脫衣服，等我把草圖畫好你就可以上床躺著。」

顧予腳下沒動，「床？」

魏哲永連忙揮手表示自己沒有別的意思，他先進房時已經把房裡環境審視了一圈，「這裡沒有專用的刺青床，而且沙發太軟，躺床上你會舒服一點。」

既然魏哲永一副坦蕩的樣子，說得也有道理，顧予便依言走向房裡唯一的大床，脫掉上衣，看向魏哲永。

「那個……褲子也要脫，得全部脫掉。」

顧予沒說話，不是很樂意地看了魏哲永一眼。

魏哲永看見顧予眼裡的抗拒，怕好不容易找來的模特反悔，連忙解釋：「這個設計的概念是，柔韌堅毅的靈魂突破軀體束縛，宛如藤蔓般有著旺盛的生命力，繞著軀幹蜿蜒生長，開出一朵朵耀眼的薔薇。圖案會從腰腹延伸到下背、臀部和大腿……會很好看，你看，我把圖設計好了。」

魏哲永把手提箱打開攤平，拿出一本黑皮畫冊，翻到最新的一頁轉向顧予，白紙上用幾筆勾勒出男子形體，如其所述，那些部位畫上了繁複華麗的薔薇藤蔓，還點綴著幾許紅，看起來有幾分豔麗。

顧予分辨不出這個圖案是從身體裡長出來的蔓莖，還是把人束縛住的漂亮繩索。遲疑間，只見魏哲永表情失望又落寞，不知所措地解釋：「你不喜歡這個圖案嗎？這個靈感是來自於一個畫家梁靜柔，你可能沒聽過她，她的作品不多，我是在一個聯合畫展上看到的。我很喜歡其中一幅開了滿院子薔薇的畫，那幅畫取名叫〈生命〉，每一筆都充滿了生命力和美好的憧憬，只可惜介紹裡寫著是她的最後一幅作品。」

顧予目光閃動，若有所思，「下次能讓我看看那幅畫嗎？」

「好。」

魏哲永應下後顧予便褪下身上的衣物，隨著衣衫落地，一具瘦削白皙的男性軀體映入眼簾，肌肉線條雖不明顯但柔韌流暢而漂亮，光滑的皮膚彷彿帶著瑩白色光澤，薄薄肌肉下骨架明顯，有種脆弱的美感，美中不足的是腹部有道猙獰的疤。

魏哲永不由地被吸引，手指顫抖地撫上那道淺色疤痕，由衷地讚嘆：「你比我想像的漂亮，比我想像的更適合這個圖案。」

顧予覺得魏哲永的視線太過熱切，不習慣被這麼看著，後退了一步避開魏哲永的手催促：「快開始吧。」

魏哲永表情僵了一下就恢復，尷尬地笑了笑後開始動作，先將預計紋身的部位消毒，接著從攤平的行李箱拿出刺青專用的皮膚筆，怕顧予多想，嘴上不忘解釋：「雖然也可以用轉印紙，但這個圖案比較大，我得配合你的身體線條調整，畫出圖案最後的位置，這樣效果比較好。」

未著寸縷讓顧予感到有些不自在，平時恰到好處的空調溫度在此時只讓他覺得有點冷。他閉上了眼睛，不去想現在的處境，卻反而讓紋身筆畫在身上的觸感更明顯。

癢，很癢，顧予只能忍著。

這段時間感覺過得特別慢，好不容易等到魏哲永畫完，顧予總算鬆了一口氣。然而沒多久他就發現畫草圖時的難受根本不算什麼，當刺青機針頭紮下時，顧予只覺得痛感在身體裡亂竄，不自覺抽氣，身體緊繃。

魏哲永發現顧予的反應，詫異道：「很痛嗎？」

顧予趴在床上抱著枕頭，深呼吸後開口：「沒關係，繼續。」

魏哲永依言繼續動作，將專用的黑色墨水透過針尖不斷刺進肌膚，「你看起來好像特別痛？我知道有些人痛覺特別敏感，你也是嗎？」

顧予沒想認眞回答，抽著氣答得敷衍：「不知道。」

「哦？可是刺青不能上麻藥，上了麻藥後皮膚的顏色就不準了。」魏哲永的聲音透著一股不尋常的興奮。

顧予沒多想，「沒關係，我能忍住。」

「深呼吸，放輕鬆，我動作快一點。」魏哲永說完，手上開始動作，沿著方才紋身筆畫出的草圖先將線條勾勒出來。

顧予理智上知道該放鬆身體，忍一忍痛楚就會漸漸褪去，可惜痛感實在分外清晰，隨著一針針落下，一層層疊加，他根本無暇調整呼吸適應。他紊亂地喘息，抓緊觸手可及的床單和枕頭試圖降低一點疼痛，臉色發白，不受控制地沁出冷汗。

「你的手受過傷？我認識一個人也是差不多的位置受過傷。」魏哲永紋到右側時注意到顧予右手手肘的疤痕。

顧予臉上和身體都冒出冷汗，抓著身下的床單痛得不想說話也不想思考，恍惚間下意識地應了一聲。那是小時候從鞦韆上落下造成的傷，時間過了太久他都快忘了那道疤的存在。

「這個傷一定很痛吧？」

「忘了。」顧予沒心情聊天，對他來說現在刺青的痛更眞實，更難以忍受。

魏哲永看顧予聊天興致不高便沒再繼續試著找話題，專注地進行創作。

一時之間，顧予覺得房裡就剩他那痛到忍不住的抽氣聲，和魏哲永不斷提醒他放鬆肌肉的叮囑。

他覺得時間突然過得特別慢，每一秒都特別難熬彷彿沒有盡頭。他好幾次動了喊停的念頭，都硬生生忍了下來……車禍時那麼嚴重的傷他都撐過來了，沒道理會輸給刺青。

不知道過了多久，意識模糊間聽見一串說話聲，顧予思緒停頓了兩秒才意識到魏哲永停下了動作。

「……我喜歡幫人刺青是想看我的作品留在別人身上，只是我有一點毛病，實在控制不了……人感覺到痛時的反應，讓我莫名興奮。」魏哲永的語調有別於平時，語速快而高亢。

「什麼意思？」顧予察覺一絲異樣，轉頭看見魏哲永眼中有著別樣的情緒，表情似乎因爲亢奮而微微扭曲，褲襠則是被慾望高高撐起。他收回視線，暗罵了一句變態，在心裡收回魏哲永沒問題的評價。

魏哲永知道自己的癖好不正常，有些不好意思，「我忍不住了，我能不能……能不能排解一下，我保證不碰到你。」

顧予無奈，被針扎過的部位又熱又痛，光是忍耐身上的不適就已精疲力竭連罵人的興致和氣力都沒有，只能沒好氣地回：「房間是你付的錢，只要不碰我，其他的……隨便你。」

「謝謝。」

沒多久，魏哲永的低喘響起，顧予沒有回頭，把頭埋在枕頭裡當作什麼都沒聽到。

幾分鐘後，盡興後的魏哲永獨自進了浴室清洗。

步出浴室的刺青師看了一眼還趴在床上像是沒怎麼動過的青年，體貼地開始收拾工具，「今天就到這裡吧，你應該已經到極限了。」頓了頓又叮囑了些剛刺青完的注意事項，從手提箱裡拿了一罐專用的保護膏給顧予，「不要泡澡，用溫水清洗就好，洗完後用這個薄薄塗一層。」

顧予聽見今晚到此爲止頓時鬆了一口氣，「好。」

「按這個進度看來，可能得分五、六次才能刺完。」

顧予輕輕應了一聲，雖然他希望早點刺完結束，只可惜身體不允許。

「那我先走了。」魏哲永又恢復成原本人前畏縮怕事的樣子，提起手提箱離開，把房間留給顧予。

後續就如魏哲永所說的，他們又約了六次才把圖案刺完，顧予除了忍耐紋身時的痛楚外，還要忍耐傷口修復時的腫痛，以及結痂時的搔癢，前前後後折騰了一個月才迎來落幕。

兩人最後一次碰面是結痂都脫落後魏哲永要看看作品最後效果，拍照紀錄並且收錄進作品集。

「放心，我不會拍臉。」

顧予點頭，雖然魏哲永的癖好有些冷門但這幾次互動都說話算話，有了信任基礎，便由著對方拍照。

「眞漂亮，很適合你。」魏哲永一邊拍照一邊不停地稱讚，眼神裡盡是欣賞又滿意，似乎還帶著幾分迷戀。

顧予沒有搭話……漂亮嗎？適合他嗎？他不確定。

前幾天等到全部結痂掉了後，他裸身站在鏡前才第一次看清身上全部的紋身。繁複華美的藤蔓從大腿和下腹蔓延生長，蓋掉了車禍開刀時的疤，蔓莖纏上窄瘦的腰繞向後背和腰臀，隱沒在臀間和腿根，盛放的薔薇花點綴其中，上了幾抹紅的薔薇花如水彩般從花心暈染到花瓣，顏色帶著層次濃淡也恰到好處。

好看是好看，可是這個圖案適合男人嗎？此時想這個問題可能太晚了，沒意外的話，這會是和他相伴一生的圖案了。任何人都可能會離開，只有這身刺青不會。

刺青的藤蔓每一根看起來都靈動充滿生機，然而他看不太出來這是如魏哲永說的破繭而出重獲新生，還是緊緊綁住他的枷鎖。無論是哪一個，他都已經不是以前的顧予了。

顧予思緒發散間魏哲永已經拍好了照片，飄散的注意力被魏哲永的說話聲拉了回來。

「小雨，我還能來找你嗎？」魏哲永看起來依依不捨。

顧予背著魏哲永穿上衣服，沒有明著拒絕，裝傻笑著反問：「不是說好了結束就不用再見面嗎？」

魏哲永不笨，聽懂話裡拒絕的意思，露出失望的神色，「啊，是啊。」

顧予穿好衣服，打了聲招呼便頭也沒回地走了。

✦

顧予欠孟然的錢還了七成，但怎麼說都尚未還清，他依然過著在樂園彈琴工作、發呆的日子。他還沒想好要去哪裡，說穿了就是哪都不想去，反正待在這裡不缺吃穿，不用餐風露宿，還有楚天幾個朋友互相照應，每天只要彈琴什麼都不用想的生活還挺適合他的，生活彷彿沒有煩惱。

可惜他不想招惹麻煩，麻煩卻總要招惹他。

某晚月明星稀，顧予正在樂園漂亮的庭院小舞台上演奏鋼琴，剛彈完一首浪漫的夜曲想接著彈一首難度中等的練習曲稍作放鬆時，突然有個人來到庭院，走到他身邊打斷他的演奏。

「別彈了，過來，跟我走！」

眼角餘光一瞥，顧予發現竟然是裴歆？他來到樂園後沒和裴歆打過照面，裴歆怎麼會找他？

顧予打算裝死繼續彈他的琴，裴歆見狀反而生氣了，上前一把抓住了顧予的手打斷琴聲。

顧予不得不停下演奏，裴歆手上沒留情，力氣很大把他弄痛了，任何人遇到這種狀況心情都不會太好，但他只能盡量提醒自己要忍耐，「有什麼能爲您服務的嗎？」樂園員工教育訓練很成功，這句話幾乎已經變成反射用語，只是語氣沒有半點服務熱情。

裴歆個子高瘦、臉很白戴著無框眼鏡，明明應該是菁英分子的相貌打扮卻偏偏有種尖嘴猴腮的氣質。此時他身上飄來酒氣，不知道有幾分醉意，動作很粗魯，把顧予半拉半扯地帶離座位，走下舞台往包廂方向走，「跟我過來。」

裴歆如果知道他是顧予肯定不會如此失態又失禮得罪顧家，這讓顧予即便不明所以仍是放了一半的心，至少不是被識破身分。只是這麼任由裴歆拉著也不是辦法，誰知道他要做什麼？於是顧予用盡身體力氣往反方向扯著，不讓裴歆繼續往前，「這位客人，我只是個彈琴的，你要人陪得找經理點人。」

裴歆發現眼前的白瘦男子看起來弱不禁風，沒想到拖起來還挺費勁，便改變策略，鬆開手斜睨對方，語氣誇張地上揚，滿是諷刺又十分下流，說到末句還伸手捏了一把顧予的臉，「你說什麼？賣藝不賣身？白費長這麼好看。」

顧予二十多年的人生裡還沒被這樣調戲過，趁裴歆大意抓住那隻不規矩的手，反手一轉將手折向他身後同時順勢在裴歆後背推了一把。

以前顧承風讓兩個孩子學過一點基本防身術，顧予不擅手腳功夫只學了皮毛，但趁人不備時的效果還不錯。

裴歆被推得重心不穩往前撲了兩步倒地，吃痛慘叫一聲，爬起時身上的名牌衣服已經沾了灰，頓時覺得面子掛不住，氣得要來抓顧予，大吼：「你以為你是誰？竟然敢對我動手？」

樂園要進包廂的客人都會路過這個小花園，小花園旁是一圈的包廂，想用琴聲添點氣氛的會把包廂的窗戶打開放個窗簾保護隱私。此時有兩組剛來的客人在廊上看見了花園裡的動靜，其中一組停下了腳步，而包廂裡則有三四名貴客出來看熱鬧。

顧予有些後悔沒管住脾氣鬧得太大，不得不換上營業用表情，看似帶著歉意和關切，「您是喝得太醉不小心跌倒了吧？」

「什麼跌倒？明明是你推的！你知道我身上衣服多少錢嗎？弄髒了你賠得起嗎？讓你跟我走是你的榮幸，你以爲我看得上你嗎？」裴歆本就是個得理不饒人的性子，覺得自己占理而且有花錢的是大爺的心態，一副不打算善罷甘休的態度。

「那是裴歆吧？」

「平常看他到處頤指氣使，現在出糗了吧！眞難看！」

「小聲點，他很會記恨。」

裴歆長年跟著尹少千一起吃喝玩樂，在紈褲子弟的圈子裡頗有知名度，這才沒多久就有人認出來。

裴歆聽見了閒言碎語，轉頭罵向聲音來處，「你們叫什麼名字？我們晚點可以好好認識一下。」

那兩人頓時噤聲，飛也似的離開現場，到櫃檯結帳走人，負責帶位的員工也跟在他們身後離開，其他看熱鬧的人面面相覷作鳥獸散。

顧予想趁機溜走，誰知道才走了幾步就被裴歆發現，「回來，不准走！」

顧予只好停下腳步，琢磨著該怎麼甩掉裴歆時就聽見身後有個聲音，那語調是習慣了使喚人的趾高氣昂——

「裴歆，讓你帶個人你在這裡鬧什麼？」

裴歆和顧予都認出了聲音的主人，各懷心思地往聲音處看去，一名穿著針織衫相貌精緻的年輕男子正從廊上慢悠悠地走來。他的眼型細長眼尾處微微上揚，眼神彷彿對所有事物都不屑一顧，他走近了就抱著手臂斜斜站著，像是習慣了高高在上，愛抬著下頷看人。

「尹少。」裴歆看見尹少千頓時酒醒了不少，收起跋扈表情，對著尹少千畢恭畢敬，「不是我動作慢，是他不配合還對我動手。」

尹少千對著裴歆問話時將目光投向顧予，「就是他？」

「是的，我問過了，樂園只有一個鋼琴師。」裴歆指著顧予，邊說邊告狀：「我剛要帶他進包廂，誰知道他不知好歹，不配合還動手打我。」

「這位客人，你誤會了，我沒有動手打你。」顧予瞪大眼睛，一臉無辜地搖頭，他根本只是輕輕推了裴歆一下。好吧，也許力道沒有那麼輕，但是是裴歆先動手拉他，不想跟裴歆走有錯嗎？

尹少千的目光落向顧予身後的鋼琴，「你在樂園裡彈琴？不只這樣吧？」

「是的，我的工作只是彈琴，你們要是有什麼需要我去請經理過來。」顧予說完就想走。

「不用了，我就是要找你。」尹少千的目光在顧予臉上一寸寸打量著，「我這次來就是想看看胖子看上了誰？」

顧予感到頭皮發麻，他沒想到魏哲永那樁交易會衍生後面這件事，這實在划不來，當初就不應該讓魏哲永還價。

「他在你身上花了不少錢啊，爲了你還把魏伯伯送他的畫賣了，因爲這事他被禁足兩個月。我發現他把錢都匯給了樂園，問了好久他才說是來樂園聽你彈琴，可是他以前根本不聽這種音樂啊。」尹少千邊說邊伸手捏起顧予下巴左右端詳，「你是怎麼把他迷得神魂顛倒？我看你長相也就一般，難道是床上特別厲害？」

近朱者赤，尹少千怎麼和裴歆一樣愛動手動腳？

顧予怕事情鬧得無法收拾便忍著沒把手打開，盡量好聲好氣地陪笑臉，「我只是個普通人，能不能請您放手？」顧予推敲著魏哲永可能沒說刺青的事，所以尹少千和裴歆才會以爲魏哲永上個月密集往樂園跑是被哪個狐狸精迷住了，而他莫名其妙成了這隻狐狸精。

尹少千沒放手，目光和顧予對視許久，眉心蹙起，「你的眼神我不喜歡。」

顧予默然，他的眼神怎麼了？不夠討好順從嗎？可是他從小就沒學過那種東西。

尹少千輕蔑地笑了笑，「表面看起來溫溫順順，其實想發脾氣但又不敢吧？也是，我們是花了大錢來玩的，你敢惹我們不高興嗎？」

「我只是一個彈琴的，尹少能放過我嗎？您要是需要人陪，我去請經理過來安排。」顧予懷疑自己八字和尹少千犯沖，才會從小到大都不對盤，連現在他脫離顧家後還要繼續糾纏。

尹少千聞言呸了一聲，神色鄙夷，「裝什麼清高？你不是賣給胖子了嗎？」

「那是我和他之間的事，基於個人隱私我不能透露細節，不過絕對不是你想的那樣子。」顧予不否認和魏哲永有過交易，這事尹少千八成讓人查過了瞞也瞞不了，只是談生意也該一碼歸一碼，他和魏哲永的交易裡可沒有應付尹少千這一項。

顧予這邊的動靜不小，此時又有一組客人被三人間劍拔弩張的氣氛吸引了注意力，停下腳步。

「那是尹少千吧？」

「另外那個人是誰？都說尹少長得好看，沒想到他比尹少好看。」

「小聲點。」

「欸，他看過來了，快走。」

尹少千從小就被吹捧外貌，雖然聽多了早已習慣，以至於現在聽見稱讚也不會多開心，但他唯獨聽不慣有人拿他和別人比，而且他還比輸了。

「誇你呢！開心吧？」尹少千陰惻惻地問。

顧予也聽見了旁人多事的點評，知道尹少千這問話就是個陷阱，只能裝傻地反問：「開心什麼？」

「他們說你比我好看。」

顧予連忙搖頭，「您比較好看。」尹少千嫉妒有男人比他漂亮的事在圈子裡流傳已久，甚至連顧予也聽說過。

尹少千看起來沒有半點被取悅，語帶嫌棄，「你這話說得一點都不真誠。」

顧予無言，這時候他能忍住不翻白眼已經算是對得起這份薪水了。

「胖子是我們的好朋友，既然你做了他的生意，也該接我的生意。你收錢都能出賣皮肉了，只要我付錢就能做點想做的吧？」尹少千一副大發慈悲的態度，把沒有半分邏輯的話說得特別理所當然。

顧予心想他確實是「出賣皮肉」讓魏哲永刺青，某方面尹少千說的也不算錯，只是和事實的落差太大。無奈礙於和魏哲永的保密約定，他不能澄清。

「我只是個彈琴的，除此之外的事不是我的工作範圍。」顧予再次提醒尹少千，無奈收效甚微。

只見尹少千仍自顧自說著：「你不聽聽我的條件？胖子能出得起的價碼我也能付。」

既然尹少千堅持，顧予只能問：「尹少的條件是什麼？」

「我要在你臉上劃兩刀。」

顧予覺得尹少千可能真的把旁人的點評當真了，盯著他臉的眼神好像是在找下刀的位置，他的眼角餘光好像看見裴歆幸災樂禍的眼神。他下意識摸了摸自己的臉，努力表現出溫順還帶著幾分膽怯的樣子，「尹少您別生氣了，我這張臉真的沒尹少的好看……」

「那就讓我試刀又何妨？你還能拿錢，沒損失。」

沒損失怎麼不劃在你臉上？顧予想吐槽，但只能裝作愕然，結結巴巴地說：「可是……我不想以後照鏡子都想吐。」

尹少千一聽竟然笑了，像是覺得這話很有道理，大發慈悲地換了一個條件，「要不換你的一雙手，我看見別人鋼琴彈得好就不開心，一直想踩踩看會彈琴的手，要是能達成這個願望也許心情就好了。」說到末句顯得陰陽怪氣，也不知道是想起了誰。

顧予思考，尹少千會把他的手踩到什麼程度？會骨折嗎？也許會吧……可是一雙手太痛了，他得留一隻手吃飯吧？如果價碼再翻三倍是不是要考慮一下？畢竟拿了錢他可以離開樂園再找一個地方躲起來？至於手傷了也許以後不能彈琴？這不是他的優先考量，反正他本來就不是靠演奏維生，而且現在連像樣的琴都買不起，不能彈就不彈了。

「可是……我怕痛。」顧予斟酌後還是沒有直接答應。

尹少千挑眉，「不夠多嗎？我再加一倍。」

顧予有點心動，不過還沒有心動到想一口答應，「還是不要了，我是真的怕痛。」

尹少千只當顧予是爲了抬價，臉上堆滿不屑，沒好氣地開口：「你直接開個價，別太貪心，我的耐心有限。」

「我眞的沒那麼貪心。」顧予笑了笑，深深覺得比起還債，讓尹少千不順心似乎能讓他更開心，聳了聳肩，「謝謝你的出價，但我不賣了，交易不成立。」

「你眞是知道怎麼惹我不高興，給你臉還不要臉了。」尹少千氣得提高音量，眼裡滿是鄙夷，「不答應可以，但你得把跟胖子收的錢退一半回來。」

顧予一聽當然不樂意，魏哲永和他談定的價碼關尹少千什麼事？要他退錢？這是哪來的邏輯？他身上的刺青能退嗎？「那是他答應的交易，我沒逼他。」

裴歆找到機會表現，快速插話：「尹少，他剛剛對我動手，這也得要回來。」

裴歆收到尹少千同意的眼神，立刻衝上前朝顧予肚子狠狠揍了一拳。

顧予猝不及防下沒來得及躲就感覺到腹部劇痛，裴歆用盡全力沒有絲毫留情，打得他摀著肚子被力道帶著往旁邊倒，沒想到有個西裝筆挺的男人接住了他。

「小心！」

顧予從劇痛回過神來就發現自己正在一個男人懷裡，還能聞到那人身上清新好聞的木質香淡香，耳邊傳來低沉極富磁性的嗓音。

「還好嗎？」

顧予愣了一下，轉頭望去，帥氣俊挺的端正五官瞬間映入眼簾，心跳莫名跳快了一拍——他相信這是嚇出來的。他沒想到會如此近距離看見于慕析，而他鏡片下的目光滿是擔憂。

這是要開同學會的節奏嗎？他趕緊從有著寬闊肩膀的老同學身上彈開，同時低聲道謝：「我沒事，謝謝你。」

「于慕析？你也會來這種地方啊？」尹少千顯然也沒想到會在這裡見到于慕析。

「你能來我怎麼就不能來？」于慕析一身西裝，領帶沒歪，釦子也沒解開，甚至頭髮也沒怎麼亂，根本和上班時沒有差異。

「哼，別多管閒事！」

「我看見裴歆打了他，當然要管一管，難道祥記未來的接班人都這樣囂張跋扈欺負人嗎？傳出去不好聽吧？」于慕析推了下眼鏡，慢條斯理地說著，沒有半點怯意。

裴歆臉色一變，急著辯解：「是他先對我出手。」

于慕析微笑，「這個我沒看見。」

裴歆一口氣被堵在胸口，怒瞪著于慕析，「你的意思是我會騙人嗎？」

「這個我沒說，是你說的。」于慕析四兩撥千金，輕輕把裴歆的話擋了回去。

裴歆以往沒那麼容易被激怒，然而此時口舌之爭落敗，導致怒意節節上升加上醉意壯膽，立刻上前抓起于慕析的西裝領子，掄起拳頭作勢要動手。

尹少千看情勢不對，連忙拉住裴歆，「夠了，別在這裡丟人。」尹家對他出來吃喝玩樂睜一隻眼閉一隻眼，若把事情鬧大了連累到他就不好玩了。

裴歆被尹少千喚回了幾分理智，悻悻然鬆手，「尹少，抱歉。」

顧予的肚子還隱隱作痛，此時只想遠離危險，趁著三人鬥嘴默默地往後退兩步，保持安全距離看戲。瞧見裴歆吃鱉的表情，嘴角不由地往上彎了彎，沒想到眼神一瞥發現于慕析剛好也在看他，有種被抓到小辮子的錯覺，尷尬地收起表情。

尹少千冷冷地看了一眼裴歆，此處畢竟人來人往有些事他不好當眾發作，這一眼算是警告。接著他看向今晚搗亂的正主，語氣分外不客氣，「于慕析，你別得意，今晚我還有事就不跟你計較，你要記得，我們東尹不怕你們盛世。」

「東尹和盛世是合作關係，自然沒有什麼怕不怕。對了，我還得感謝東尹上週通過了一筆土地融資，我約了尹伯父下週餐敘，記得他喜歡樂春原的菜，你要一起來嗎？」

尹少千雖然在公司裡占了一個董事的缺，不過和擔任副總的兄長相比只是個閒職，尹弘國總裁平時談工作並不會帶著他。尹少千聽見于慕析這麼說拉不下臉澄清，只能裝模作樣地回：「看看時間再說吧，我很忙，不見得能湊到一塊。」

「沒關係，下次再約。」于慕析微笑，口氣禮貌又周到，讓人挑不出毛病。

尹少千氣得牙癢癢但又拿于慕析沒辦法，連道別的客套話都沒說就轉身走人，裴歆見狀也跟上。

顧予看著尹少千和裴歆的背影消失在視線才眞正鬆了一口氣，原以爲于慕析也會跟著離開，沒想對方卻來關心他，語氣還特別溫柔，「還痛嗎？」

「不痛了，我很好。」顧予揉了揉腹部還隱隱作痛的傷處，故作輕鬆地露出笑容，頓了頓覺得讓于慕析又和尹少千結下樑子有些過意不去，再次道謝：「于、于總，謝謝。」他不習慣這麼叫于慕析，說起來特別拗口。

于慕析眼神柔和，面帶微笑，「你的名字是？」

「小雨，下雨的雨。」顧予每次說起這個臨時的名字都感到彆扭，明明已經換了張臉不怕于慕析認出來，還是忍不住解釋名字是小雨不是小予。

「小雨，是好名字。」于慕析點了點頭，「你在這裡彈琴嗎？」

「對啊，爲了生活嘛。」顧予在醫院醒來後就打算和過去斷了聯繫，此時碰見于慕析純屬意外，看見老朋友神采奕奕應該過得很好，心情還是挺不錯，「不好意思，我要工作了，現在是上班時間，我得彈滿規定的時數。」不是不想聽于慕析說話，是怕回應得太多于慕析會把他認出來。

于慕析點頭，「好，你忙吧，你彈得挺好的。」

顧予微愣，僵硬地笑了笑，「謝謝。」

于慕析是客套還是眞的誇他？不會有人來樂園還有心思聽演奏吧？只是此時無論

是哪個他都不適合多問。

當顧予又坐在鋼琴前，接替宋沁的新經理陸衍才姍姍來遲，看見現場衝突已經解決，表情似乎鬆了口氣。

不管人們想不想，時間總是不留情面地向前流動著，不知不覺，顧予已經在樂園待了三個月。

他剛來時沒想過會交上朋友，還好有莫黎把他帶出了房間，接著又碰上了容易自來熟的楚天。

由於楚天喜歡熱鬧，空閒時就會招呼大家一起吃飯喝酒聊天，每次都會叫上顧予，顧予拒絕過幾次，後來楚天就直接到他房裡押人，或者就把聚餐地點約在他房裡。一來二去，他和楚天、Eno、小雪三人也就漸漸熟了。

楚天早他一年進樂園，Eno和小雪在樂園已經待了三年，這行流動率大，三年已經算是資深員工了，待得久看得也多。他們總是不缺話題，罵罵客人和公司是必須的，還會互相分享一些從客人間聽來的小道消息，有時也會漫無目的天花亂墜地瞎扯，或者互開些無傷大雅的玩笑，日子在笑鬧間好像就輕鬆許多，彷彿沒什麼過不去。

隨著笑的次數多了，人好像也跟著變開朗，顧予知道這只是一種生存方式，是的，是生存不是生活，沒必要探究笑容背後藏著什麼人生。畢竟喜劇用放大鏡看很容易就會變成悲劇，許多事情不用看得太清楚，不用琢磨得太深入，才能笑著過日子。

Eno滑著手機，看到一則新聞，點開把螢幕畫面轉向朋友們，「崔聿的婚禮你們看了嗎？」

小雪看了一眼，撇了撇嘴，嫌棄地說：「新聞登得到處都是，不想看到都不行。」

「政商聯姻很常見，我看姓崔的未必喜歡那個千金小姐。」楚天外型看著粗曠其實心思也有細膩之處，打量照片評論著。

顧予湊近，新聞照片中男人一身筆挺禮服勾起手臂挽著穿白紗的女人，兩人走在撒著花瓣的紅毯上，對視時的笑容看起來特別幸福，哪裡像是會惦記莫黎的樣子？

思緒至此，顧予頓時心情複雜，起身去小冰箱裡拿啤酒，放到小桌子上。他的房間小，原本窗旁的一張小書桌充當聚會的餐桌，他坐床上，楚天坐房裡的椅子，Eno和小雪帶著自己的椅子赴約，四個人就把房間擠得滿滿的。

小雪評論前不忘先聲明：「我沒有別的意思，就事論事啊，那個黃小姐的相貌身材真的很普通，絕對不是崔少喜歡的類型。」

「崔聿的岳父黃元信是執政黨的前黨主席，那是當過院長級的人物啊，政壇打滾一輩子，背後的人脈資源只有你想不到沒有他辦不到，這就是崔家喜歡的類型。兩家聯姻只講利益，和崔聿喜不喜歡沒關係。」Eno說得繪聲繪影，他在樂園待了三年，在客人身邊聽過的政商黑幕太多了。

楚天感慨地說著：「看著那個渾蛋過得那麼爽真是生氣。」

小雪附和：「好人不長命，禍害遺千年。」

顧予喝了一口啤酒，心裡頗有感觸，「善良和軟弱不是美德，只是給人可趁之機。」

Eno擺擺手，「這種事我聽得太多了，很多人被賣了還幫人數錢。人啊，平常就要多留點心眼，防人之心不可無。」

「對了，去年不是也有個政商聯姻的八卦，後來好像沒成？」小雪回憶。

「顧氏的顧希和顏憶瑄嘛？顏大美女是真的漂亮，聽說差點出道當明星。」Eno是四人裡面最八卦的，談起這些小道消息如數家珍。

楚天也想起來了，「那時候還上了雜誌對吧？兩個人海島出遊，被狗仔拍到親親抱抱才公開戀情。」

顧予剛坐下又坐不住，去拿了餐具和免洗盤子幫大家把下酒菜倒進容器裡。小雪和樂園的廚師很熟，外帶了三樣適合下酒的小菜。

「那是自由戀愛吧？怎麼告吹的？」小雪要維持身材，怕下酒菜熱量高，拿出自己準備的沙拉。

「誰知道呢？搞不好是顏家看不上顧希啊！畢竟顧氏那時候風波不斷，不知道是倒了什麼霉？」Eno大膽揣測。

楚天一拍掌，興沖沖地說：「我想起來了，那陣子常常看見顧氏的新聞，上有老子逃漏稅，還官商勾結靠著讓市政府賤賣土地大賺一筆，下有兒子勾結外人掏空集團鬥倒父親，弄死親爹後接管家業，精彩熱鬧，根本八點檔的鄉土劇。」

「對了，聽說原本的接班人，顧什麼予的莫名其妙消失了？」小雪不太熱衷這些消息，只是有點印象跟著說上幾句。

顧予拿起啤酒猛灌，聽見這話一口氣沒順上把自己嗆到一陣猛咳。

楚天看見了趕緊幫顧予拍背，「喝那麼猛做什麼？」

「沒事。」顧予笑了笑，搖手示意楚天不用擔心。

「兄弟鬩牆，弟弟贏了哥哥啊！不躲起來難道等著被宰？成王敗寇嘛！」Eno一副理所當然的樣子。

「歷史劇看太多了？現代社會爭家產不至於鬧到出人命吧？」小雪笑罵著。

顧予剛咳完緩過氣，適時地附和了一下：「是誇張了點。」

「我那是比喻，畢竟商場如戰場，輸了的人還好意思留下嗎？」Eno不覺得有什麼問題。

楚天當然也聽過顧氏，中性地提出看法，「雖然說是掏空公司，但顧氏現在不是好好的嗎？報導說顧承風是病死的，湊巧而已吧？傳聞經常被誇大也不見得是真的。」

「誰管他幾分真幾分假？那些豪門恩怨都跟我們沒關係，大家當作消遣而已。」Eno自然就是當作消遣的那個。

「這都舊聞了沒什麼好聊。」顧予裝作沒興趣，不動聲色地轉移話題，「我昨晚好像看到市政府的祕書長了？」

小雪立刻接話：「對啊，就我那個包廂。」

Eno又來了興致，追問：「有什麼新鮮事嗎？」

小雪回憶了一下，「大家知道西邊那條捷運線要延伸吧？有幾個站點還沒確定，昨晚就是其中一間公司要探口風。」

「你聽到消息了嗎？」楚天眼睛一亮，興致勃勃，「要是知道在哪裡，我們集資也去買一塊地，到時候翻個十倍！」

「祕書長是老油條了，沒那麼容易就洩漏口風，都說了在規畫討論中，神神祕祕的，可能等著拿到更多好處才會說吧？這麼重要的事搞不好也不會在樂園裡說。」小雪見過形形色色的客人，對這種場面多少練就了一些眼力。

Eno也分享自己聽來的資訊，「我聽說幾家公司都開始在收購土地了，最積極的就是顧氏和盛世，不知道最精華的那幾塊站點的地會是誰得手？」

「這些大公司和財團隨便出手就是天文數字，買地跟買菜一樣，眞是人比人氣死人。」楚天頗爲感概，說完仰頭灌下半罐啤酒。

小雪看得開，無所謂地聳聳肩，「本來就不是同一個世界的人。」

「那個世界未必就是好。」顧予內心頗爲感慨但又不能說得太多，錢買不到的東西太多了。

「沒經歷過怎麼知道好不好？讓我體驗幾天，不，只要體驗一天也好啊！」楚天閉眼，雙手合十地許願。

「太晚了，你在投胎的時候就該許願。」小雪很清醒，不客氣地潑楚天冷水。

楚天立刻垮下臉，「那我作夢的時候體驗可以吧？」

「這倒是可以。」小雪拍了拍楚天的肩膀，拿起手邊的啤酒和其他人的啤酒罐一一碰杯，「想這些做什麼？喝酒吧！」

四人齊齊舉杯，「祝我們——」

「賺大錢！」

「美夢成眞！」

「事業成功！」

顧予停了一拍才接上話，「心想事成！」不曉得該許什麼願，心想事成總是不錯的。

最後，四人互相碰杯，齊聲道：「乾杯！」仰頭，把罐子裡的酒喝乾。

Eno喝完罐子裡的啤酒後將啤酒罐用力放在桌上豪氣地宣布：「過兩天我就不做了。」

楚天夾了兩筷子小菜，「你上個月也這麼說。」

「這次是認真的，我跟經理說了。」Eno又開了罐啤酒，灌下一大口，啞著嗓子，「我存夠錢了，不想再受氣了！」

小雪卸妝後的相貌斯文白淨，說話音量不大卻特別灑脫，「我沒存夠錢，但我也不想再受氣了！」

Eno訝異地看向同事，「你也辭職了？」

小雪笑得燦爛，「對啊，明天就不上班了，這幾天把房間裡的東西整理好就要搬走了。」

楚天偷偷在顧予耳邊說：「他有喜歡的人了。」

楚天坐在小雪旁邊，縱使壓低了音量還是被小雪聽見了，只見他立刻板起臉反駁，「沒有！我才不喜歡那些說愛我的人，客人說的話能信嗎？別忘了莫黎的事。」

提起莫黎，四人又是一陣沉默，大家臉色都不太好，有的低頭喝酒，有的安靜吃菜，顧予則是突然特別想念那個笑著開導他的男子。

半晌，楚天嘆了口氣，「莫黎不知道過得怎樣了？」

Eno接上話，「他換號碼了吧？撥了幾次沒接，後來就變成空號了。」

小雪分外唏噓，「只不過是愛錯了人，怎麼會把自己搞成這樣？」

是啊，不就只是愛錯了人……顧予苦笑，一口喝掉手裡剩下的啤酒，入口都是苦澀。

✦

顧予自從遇到尹少千後就琢磨著是不是該把工作辭了，但他該去哪裡找份吃住不愁又做得來的工作？他身上沒有證件，也不打算撿回顧予的人生，如此一來連租房找工作都有問題。當他想認真過生活時，生活突然變得各種艱難。

他想著再存一點錢吧，也許尹少千很快就會把他忘了，忘了就不會惦記著要找他麻煩，畢竟現在的他在尹少千眼中只是一個微不足道的小人物……

可惜天不從人願，剛送完Eno和小雪，當晚顧予一上班就被經理叫住，陸衍個性比較軟比宋沁好說話，一開始樂園員工們樂得新經理好欺負，久了之後大家發現這未必是好事，員工都覺得陸衍應付不來貴客們，面對無理的要求不知道拒絕，苦的就是他們這些員工。

「經理，有事嗎？」顧予一時弄不清楚陸衍能有什麼事交代他。

陸衍的眼神有些閃爍，「小雨你去夏至包廂一趟。」

「經理，我只是來彈琴的，不在名冊上吧？」顧予不覺得陸衍會弄錯，還是開口提醒。

陸衍露出爲難的表情，用上了商量的語氣，「我知道，你去給尹少道個歉，把上次的事給了結了。」

「能不去嗎？」顧予不是有意討價還價，只是認爲尹少千特地來一趟不可能只想聽他一句道歉。

陸衍大概已經答應了尹少千，所以此時也只能逼顧予就範，於是態度轉爲強硬，板起臉，「你怕什麼？尹少在外面是有身分的人，不會爲難你。」

顧予不以爲然，「人前道貌岸然，人後下流無恥的衣冠禽獸還少嗎？」

「現在不是跟你辯論的時候，總之尹少很堅持，你不想去也得去。」陸衍皺眉，勉強退了一步，「大不了我陪你去，幫你看著場子，可以了吧？」

顧予知道躲不過，該來的總是會來，有陸衍陪著應該不會出什麼差錯，「好吧。」

於是顧予跟著經理來到了夏至包廂，敲門後入內。

包廂內有尹少千和裴歆在，茶几上擺了滿滿的點心、小菜和幾杯斟滿的酒，酒當然是開最貴的。

尹少千坐在沙發上，四肢非常放鬆地舒展著，拿著手機正在講電話。

「沒問題，西瑪的案子我也會盡力幫忙……好好好，下回再聊。」尹少千掛掉電話後不疾不徐地收起手機，翹起二郎腿瞇著眼朝陸衍嗤笑出聲：「陸經理，我沒點你吧？」

陸衍躬身陪笑，「我和小雨一起跟尹少賠罪，表示樂園的誠意。」

「怕我會吃了他嗎？」尹少千冷笑，「我還看不上他這樣的。」

陸衍賣力討好，「謝謝尹少指教，有什麼需要儘管說。」

尹少千哼了一聲，睨了陸衍身後的顧予一眼，「他這是什麼態度？一聲不吭啊？」

「可能是沒把尹少放在眼裡吧？」裴歆在旁搧風點火。

陸衍先是道了聲歉，接著拉著顧予上前，示意他趕緊賠罪。

顧予不知道自己哪裡錯了，但既然陸衍要他道歉，只好道歉，人在屋簷下不得不低頭，也許他領的薪水裡也包含得做這件事吧？於是他努力回憶以前考試考差了時在顧承風面前裝作反省的樣子，垂下頭低聲下氣，「尹少，對不起，是我錯了。」

「我感覺不到你的誠意。」尹少千冷冷地說。

這話把陸衍急得直搓手又拉著顧予對尹少千鞠了一次躬。

尹少千翹著腳，饒有興致地看著這一幕，半晌才慢悠悠地開口：「我可以不跟你計較。」

「謝謝尹少。」顧予立刻道謝，說完就往後看打算離開，沒想到尹少千看穿他的意圖，適時地補了一句：「不准走。」

「尹少還有事交代？」陸衍躬身問著。

「讓他喝了這杯再走。」尹少千敲了敲桌面，將一杯斟了八分滿酒液的威士忌杯推到顧予面前。

顧予目光落在那杯酒上，澄澈的琥珀色看起來沒加半滴水。這樣的烈酒酒精濃度約莫40%，一般都是加冰塊或兌水飲用，就算直接飲用也是用大約10毫升的一口杯裝，尹少千倒了這麼多酒明顯就是故意爲難他。

「不喝就是不給尹少面子。」裴歆看戲之餘也不忘火上添油，似乎非常喜歡占上風的優越感。

「喝了就能走嗎？」顧予小心地確認。

尹少千點頭，「當然，我說話算話。」

「喝吧，喝完你就直接下班。」陸衍在顧予耳邊說。

顧予知道自己的酒量不行，喝完他大概也沒辦法上班了。無奈下，他只能拿起酒杯，湊近嘴邊就聞到濃烈醇厚的酒香，深吸一口氣咬牙將酒液灌下，一口接一口，熱辣的酒液從食道滑落胃袋有種要被灼傷的錯覺。

顧予臉頰發熱，全身也熱了起來，當他勉強將酒全喝完時已經有了暈眩感。他暗暗捏了一把大腿肉，用痛感提醒自己打起精神，不能醉倒在尹少千面前，將手上杯子的杯口朝下示意杯子裡沒有任何液體，「我喝完了。」

「滾吧。」尹少千大手一揮，算是放過了顧予。

陸衍謝過尹少千後就扶著顧予出了包廂，顧予臨走前看見裴歆一直盯著他，眼神讓他有些不舒服，還好尹少千真的說話算話讓他走。

陸衍原本要帶顧予回休息室，碰巧櫃檯有狀況得他出面處理，扶著他走了一段路便把他交給了另一名員工，同時囑咐：「你先到休息室睡一會兒，或者多喝點水解解酒。」

「好。」

顧予頭很暈，不過還能看清楚方向，也還能走路。他覺得自己不過是喝了一杯酒，還能認清休息室的路，不想麻煩別人照顧，便對那人說自己能應付，於是那名員工拍了拍他後也走了，「有事情就叫人，我會立刻過來。」

「謝謝，我沒事。」

顧予扶著牆走了一段路，最後在每天演奏時待著的中庭景觀花園停下，找了個台階靠著花台坐下。他不是不想回休息室，而是覺得戶外的冷風能讓他暈呼呼的腦子和發燙的身體清醒一點。

入冬了，夜裡格外冷，冷到陸衍給他的制服加了件外套，還在鋼琴椅凳下加了個小暖爐。可是就算是這樣的天氣，他的身體裡還是像有股火在燒，脫掉外套想散熱卻沒有多少效果，隨著時間過去反而越來越來受，尤其胃裡像是翻江倒海似的，逼著他只能稍微直起身朝旁邊種著灌木和花卉的花台裡吐。

就在顧予吐得眼淚鼻涕都不受控制時，一個帶著關切的熟悉嗓音傳來，「你怎麼了？」

顧予只能騰出一隻手搖了搖，讓那人等一等，等到他吐完緩過勁才有餘裕搭理。他用袖子擦了擦臉，努力讓自己不要看起來太狼狽，只是腦子昏昏沉沉，眼前的畫面出現了重影，忘了客套和掩飾，脫口就問：「于慕析？」

那名身材挺拔的男子沒有半點訝異和遲疑，立刻答：「是我。」

顧予覺得嘴裡都是酸味，胃裡也不舒服，聽見于慕析的聲音心裡莫名多了份安全感，「有水嗎？」

「你等一下。」

顧予聽見腳步聲快速離開，沒多久腳步聲又逐漸清晰，眼前多了一個男人的身影，手裡被塞進一罐礦泉水，「水。」

「謝謝。」

顧予接過，先用水漱口，去掉嘴裡的酸澀和苦味，接著喝了大半罐水想沖淡醉意，無奈似乎不起作用。他感覺身體發熱，體內像是有股邪火在亂竄，觸覺變得格外敏銳，酒精似乎混雜著什麼藥物。

他早該猜到的，按尹少千惡劣的性格，沒加點料才奇怪。

顧予扶著半個人高的花台慢慢坐回階梯上，難受地把手和頭放在膝上，想休息一會兒。

「你怎麼了？」于慕析將手搭上了顧予的肩膀。

顧予像是觸電般地彈開，顫聲道：「別、別碰我。」

于慕析的手僵在半空默默收回，不明就裡地看著顧予。

「我有點熱，想吹吹風，你別管我。」顧予全身熱得很不舒服想解開襯衫釦子，卻怎麼都弄不好，煩躁地用力一扯，崩開了三顆釦子露出鎖骨和大片胸口，偏白的肌膚因為體溫升高帶點淡粉色，有些旖旎的意味。

「好，你休息。」

顧予又坐了一會兒，發現于慕析沒有離開，不確定自己是不是產生幻覺，伸手碰了碰那人就在眼前的腿確定是實體，「你怎麼不走？」

「我不能丟下你。」于慕析覺得站著不好說話，便坐到顧予身邊。

「我沒事。」顧予心想藥效總會退，忍一忍撐過去就算了。

「你一個人太危險，我帶你去休息？」

顧予沒問爲什麼于慕析覺得他這樣待著危險，明明就在樂園裡能怎麼危險？他的腦子像是被高溫燒當機了沒辦法想那麼多，連說話都有些含糊，悶悶地像是受了欺負，「……我不想站起來。」

「腳受傷了？」于慕析說著便仔細觀察顧予的腳是否有外傷。

「不是，我剛被尹少千罰了一杯酒，把上次得罪他的事做一個了結。」

「罰酒？」

顧予臉上泛起薄紅，「酒裡可能加了東西，我有點……不方便。」

于慕析這才發現顧予縮起身體手擱在褲襠上像是在遮掩什麼，對照著他這一副眼神迷離、神態可口誘人卻不自知的樣子，頓時會意過來，「放心，我不會讓你被看到。」

「嗯？」顧予沒聽懂于慕析的話，只見于慕析脫下西裝外套蓋在他的腰和下身，接著以公主抱的方式將他抱起。

「不介意的話，你可以把臉靠向我，這樣就不會有人看見你。」于慕析語氣溫柔。

顧予當然不介意，立刻把臉埋在于慕析肩窩裡，「謝謝，把我放在休息室就好了。」

「不是不想被看到嗎？」

顧予悶悶地應了一聲，確實不想被別人看見這副樣子，就算是再熟的朋友也不行。樂園和宿舍雖然近，還是有一小段路，讓于慕析送他回去實在太麻煩人，他覺得自己只是需要一個地方待著緩一緩，等藥效過去。

「我訂了一個房間。」于慕析說完又補了下一句，像是怕被誤會似的，「原本打算累了可以休息……先到我的房間好嗎？」

于慕析的顧慮在顧予眼裡不是問題，來樂園開房間的客人太多了，于慕析也許有什麼需求吧，誰沒有祕密？沒什麼好苛責，於是他點了點頭。

顧予並不習慣被這樣抱著，以前顧希這樣抱他時也讓他感到難爲情，只是那時愛得如膠似漆，他就當是戀人間的情趣。現在讓于慕析抱著就特別生分和無措，即便曾是朋友也從未如此靠近，男人身上古龍水的氣味糅合著熱度傳了過來，簡直火上澆油，讓他心跳得飛快，耳朵和臉像燒起來般特別燙。

他尷尬地想和于慕析拉開一點距離，但一動就聽見低沉醇厚的嗓音帶點困擾地提醒：「抱緊，別亂動，會掉下去。」

顧予只好安分地貼上男人厚實的胸膛，接受被于慕析的氣味包圍，同時努力用意志力抵抗酒精和藥力的加乘作用，阻止理智淪陷。他不由地思考自己是不是太久沒有發洩，才會這樣稍微撩撥就情動不已，簡直太丟臉。

于慕析抱著顧予進門後，顧予就急著想下來，于慕析只好將他放下，「小心。」

顧予反射性地道謝後，便扶著牆往浴室的方向走，不敢多看于慕析，「我自己能處理。」

于慕析眼裡滿是擔心，但既然顧予沒要他幫忙，基於尊重仍是放手。

房間有個簡易吧檯，于慕析打開冰箱，隨手拿了一瓶氣泡水，擰開瓶蓋仰頭飲下，拿出手機回覆幾則工作訊息，同時注意浴室裡的動靜。

半小時候，于慕析發現淋浴的水聲沒停，擔心地敲門，喊了幾聲小雨，「你還好嗎？」

沒有任何回應。

于慕析又敲了一會兒門，門內依然無人應答，擔心發生意外有必要確認顧予的狀態，手放上門把一壓發現門沒上鎖，便推門走進浴室。

浴室內滿是氤氳的霧氣，淋浴間水如雨瀑般落下，而顧予就在花灑正下方無助地跌坐著。他身上的白襯衫被打濕貼在肌膚上透出些許肉色和纖瘦漂亮的身體輪廓，黑色西褲半褪至大腿，一隻手正放在下腹握住性器，聽見聲響發現有人闖入，驚慌地縮起身體朝入口看了過來。

「抱歉，因爲過了很久，我叫了你沒有回應，怕出事才進來。」于慕析急忙解釋。

顧予垂下視線，張了張嘴，半晌才組織出句子含蓄地說明自己的窘境，「我試了自己來，但是沒用……我不知道該怎麼辦。」

青年本就長得好看，此時衣衫半褪又被水打濕了曲線畢露，纖長的眼睫毛沾上一點水珠，看起來泫然欲泣，配上那低低的像是在懇求的嗓音，像極了邀請，比烈性春藥還勾人。

「我可以幫你嗎？」于慕析發誓，他原本不想趁人之危……

「我再試試……」顧予內心掙扎著，這種事太過私密和羞恥，怎麼能讓別人幫忙？何況對方還是從小到大的好友。

「不是已經試過了沒用嗎？」于慕析脫下外套，扯開領帶，拿下眼鏡，走到顧予身邊，在雨瀑中蹲下，輕聲哄著：「讓我幫你，好嗎？」

半晌，顧予點了下頭，音量小得快聽不見，「如果你不討厭的話。」如果非要挑一個人幫忙，他大概只能接受于慕析。

「往前坐一點。」

顧予依言挪了挪位置，接著感覺于慕析走到他身後坐下。他背靠著健壯溫熱的胸膛，強而有力的雙臂從背後環抱著，熟悉的低沈嗓音在水聲中彷彿變得曖昧又深情，「小雨。」

恍然間，顧予不確定于慕析叫的是他在樂園的匿名還是他眞正的名字，只是紅著臉下意識地應了一聲。

「我開始了？」

顧予急欲紓解的身體隱隱期待著，然而又說不出口，便點了下頭。

隨著顧予的動作，于慕析的視角剛好看見黑色碎髮下露出一截白皙又帶點粉色的後頸，不自覺地親了一下，驚得顧予縮了縮脖子，抗議道：「癢。」

于慕析低低輕笑，「別在意我，這沒什麼，別想太多。」

怎麼可能不在意？要怎麼才能不想太多啊？顧予想回話，但他知道于慕析是想照顧他的心情，話到嘴邊就嚥了回去。

于慕析手上也開始動作，溫柔地撫上那處或輕或重地套弄，體貼地問：「舒服嗎？」

顧予別開頭，應了一聲，才剛慶幸這個姿勢于慕析看不見他的臉，下一秒就因爲對方突然收緊的力道發出一聲短促又甜膩的低吟。

得到鼓勵的于慕析立刻更認眞地給予刺激，換了幾種角度和手法，不斷注意的顧予的反應。

顧予以前就知道于慕析的學習能力好，不只成績優異運動也很擅長，沒想到連這種事也能如此上手，此時只覺得特別羞恥，怕于慕析聽見只敢輕輕地喘氣，身體卻不受控制地扭腰往手心蹭。

于慕析手指靈巧地上下套弄著，舒服的快感讓顧予繃緊了兩腿的肌肉，急於釋放慾望，身體渴求更多刺激，放低了音量羞澀地開口：「能不能摸摸我？」

于慕析覺得顧予簡直可愛得不得了，另一隻手探入顧予的衣服，順著腰肢往上在柔韌的肌膚上婆娑游移，入手的滑膩觸感勝過綢緞，忍不住又親了親顧予的脖頸。

顧予無暇他顧，只覺得每一次呼吸慾望都把空氣蒸騰得格外炙熱，和男人緊貼著的後背也像是有火似的，更鮮明的感覺是來自於性器的刺激，宛如電流般在身體裡亂竄。

他無力抵抗也無須再抵抗，終在層層疊加的快感中攀上慾望高峰，急促的喘息間牙關失守溢出破碎又撩人的呻吟，「嗯啊……啊……」

顧予有一瞬間的失神，饜足後慵懶地躺在于慕析懷裡。

喚回他注意力的是于慕析輕輕的一句詢問：「又想要了？」

顧予愣了愣，低頭，默然無語，明明宣洩了，但在藥力作用下身體又湧起另一波熱度集中在下腹處，而且隱隱地有個難以言說的地方渴望更深更激烈的刺激。

顧予的聲音微啞，故作鎮定地邀請：「你不進來嗎？」

他和于慕析這個姿勢肉貼著肉，方才就感覺到後腰有個熱燙粗硬的東西抵著，知道于慕析忍得難受。既然他們都想要，而他和顧希分開了，于慕析也沒聽說有對象，兩人都沒有對不起誰的問題，放縱一晚又如何？

于慕析勉力維持的自制力在顧予這一句話後消失殆盡，染上情慾分外低沉危險的嗓音擦過顧予耳畔，「好。」

于慕希脫下青年礙事的褲子後將人轉向自己，就著手上的體液用手指開拓後方的穴口。起初並不順利，畢竟那處有一段時間沒有接納過男人，儘管顧予盡量放鬆身體配合，于慕析仍費了一番功夫才開拓到足以容納三根指頭。

即便如此，當于慕析將性器抵著濕軟的穴口頂入時，顧予還是不由地低低地抽氣。

于慕析停下動作，「痛嗎？」

顧予撐起笑容，把身體往于慕析方向蹭了蹭，「沒關係，我想要。」

于慕析體貼地放慢動作，讓顧予緩緩適應。

痛感漸漸消失取而代之是舒服到戰慄的快感，顧予咬著下唇在感官刺激下發出悶悶的呻吟。

于慕析溫柔地哄著，「不用害羞。」

「我沒有。」顧予嘴硬，想都沒想就否認了。

「那就叫出來，沒關係，我喜歡聽。」于慕析的聲音有種蠱惑的魔力，讓顧予覺得可以放心將一切交付給他。

於是，帶著歡愉的呻吟在浴室裡迴盪著，混雜著肉體碰撞的聲音，交織成了淫靡的樂曲。

兩人在浴室發洩過後一起洗了澡回到床上，然後耳鬢廝磨間不知道怎麼地又慾火高漲……

顧予不確定他們做了幾次，最後的印象是自己在某次高潮的餘韻中滿足又疲倦地睡著了。

隔天一早，顧予迷迷糊糊睜眼，發現眼前有一張男人帥氣的睡顏時嚇了一跳。

大概是動靜太大，于慕析也跟著醒了，深邃眼窩堆起雙眼皮的皺褶，顏色偏淺的瞳仁映出他的輪廓，話還沒出口，性感的薄唇已經先勾起一點弧度，「早安。」

「早安。」既然沒在于慕析醒來前先走，現在才躲起來也沒有意義，只能故作大方地打招呼，顧予試圖找點話說讓場面不要太尷尬，「昨、昨天晚上……謝謝。」

于慕析促狹地望著他，「就這樣？」

說到昨晚顧予腦中的回憶突然湧上，像是解壓縮了大量色情影片，充滿大片肉色和兒童不宜畫面，忍不住抗議：「我後來說不要了你還……」

「你讓我停不下來。」于慕析臉色沒有半點歉疚，語氣聽起來還有幾分理所當然。

于慕析，沒想到你是這樣的人！顧予想指著好友大喊，但他現在的身分不是顧予，兩人不過是一夜情……說起來于慕析甚至算是幫了他，誰占的便宜多還真說不清。

顧予不想計較，起身想下床，發現腰痠腿軟，使用過度的隱密處好像還有異物感。不過于慕析應該幫他做過清潔了，身上乾爽潔淨還套了件睡袍，只是睡袍下一絲不掛。

顧予睡著的時候，于慕析就將兩人的衣服送洗，樂園這方面的效率很好，當晚就將衣服洗好烘乾折好送回房內。

看見衣服放在櫃子上，顧予立刻拿了衣服進浴室裡更換順便洗漱，把自己打理好後回到床邊，看見于慕析下床脫掉睡袍正在著裝，近乎赤裸的男性軀體突然映入眼簾。于慕析平常總是西裝革履，沒想到衣料下的身體鍛鍊有素，胸肌飽滿腹肌分明，寬肩窄腰標準倒三角身材，顧予瞥了一眼就移開視線不敢多看，

「早上有個會，不過時間還早，一起吃早餐？我叫了兩份客房服務。」于慕析的態度倒是從容，畢竟昨晚更私密的部位都看過了現在也沒必要閃躲。

「好啊。」顧予確實有些餓了，既然有現成的早餐不吃白不吃。

樂園的服務周到，早餐沒多久就送來了，是份西式早餐，有生菜沙拉、培根、炒蛋、煎吐司和一杯綜合果汁。這個房間附帶一個小院子，有套舒適的一桌兩椅，兩人便在院子裡用餐。

于慕析戴上了金屬細邊眼鏡，沒繫領帶，長腿交疊坐著，氣質溫文儒雅，不管顧

予要聊什麼他都能適切地接上話，不炫耀地位也不擺架子，是個很好的說話對象。

「于總近視幾度？」顧予隨口找話題。

「沒近視。」于慕析說完，知道顧予肯定好奇，解釋道：「你就當作裝飾品吧。」

沒想到于慕析還會在意形象？顧予笑著誇了句：「你戴眼鏡挺好看。」後又追問：「一個人來樂園？」

于慕析吃東西也優雅好看，家教已經刻在骨子裡了，嚥下食物後才答：「上一次是和人來談生意，這次只有我。」

「你沒點人陪你嗎？」顧予想起昨晚沒在房裡看見其他人。

「沒有。」

「一個人來還不點人，這有什麼意思？」顧予不能理解。

「換個地方辦公還有琴聲幫助放鬆心情，我覺得很好。」于慕析目光不閃不避，微笑著繼續道：「來了兩週，陸經理沒說不行。」

「我沒見過有人這樣花錢。」只要有付錢，陸衍當然沒有意見，顧予在樂園工作的時間不長，還沒見過客人把這裡當飯店，只過夜什麼都不做，明明以前沒聽說于慕析是這樣花錢不眨眼的人。

于慕析接過顧予不喜歡的沙拉，隨口問：「你喜歡刺青嗎？」

「哦？我身上的？」顧予看于慕析點頭，才把話接了下去，語氣輕描淡寫，「那是客人喜歡的，給了我一大筆錢。」

于慕析手上動作僵了僵，半晌沒說話。

顧予不以爲意，又找了別的話題問于慕析。

聊到一半，于慕析突然提議：「你缺錢的話，我能幫你介紹工作。」

顧予不動聲色笑吟吟地盯著于慕析，想看出于慕析是不是把他認出來了？偏偏于慕析目光清澈帶著善意和眞誠，彷彿只把他當剛認識的人，于慕析對剛認識的人這麼好嗎？難道是因爲上過床的關係？

「謝謝于總的好意。」顧予拒絕了，說缺錢他確實缺錢，然而他缺的只是錢嗎？他缺的是目標，他還沒弄清楚自己想做什麼。拿回屬於自己的東西？還是就看開一切平平淡淡過日子？

于慕析吃得差不多了，用餐巾紙擦了嘴角，淡笑著推了推眼鏡，看向對坐的青年，試探地問：「我還能再來找你？」

顧予沒理由阻止于慕析來樂園，可是他既沒打算做回顧予又覺得和于慕析這樣牽扯不清挺尷尬，便扯了個藉口當作拒絕，「不會還想要我陪吧？下次就要付錢了。」

于慕析毫不猶豫，「好。」

顧予微愣，沒想到于慕析這麼乾脆，好像對他有點意思？難道他昨晚表現得特別好嗎？應該沒好到讓人想一試再試吧？而且于慕析不是事業心重嗎？這樣花天酒地包養男人可以嗎？于老爺子知道了會把他的腿打斷吧？

顧予尷尬地咳了一聲，想開玩笑化解，「你不會是喜歡上我了吧？」如果于慕析是圖個新鮮就算了，談感情他絕不奉陪。

于慕析不知道是不是看出了什麼，眼神似乎暗了暗，不過臉上還是帶著溫和的笑，卻不直接回答：「你覺得呢？」

顧予乾笑，「不會吧？我們才見過兩次面，我也沒什麼好讓人喜歡的。」于慕析向來聰明、理智，怎麼會在招待所裡隨便看上一個男人，就算轉性想玩玩男人也沒關係，但那也僅止於玩玩，怎麼可能談感情？

「那就不是吧。」于慕析的笑容淡了，出口的話也特別雲淡風輕。

「不是就好。」顧予得到答案後也無心探究，笑著帶過。

于慕析離開樂園前到櫃檯預約了下次的時間，也指定了要小雨作陪。

陸衍拿這事問了顧予。

顧予站到了陸衍身邊，盯著他手上的平板，上面是下週的預約單。

陸衍沒什麼防備心，像是爲了證明所言不虛，大大方方地把預約紀錄給顧予看。

顧予的目光在那預約單上一掃，看見了幾個眼熟的名字，想了想，扯開滿不在乎的笑容，「接吧，這樣我能早點把錢還清。」反正從于慕析那裡賺錢他能接受，和于慕析上床他也不討厭。

「你怎麼和于總牽扯上的？」陸衍作爲經理還是得多問幾句。

「陸經理，你知道樂園有一份顧客黑名單嗎？」這份名單顧予是聽楚天說的，莫黎出事後，楚天說崔聿上了黑名單。

陸經理點頭，「當然，不遵守規矩的客人樂園不歡迎。」

「尹少千昨晚讓我喝的酒裡下了藥。」顧予原本不一定要說，然而他是眞的不想再見到尹少千了。

陸衍嚇了一跳，「知道了，樂園不會再接尹少的預約，這事你怎麼現在才說？身體有沒有怎樣？」

「和于總睡了一晚就沒事了。」顧予笑了笑，故作灑脫。

陸衍的嘴頓時被堵上，眼睛瞪得像銅鈴似的，說好的適度用藥是在樂園的服務範圍，偷偷下藥就是另一回事了，「這、這事是我思慮不周，昨晚一忙忘了回頭確認你的狀況，你能不能別和孟老闆說？」

顧予啞然，陸經理的擔心是多餘的，誰說他有孟然的聯絡方式了？他雖然是孟然帶來的，可他現在還搞不懂爲什麼對方願意救他，還幫他付那一大筆醫藥費。

「沒事，總比被奇怪的人撿走好多了。」顧予當下多少是有些害怕的，如果昨天陸衍沒有陪他進包廂，他倒在尹少千的包廂裡會怎樣？如果昨晚撿走他的不是于慕析呢？他會在什麼地方醒來？「對了，我不彈琴了。」

陸衍搞不清楚顧予的意思，「你還來樂園嗎？」

顧予笑了，「來啊，接于總的生意啊。」

回宿舍後，顧予把轉職的事告訴了楚天。

楚天對此很是驚訝，「你真的想清楚了？」雖然看過很多人一開始在樂園是做接待、清潔等等工作，後來看陪侍賺得多都選擇來陪酒，他原以為小雨不是這樣的人。

「Eno、小雪離職後樂園缺人對吧？」顧予平靜地答。

楚天情緒激動，勸說的話張口就來：「那也不用你來，你長得確實好看，絕對會有一大票人想點你，但你真的沒必要做這份工作，你彈琴不是彈得好好的嗎？」

「彈琴的錢太少了。」顧予知道楚天是好意，不想和他爭論，便找個無法反駁的理由，「我需要錢，你不也是需要錢才做這個嗎？」

楚天果然反駁不了，「算了，我教你幾招吧，做這個也能陪酒不陪床，還有陪唱歌、陪吃飯、陪玩遊戲、陪說話，有時吊著客人的胃口他們下次才會來。」

「快教我。」顧予笑著洗耳恭聽。

樂園裡的人都有自己的苦，願意說就有人聽，不願意說也沒人會探究。

✦

顧予的陪酒生涯進展順利，確實很多客人看了照片後點他，見過形形色色的人後他開始變得愛笑，見人說人話見鬼說鬼話，只是無論說了什麼話常常出口就忘，都不上心，倒是酒量漸漸練了出來。

是不是進了樂園都要有副面具？顧予沒有答案，這也不重要，誰說只有進了樂園才戴面具呢？

來樂園的貴客們聊天時大多不會避諱陪酒的陪侍們，想聊什麼就聊什麼，尤其是那些各有所圖的人都會趁著酒酣耳熱之際敲定一筆訂單，或者挖點內幕消息。

于慕析則成了小雨的常客，幾乎每週都來，而且都只要小雨陪。

他們也不見得每次都做愛，有時候就是聊聊天，或者喝點酒什麼也不說。

顧予覺得于慕析是個奇怪的客人，但他喜歡于慕析來，有于慕析在讓他覺得很放鬆，不用假笑，不用奉承，不用假裝醉酒離場。

「你新買的衣服？」于慕析看見了顧予身上的花襯衫，圖案是一張花花綠綠的大臉，品味有些嚇人。

顧予促狹地看向于慕析，「好看嗎？」好不好看他心裡有數，就是想捉弄一下于慕析。

于慕析沒有馬上回答，斟酌了半晌才開口：「你穿什麼都適合。」

顧予開懷地笑了，看著于慕析猶豫的表情覺得特別有趣，不過忍不住又說：「這個搭配我還有些不滿意，改天去染個頭髮。」

于慕析配合地問：「染什麼顏色？」

「嚇人的顏色。」顧予說完又笑了。

于慕析瞪著眼睛不知道該不該多問幾句。

「你就當我……想走小眾路線。」顧予說完自己都笑了，樂園裡大概沒人像他這樣。

于慕析收起表情，溫和地笑了笑，「挺好的，那我會是你的目標客群。」他經常把沒做完的工作帶到樂園，此時像往常一樣從公事包拿出幾份文件看了起來。

顧予知道于慕析還沒吃晚飯就走去打內線電話，按著印象幫于慕析點了飯菜，回來看見于慕析少見地掩著嘴打了呵欠，「很累嗎？」

「公司有個重要的計畫，關係未來五年甚至十年的發展，可能要忙上個幾年。」

「西瑪的開發案？」

「你知道？」

顧予笑了笑，語調輕鬆，「樂園裡的消息最靈通了，捷運要往西延伸，西瑪那一大片區域未來十年內很有得玩。」

✦

莫黎的傷養了好久，久到顧予再次看到莫黎時差點認不出來。

他瘦了許多，臉頰微微凹陷顯得顴骨明顯，皮膚蒼白，雙眼深邃而冷漠，緊抿著雙唇，沒有多餘的表情，和顧予、楚天這幾個老朋友視線相觸時只是臉部線條稍微鬆了鬆，接著就很快將目光移開，顯得拒人千里難以接近。

顧予不知道這段時間崔聿有沒有聯繫過莫黎，只知道莫黎拒絕了樂園同事的探訪，斷絕了所有聯繫，沒人知道莫黎轉到哪家醫院，在醫院裡住了多久，最後在哪裡休養，身邊有沒有人幫忙照料……

樂園的人都以爲不會再看到莫黎，沒想到他竟和孟然一起出現。

孟然很少來樂園，每次露面都是有重要的事情。

這天他讓樂園的員工集合，當著大家的面宣布：「從今天開始，莫黎就是樂園的經理。」

莫黎出事後隔天宋沁就被免職，而接替的陸衍前陣子在得罪了某位貴客後也自提離職了，樂園經理的職位已經空了半個月。

莫黎站在孟然身邊退後半步的距離，身姿挺拔卻透著一股疏離感，只在孟然提到他的名字時嘴角勾起一道弧度，禮貌得體，卻更像是層偽裝。

莫黎沒有回宿舍住，經常獨來獨往，見了以前的朋友除了禮貌客套外不說多餘的話，幾次之後不是沒有人看不慣。然而莫黎處世公道，公事公辦，對內誰也不偏袒，對外能應付貴客們的無理要求，久了之後，沒人對他當經理有意見。

以前和莫黎相熟的幾個人私下逮到機會想問問莫黎怎麼了，有沒有什麼能幫上忙，總被莫黎淡漠的一句「你們就當以前的莫黎死了」碰一鼻子灰。

顧予沒辦法當以前的莫黎死了，即便他斷絕了以前的生活，某種意義上算死過一次的人，仍相信莫黎心裡某處還是那個有情有義的朋友。

有次莫黎交代完他的工作後像是突然有感而發，多說了一句：「大家都說我變了很多，我覺得你才是變了最多的。」

顧予愕然，莫黎離開前他才剛在樂園裡彈琴，莫黎回來後他已經成了店裡的陪侍還把自己打扮得一塌糊塗，確實變了很多。他尷尬得不知道該拿什麼表情面對莫黎，只能打哈哈帶過，「人都是會變的嘛！」

「你不想接客就不要接，可以離開樂園。」這句話以前聽宋沁對其他人說過，語氣聽來都有種諷刺和奚落感，可是莫黎平鋪直敘地說，就像眞的只是爲了顧予好。

顧予不曉得怎麼跟莫黎解釋，只好聳聳肩，笑得漫不經心也像不以爲然，「那你為什麼還回樂園？」攻擊也是一種防守，不過這個問題並不單純是個防禦機制，他是真的不理解莫黎為什麼回來？

只見莫黎的表情一僵，像是想起曾告誡顧予總有一天要離開樂園的事，堅硬的保護殼有了短暫裂痕，聲音輕得幾不可聞，「我還有地方去嗎？」

雖然是個問句，但莫黎顯然沒打算等到答案，嘴角短暫浮現一抹譏誚的笑，轉身大步走了。

顧予看著莫黎修長卻特別落寞寂寥的背影，心中五味雜陳，輕輕地回了一句，「會有的。」

Chapter 5 樂園之外

顧予原本想低調地離開樂園，但楚天和蘇諾還是堅持要幫他辦個惜別宴，慶祝他從樂園畢業。

畢業是修完學分，此後鵬程萬里海闊天空，不用再回來了。

說是惜別宴其實張羅得很簡單，只是在最近的餐廳叫了一桌菜和飲料一起送到宿舍裡。大家的房間都不大，宿舍裡有個平常沒人用的交誼廳，一張大桌子和拼湊出的二十多張椅子，大家合力整理一下也挺有模有樣。

有別於顧予初來時無聲無息沒人知道，一年後離開時動靜鬧得大，近乎全體歡送。宿舍裡聊過天的、幫過忙的同事們陸陸續續露面，特地來和顧予說上幾句好話，再喝上一杯道別，珍重再見。

還好顧予交代了不要準備酒精飲料，不然他八成會喝得爛醉得多待一天。

席上眾人開開心心吃飽喝足，聊了些怎麼和顧予認識，以及顧予在樂園裡鬧出的趣事。

冬日午間的陽光和煦溫暖，從窗外照進交誼廳裡，每個人臉上都是笑容。

儘管受贈人表情複雜，顧予仍把他的花襯衫送給楚天，項鍊、手環和戒指送給蘇諾，房間裡的家具就開放給宿舍需要的人拿取。

他沒花多少時間打包，這一年裡他添購的除了工作能用上的衣服飾品外，就只有不得不買的日用品，房裡乾淨整潔，像是隨時都準備搬走。他的手提袋裡只有一套換洗衣物、兩包菸，還有一片窗外欖仁枝椏剛長出的新葉。

天下無不散筵席，他讓同事們不用送，獨自從宿舍走到樂園，在從樂園的外苑走向門口，遠遠就看見一名身姿挺拔的男子佇立在這條通向大門的石板路上。

顧予走近，笑著打招呼：「楚天和蘇諾張羅了一桌子菜，如果知道你在一定喊你來湊個熱鬧。」

莫黎住在樂園外，平常下班了就回自己家不和他們混一塊，沒想到會在這條必經之路等他。此時莫黎穿著便服，沒了上班時的冷厲，表情柔和，「我去了他們會不自在。」

「你多想了，以前的老同事都記得你的好。」

莫黎微微一笑不打算深入這個話題，「你好好保重。」

顧予拍了拍莫黎的手臂，「你也是，再見。」

莫黎沒說再見，回拍了顧予，語氣認真像是囑咐，「不要回來了。」

顧予想起莫黎曾經的照顧，心情有些複雜，這一別不知道會不會再見面，「我能從樂園出去，你也可以。」

「我現在的工作還過得去，要不要離開樂園沒差別。」

「至少這裡——」顧予說到這裡手指指了指左胸胸口，「有差別。」

莫黎一愣，知道顧予是關心他，看出他還沒完全從創傷裡走出來，眼神亮了亮，有了幾分兩人初識時自信的風采，勾起唇角，「我會期待那一天。」

顧予放下手上的行李，身體前傾緊緊抱了莫黎，「謝謝。」

莫黎也回抱顧予，手在他背上拍了拍，「我沒做什麼，不用謝。」

顧予沒有解釋莫黎帶他走出宿舍房間對他的意義，他會把這份溫暖放在心裡，相信莫黎還是以前的莫黎，「我真的得走了。」

「好好生活，祝你一切順利。」莫黎知道門外等著顧予的是誰的車，基於尊重他不會過問細節，只能給出祝福。

「會的。」

「對了，盛世的顧總這兩天都來找過你，我讓人擋了。」

顧予微笑僵在臉上，後又無所謂地笑了笑，知道莫黎只是提醒，沒有打探的意思，「你就跟他說我離開樂園了。」

莫黎眉頭蹙起，「沒關係嗎？」

「放心。」有沒有關係顧予答不出來，他就是不想造成莫黎的困擾。他揮了揮手道別，邁開腳步繼續往前，走出樂園前院外比人還高的大門，前頭已經有一輛黑色進口車在等他了。

等他走近，佇立在車門旁的司機立刻幫他開了後座車門。

顧予看見于慕析，立刻露出燦爛的笑容，坐進車內後問：「怎麼特地親自過來了？」

于慕析一邊處理公事一邊等顧予，此時收起平板放進公事包裡，笑著答：「不忙，剛好有空檔。」

顧予笑了笑沒反駁，于慕析要是不忙那就不用一身筆挺西裝還把工作都帶在身邊了，看著車子平穩駛上馬路像是已經定好了去處，「我們去哪裡？」

「先讓你安頓下來。」于慕析頓了頓，「暫時住我家好嗎？」

「這樣合適嗎？」顧予沒有直接答應，于宅他去過幾次，是棟氣派的大房子，還附帶花園和泳池等設施，和顧家不相上下。

「畢竟你的身分是我的遠房堂弟，住我家合情合理。」于慕析說得理所當然。

「你的家人不介意嗎？」顧予不知道于慕析是不是和于老爺子打過招呼，出於從小的教養，這樣沒先知會就住進別人家的行爲太過失禮。

于慕析語氣溫和地解釋：「我家不算遠房親戚的話只剩下我和爺爺，爺爺一直有個環遊世界的心願，只是以前工作忙走不開，這一年才把工作安排好，打算在世界各地住上一陣子。上個月他才在法國莊園喝著以自己名字命名的紅酒，現在應該在郵輪上，準備去看金字塔。」

「爺爺身體很硬朗，能這樣過日子挺愜意的。」顧予聽見認識的長輩過得如此舒心自在也感到開心。

「這幾年他的身體調養得不錯，身邊也有幾個信得過的人照顧，這樣我也安心。」于慕析話鋒一轉，回到正題上，「我家房間很多，一個人住太冷清了，你就當來陪陪我吧？」

既然于慕析都這樣說了，顧予也不推遲，「那就打擾了。」

顧予現在叫于慕雨，于宅的管家和幫傭見了他都尊敬地喊他一聲少爺——看來于慕析是眞的給他安了一個遠房堂弟的身分。

他的房間被安排在于慕析隔壁，寬敞乾淨舒適得無可挑剔，衣櫃裡是滿滿的新衣服，上班的正裝、日常的便服、外出的裝束一應俱全，連睡衣也沒落下，都是他的尺碼，審美也頗有品味。

三餐是按著他的喜好做，清爽不油膩、不辣、不加香菜，沒有內臟、芹菜、青椒和帶皮的番茄。這一點是他後來才察覺到的，如果一兩頓飯都合口味能說是湊巧，頓頓都如此，于慕析肯定特別交代過了，雖然維持了一年的金錢關係，但把能他的喜好摸得這麼清楚也是有心了。

于慕析卻像是怕還不夠周到，晚餐時叮囑：「還缺什麼就跟我說。」

「缺一架鋼琴，我無聊的時候想練練琴，不要那種粗製濫造的，必須是演奏等級的。」顧予頓了頓，不疾不徐卻毫不客氣地把他能想到的過分要求提了出來。

于慕析毫不遲疑一口應下：「好，你的房間放鋼琴太擠了，我讓人整理一個房間作爲琴房，隨時都可以用。」

顧予看于慕析認眞的態度，趕緊澄清：「開玩笑的。」

于慕析眨了眨眼睛，「不要嗎？」

顧予放下刀叉，不顧餐桌禮節，起身繞過餐桌，靠近于慕析，一手撐在于慕析的餐椅椅背上，另一手拉起于慕析的領帶，語調輕佻，『你對我好得不像話，是不是有什麼陰謀？」

于慕析迎著顧予的視線，鏡片下的眼睛染上笑意，對於便宜堂弟的輕浮舉動格外縱容且似乎樂在其中，把手搭上那怎麼也摸不膩的腰線，「對你好有什麼問題？」

「你沒問題，是我有問題。」顧予若無其事地鬆手放開領帶，敷衍地笑了笑，回到自己的座位，不想多談。一朝被蛇咬十年怕草繩，這才過了一年半，他還很害怕。

「怎麼了？」于慕析試探地問。

「我怕還不起。」顧予不喜歡占人便宜，該還的他會還，偏偏人情債難還。

「不用還。」

「那就更承受不起了，只怕到時候我只能以身相許。」顧予哈哈一笑，避開那彷彿帶著深意的眼神，改口問了工作的事。

晚餐後于慕析進書房處理今天落下的工作，顧予問過于慕析後也跟了進去，從書架上隨手挑了本書坐在旁邊舒適的躺椅上看了起來，然而由於內容對他來說太晦澀，看得他眼皮沉得撐不住。

「回房間睡吧。」

顧予聽見聲音，迷迷糊糊地睜開眼睛，發現于慕析站在他身邊，而他身上不知道什麼時候蓋了件薄毯，原本在看的書被放到了旁邊茶几上，牆上時鐘的短針已經過了數字十一，「不好意思，不小心就睡著了。」

于慕析看了一眼茶几上的《土地法規概要》，打趣道：「下次看點輕鬆的書。」

「不行，我要看懂你書架上的書，要不然怎麼當你的祕書？」顧予感謝于慕析的包容和體貼，但他也想培養能力自立自強。

于慕析輕笑，伸手拉了正要起身的顧予一把，「慢慢來吧。」

顧予起身後把薄毯折好後放回櫃子裡，徵求同意後帶著那本沒看完的書和于慕析一起上樓，兩人在各自房間門前停下了腳步。

顧予半倚著門板，瞇起眼睛笑問：「我們眞的分兩間房睡？」于慕析的門開了一半，停下動作，「你要是想進來也可以。」

聞言，顧予瞇起眼睛，風情萬種地笑著往前走了一步，臉頰隱約擦著于慕析頰邊而過，在耳畔輕聲說了聲晚安後，退開壓下門把走進自己的房間。

顧予出乎意料的舉動讓于慕析反應不過來，臉頰還留著曖昧繾綣的癢意，顧予卻已經轉身。他只來得及在顧予門關上前回聲晚安，看著關上的房門心裡有些說不清的悵然若失，半晌才進了臥房。

顧予進房後的心情沒有在門外時看上去平靜，想不透自己怎麼就突然去撩于慕析，難道是在樂園時的互動成了習慣？還是于慕析相貌過於出色讓他迷惑了？可是那張臉他從小看到大，怎麼會現在突然有感覺了？或是因爲于慕析對他太好，以至於他產生了愛慕之情？

顧予自認不可能分不清楚感謝和愛情，他應該是想逗逗于慕析？向來鎭定的于總表情失守、眼神慌亂時好像特別可愛？

顧予思緒紊亂，腦子裡莫名其妙都是于慕析，心中警鐘大作，趕緊打住不想了。沐浴後換上睡衣懶洋洋地躺在柔軟度適中的大床上，睡前腦中隱約閃過一個念頭，如果他當初是和于慕析交往，也許一切都會不一樣吧？

人生沒有後悔藥，想這些做什麼？

隔天，顧予開始上班了。

第一天上班的衣著走中規中矩路線，他從衣櫃裡拿了件白襯衫和一套深灰色西裝西褲，挑了一條淺灰暗紋窄版領帶，對著鏡子把領帶打上，最後抹了點髮蠟把頭髮打理整齊，挑了雙皮質柔軟又合腳的黑色手工皮鞋穿上。

下樓時于慕析已經在餐桌前坐定，餐廳的視野能看見從樓梯下來的人。他聽見動靜抬頭，便一直看著顧予，直到人走近都沒有移開目光。

于慕析爲什麼三番兩次看著他出神？顧予奇怪地看了于慕析一眼又低頭看了看自己的衣著，「怎麼了？我穿得不對嗎？」

于慕析回過神，彎了彎嘴角，聲音平穩，「沒什麼，很適合你。」

「那是你的品味好。」顧予在于慕析對座坐下。

由於于慕析早上還有早會，兩人極有效率地吃完了早餐便一起出門，坐上早已在門口等待的黑色進口車前往公司。

盛世總部在市中心的商辦大樓裡，顧予是第一次來，雖然放眼望去無處不覺得新奇想走走看看，但記著自己是來工作的便仍緊緊跟在于慕析身後。

于慕析把顧予帶到頂層祕書室，交給戴姐後就去開會了。

戴姐是總經理祕書，他的新職位也是總經理祕書，似乎有點尷尬。不過只要他表現得不尷尬，尷尬的就不會是他，反正大公司的祕書常常不只一位。

戴姐是位幹練的職場女性，看起來有點年紀但保養得很好，一頭俐落短髮，得宜的職業套裝，妝容淡雅得體。

「妳好，我是于慕雨。」顧予私下練習過幾次，確保說出新名字時自然沒有破綻。

戴姐看起來不太熱情，語氣客氣但有些生疏，「我姓戴，戴馥蓉，進盛世十五年了。」

十五年，也就是說戴姐進盛世時他和于慕析還在念小學？

顧予感覺戴姐有些不太待見自己……換位思考，要是自己一份工作做了十五年沒出什麼問題，有一天老闆突然塞了一個看起來對工作沒幫助還可能扯後腿的小子給他，而且這人還是老闆親戚，他也不會太開心。

然而顧予在樂園見的人多了，應付這一點情緒不算什麼，於是他扯開燦爛的笑容，擺出誠懇態度，「那就請戴姐多多指導了。」

戴姐的笑容似乎柔和了一點，讓他不用太拘束，有什麼問題都能問她。

祕書辦公室在總經理室外，因爲他的到來，有著使用痕跡的辦公桌旁多添了一張新桌子，桌上乾淨整齊，電腦和文具一應俱全，還放著一張已經做好的識別證，名字寫著于慕雨。

「你會什麼？」戴馥蓉琢磨著該把什麼樣的工作交給老闆的遠房親戚。

顧予笑了笑，特別真誠，「我也不知道自己會什麼。」大學畢業後跟在顧承風身邊那一年能算工作經驗嗎？好像沒幫上什麼忙？工作經歷不多，被騙的經驗倒是深刻。

戴姐停頓幾秒，又問：「你上一份工作做什麼？」

「我在樂園工作。」顧予沒打算隱瞞，他未來跟在于慕析身邊要見的人肯定不少，比起被人認出來傳回戴馥蓉耳裡，還不如大方承認。

他保持著微笑看著戴馥蓉表情錯愕，知道對方肯定曉得他在說哪個樂園，點點頭，「就是妳想的那個樂園。」

戴馥蓉的驚嚇並不是只有一點，畢竟她知道這一年來于慕析頻繁去一間名爲樂園的招待所，而且有幾次還是她幫忙預約的。加上顧予的入職手續是于慕析交代戴馥蓉辦的，唯一的身分訊息只有名字，她不是沒有起疑，只是于慕析沒打算解釋，就不好多問，此時不由地有了幾個猜想——

「你知道有個人叫小雨嗎？」

「下雨的雨嗎？眞巧，和我的名字一樣。」顧予裝傻地笑了笑，像是什麼都沒說，也像是都說了。

饒是戴馥蓉在盛世已經待了十五年也沒想過會遇到這樣的情況，原以爲是走後門的，原來是走後門的，只是形容詞和動詞的區別。但她畢竟是一名稱職的總經理祕書，知道察言觀色，也懂得點到爲止，「上一份工作不相關也沒關係，你先處理一些簡單的文件。」

「好的，謝謝戴姊。」顧予禮貌地道謝。他注意到戴馥蓉原本複雜的眼神變了，如果要形容，那就是——和看狐狸精差不多。

于慕析的會議從早開到了下午才結束，回到總經理辦公室時把顧予也叫了進去。

「還習慣嗎？」于慕析沒有坐回辦公桌的老闆椅，而是在會客區的沙發坐下，示意顧予也一起坐。

顧予坐下，聽見問話笑了，「還可以吧，才第一天。」

「也是，你中午吃了什麼？」于慕析試著聊些輕鬆的話題。

「和你吃一樣的便當。」

戴馥蓉確認會議的人數加上自己和顧予的數量後訂了便當，由於于慕析會議中可能臨時交代事情或者要資料，祕書室的兩人都選擇留守沒有外出和午休，公費便當吃得心安理得。

于慕析聽懂了，「抱歉，今天的會開得比較晚，讓你第一天就沒辦法好好休息。」

「有什麼好抱歉的?這不就是我的工作嗎?」顧予笑了笑,「倒是你開了那麼長的會,是該抽空休息一下。」

「還不行。」于慕析看了一下錶,「晚點還要去拜訪祕書長,好不容易才約到時間。」

「和西瑀的計畫有關嗎?」顧予到會議室幫忙送餐盒時看見了螢幕上的會議內容。

于慕析點了下頭,「現在各方人馬都在西瑀收購土地,優先目標都是捷運沿線,尤其是靠近站址的區塊,只是現在價格很亂,雖然有一些風聲,但大家不太確定站址會落在哪裡。」

顧予回憶著,「祕書長我在樂園見過幾次,是個很油滑的人,他會那麼容易透露消息嗎?」

「他不用具體透露計畫屬意的地點,只要告訴我們哪一塊更有機會就好了。盛世幾十年來在關係的經營上投注了不少財力和物力,市長剛上任需要政績,我們可以配合政策認領公園和維護環境,或者贊助各種活動,對雙方來說是互利的循環。」

「關係的經營?盛世是押注在現在的執政黨嗎?」顧予知道每間公司或多或少都有公關經費。

于慕析微笑,「我們不做風險那麼高的事情。」

顧予立刻會意，「也是，雞蛋不能放在同一個籃子裡。」

此時總經理室的門被敲響，于慕析讓人進來——是戴姊。

「于總，剛剛收到消息，和祕書長的會面取消了，窗口說祕書長突然有緊急行程。」戴馥蓉知道這不是個好消息，語氣有些凝重。

于慕析面色一沉，仍沉著地問：「改期呢？」

「對方說最近行程都很滿，有空檔會聯繫我們。」

「好，我知道了。」于慕析說完，便讓戴馥蓉離開，身體往後一躺，拿下眼鏡，揉了揉眉心，看起來格外疲憊。

顧予看著于慕析的反應，知道這個約會關係重大，主動獻策，「我知道有人可以約到祕書長。」

「誰？」

「小雪。」顧予看見于慕析困惑的眼神，補充道：「樂園的同事。」

下午六點，于慕析從總經理室出來，靠在顧予座位的辦公桌隔板上，「小雨，工作還好嗎？沒事就一起走吧。」他們搭同一輛車來，自然也是搭同一輛車走，于慕析完全不覺得有什麼問題。

顧予從螢幕上挪開視線，抬頭微笑，「我剛翻完一封信，應該沒問題。」

一旁的戴馥蓉聽了有些訝異，起身靠過來看，「翻完了？不是才剛給你？不用找翻譯嗎？這是一位德國客戶的信件，愼重起見不能完全相信網路翻譯。」

「正要寄給妳過目。」顧予笑了笑，「我剛好會一點德語。」

「你會一點德語？」這點出乎戴馥蓉的意料。

顧予語氣輕鬆，「以前學過，不過有幾個專業名詞我還是查了一下。」他當然不只會一點，由於顧承風重視語言教育，加上他這方面有點天分，所以學了三種外語，只是現在沒必要解釋太多。

于慕析面帶微笑旁觀了兩人對話，半點都沒有懷疑顧予能力的樣子，囑咐祕書：「妳看一下，沒問題的話就轉給我。」

「好的。」戴馥蓉應下，靜靜看著于慕析帶著顧予離開，只是看著顧予的目光從輕視轉爲忌憚和困惑，難道老闆從招待所撿回來的男陪侍其實深藏不露嗎？

于慕析和顧予上車後沒有直接回于家，而是前往市郊一間少有人知道的私廚，私廚不好預約，一天只接待五組客人，不過私廚廚師和于老爺是忘年之交，特別騰了個位置給于慕析。

車內，顧予看了眼手機訊息，告訴身邊的于慕析，「祕書長希望沒有外人在場，我就不進去了。」

一般祕書理應坐在前座，把後座空間盡可能留給上司，不過由於有著親戚關係的煙霧彈，顧予和于慕析並肩坐在後座且互動熟稔並不顯得奇怪。

于慕析頷首，「要不要讓小陳先送你回去休息？」小陳是司機，是個守口如瓶性格敦厚的年輕人，開車技術很好。

「不用了，來回一趟太花時間，我和小陳在車上待著就好，畢竟我是你的隨行祕書不是嗎？」顧予理所當然地說著，還記著自己在工作中。

「好，你們餓了就先去附近吃點東西，我結束了會打電話。」于慕析交代完後，壓低了聲音，「你那位朋友怎麼約得到祕書長？」

「樂園工作的人都有職業道德，只要客人們守規矩，樂園裡發生的事不用擔心成爲把柄被人威脅。然而樂園之外的事就不一樣了，如果還有死纏爛打或者踰矩的行爲，那就沒有保密的義務了。」這件事牽涉到小雪隱私，顧予不便透露太多，語氣輕描淡寫，簡單帶過。

于慕析聽懂了是怎麼回事，也不追根究柢，「幫我謝謝他。」

「那我呢？」顧予揚起好看的笑容，像個剛寫完作業討糖吃的孩子，滿臉期待。

「也要謝。」于慕析的手覆上顧予放在大腿上的手，「想要什麼就告訴我。」

顧予勾了勾唇角，「欠著吧。」

「好。」

✦

顧予住在于家，每天和于慕析一起上班下班同進同出，本來是理所當然的事，看在盛世員工的眼裡就不一樣了。

顧予才上班一週就在茶水間聽見女同事們在討論他和于慕析的事。他不是有意偷聽，實在是不知道該怎麼打斷。

「新來的總經理祕書好帥。」

「長得是眞好看，聽說是總經理的堂弟。」

「于家不是一連三代都一脈單傳嗎？而且因爲原本的繼承人生病英年早逝沒有子嗣，才會由現在被收養的總經理繼承，哪裡來的堂弟？難道也是過繼的？」

「誰知道呢？反正于總是這麼說的，人事部那邊也神神祕祕，聽說資料被列爲機密，一般人沒有權限看。說不定是失散多年的血脈？有錢人不是常常養小三嗎？冒出一個私生子也不意外。」

「你不覺得奇怪嗎？他們坐同一台車一起上班耶？」

「你是不是沒去過于家的豪宅啊？那麼多房間，住在一起有什麼好奇怪？既然他是總經理祕書，跟著老闆上下班很正常吧？還能省油錢。」

「于家那麼有錢，省這一點油錢做什麼？我總覺得于總看他的眼神怪怪的，而且他們互動真的不一樣。你見過老闆幫祕書整理領帶和頭髮的嗎？而且于總還幫他拿東西，結果他還遞得特別自然，這怎麼看都有問題吧？」

幾個女人憑著直覺妳一言我一語，拼湊出的畫面竟然也挺靠近事實。

「于祕書？下來用茶水間？」一位路過的同事看見他，打了個招呼。

「是啊，樓上的咖啡機壞了。」顧予拿起手上的馬克杯示意自己真的是來泡咖啡的。

「這樣啊，我要去開會了，下回再聊。」路過的同事說完就匆匆走了。

茶水間裡討論八卦的女職員聽見茶水間外的說話聲，嚇得立刻回頭，看見真的是顧予紛紛花容失色，裝作有事趕緊往外走。

顧予只能露出善意的微笑目送，不一會兒想起自己的任務連忙攔住了落後的一名女職員，「不好意思，能不能問個問題？」

年輕的女職員尷尬地解釋：「對不起，我們沒有惡意……下次不會了。」

顧予趕緊搖手示意不是這個意思，柔聲問：「我發現公司的咖啡膠囊有很多口味，妳有推薦的嗎？」

戴馥蓉去外縣市出差了，今天的祕書室只有顧予在，于慕析要了一杯不加糖奶的黑咖啡，顧予沒多想就來泡咖啡了。到了茶水間才想起咖啡膠囊有顏色區分，但沒有標示產地和烘培方式，讓他無從判斷。

女職員和顧予目光相觸，瞬間有點羞怯地低下視線，「紅色，我覺得紅色的最好喝。」

「謝謝。」

顧予泡完咖啡後就把咖啡送進了總經理辦公室。

于慕析坐在看起來舒適氣派的皮質辦公椅上，長度近兩米的辦公桌上有著一疊疊文件，辦公桌前土地開發部門的張經理正在對于慕析報告。顧予進門時張經理便停下說話，于慕析讓他繼續說。

「我們已經加快了進度把西瑪段235地號周遭的土地談了下來，簽了一半，另一半這週會完成。」

「有競爭者嗎？」

張經理點頭，「有兩家，不過他們一個出價太低，一個猶豫不決，我有把握在公司的預算內拿下。」

「辛苦你了。」剛好談得差不多，于慕析便示意張經理可以離開了。

「應該的。」張經理把手上的文件夾交給于慕析，鞠躬後就走出辦公室。

顧予進門見兩人在討論公事，猶豫著要把咖啡送給于慕析就走，還是晚點再進來。見于慕析朝他打了個手勢便等在一旁，等張經理離開後才走近把咖啡放到于慕析桌上。

于慕析微笑道謝。

顧予看于慕析喝了一口後把咖啡放在桌上，好奇味道是不是符合于慕析的喜好，「好喝嗎？」

「好喝。」于慕析答得很快，快得像是沒有思考。

顧予懷疑就算自己端上一杯毒藥給于慕析，他也會說好喝，「別太累了。」

「我不累。」

顧予看見于慕析眼下有淺淺陰影，「黑眼圈都出來了。」

「不好看了？」

顧予失笑，「那倒不是。」于慕析什麼時候有容貌焦慮了？

于慕析又喝了一口咖啡，「週日有個慈善晚會，一起去嗎？」

「好。」

✦

週日的慈善晚會是市政府主辦，不動產同業公會協辦，另外也邀請幾個財團的慈善基金會，名義上是過去一年的成果發表和弱勢團體的才藝表演，實際上的目的就是募款。

顧予弄清楚晚宴性質時心裡很是忐忑，不是晚宴有問題，是遇到熟人的機率太高了。當天下午他原本想藉故推掉，沒想到于慕析看見他的眼神沒等他開口就說：「有我在，不用怕。」

「你不擔心被笑話？」

「不擔心。」于慕析答得雲淡風輕，像是不把這一點小事放在心上。

既然于慕析這麼說了，顧予便把顧慮拋到腦後。畢竟他現在的工作是隨身祕書，于慕析出席的場合他都得陪著，要是連個晚宴都畏手畏腳當初就不該接下這份工作。

沒想到還眞的怕什麼來什麼。

「喲，這不是樂園的人嗎？怎麼好意思出現在這裡？」

晚會後半是交流時間，由會場所在的飯店提供方便取用的輕食和飲料，于慕析被一位商界長輩拉著說話，顧予就安靜地待在于慕析身後大約半米處，聽見聲音回頭，果不其然是老朋友尹少千和裴歆。

顧予不想給于慕析惹事，但他知道尹少千就愛柿子挑軟的吃，一旦退讓了更難聽的話和更難堪的場面就會等著他。這時候他只能讓尹少千討不了好後打退堂鼓，便裝傻厚著臉皮無賴地笑了笑，「有什麼不好意思？倒是尹少怎麼來了？是在東尹沒事做被扔到基金會去了嗎？」

富人的孩子不是每個都適合進自家企業，也有人天生就不是做生意的料。以他們的身家並不需要工作，然而無所事事在外交際時又會有些沒面子，通常就會被安排進財團或家族的基金會，有個風光的頭銜，也有良好的名聲博取媒體版面，這樣的事沒有公開，不過圈子裡大家都心照不宣。

尹少千氣得差點要罵人，幸好旁邊的裴歆趕緊提醒現在是公眾場合，他也怕失態出醜上新聞，只好趕緊忍住，深呼吸後，「我姑姑今晚有事，我代替她出席。好了，換你解釋怎麼混進來的了。」

于慕析剛結束和長輩的對話，轉過身來要找顧予就看見了方才那一幕，立刻上前把顧予擋在身後，聲音不大但沒有半分退讓，「他是跟著我來的，一張邀請函就是兩個名額，有什麼問題嗎？」

尹少千慢悠悠地看了于慕析一眼，語調嘲諷，「沒有問題，就是覺得奇怪，畢竟身分差太多了。那種地方的人難登大雅之堂，帶在身邊也丟臉，你的品味實在不怎麼樣啊？」蔑視的目光掃向顧予，嘴角露出不屑的笑容。

顧予不想繼續和尹少千衝突，暗暗拉了拉于慕析的袖子想走，裝作提醒：「于總，時間不早，該走了。」

無奈于慕析像是毫無所覺，沒有半點要挪動腳步的意思，只是反手握住了拉他袖子的那隻手，握得還很緊，顧予想抽手都抽不出來。

顧予怕被人發現他和于慕析這點小動作，也不敢更用力動作，只好暫時接受了手被握住的狀態。

此時的于慕析挺著背脊，向來客氣有禮的語氣分外銳利和不留情面，「我不認爲我和他之間有什麼身分差異，你這樣說話才是有失教養，我才想問你會不會覺得丟臉？」

尹少千被嗆得一時說不出話，裴歆便幫著出頭，語帶諷刺之外還笑得猥瑣，「于慕析，說起來你要感謝我，要是沒有去年那杯酒，我看你們也沒那麼快勾搭上吧，那晚我看著煮熟的鴨子飛了實在是很心痛。」

尹少千不明就裡，「什麼便宜？」

於是裴歆在尹少千耳邊說了幾句，尹少千聽完後眼睛一亮，看著于慕析和顧予的眼神頓時加倍不屑，「原來是這樣，說起來于慕析你還挺重感情的啊？睡過——」

顧予感覺于慕析繃緊了身體只差沒上前揍尹少千，原本他一隻手已經被于慕析拉住，現在趕緊回握住，並且把空著的另一手也用來拉對方，生怕于慕析太衝動鬧得不可收拾。

衝動這個詞本來和于慕析沒有半點關聯，他印象中于慕析很聰明，擅於分析和規畫，行事總是從容，謀定後動。沒想到除了樂園初見那次外，他竟然會又一次因爲自己的事失去了冷靜。

顧予沒想到阻止了于慕析後，還是出了意外，而且是往他沒想到的方向發展。

只見尹少千話說到一半就被打斷，轉爲發出一聲驚叫。

有個路過的人在尹少千身邊滑了一跤，手上滿滿的紅酒潑在尹少千的白西裝上，紅色酒液從胸口潑濺到袖子，不住往下流淌。

裴昕見狀，連忙從旁邊宴會桌上拿來沒用過的擦手毛巾，幫尹少千擦掉一些衣服上的酒液，只是表忠心的意義大於實質效果。

「不好意思，手滑。」一名高大健壯的男子用低沉的嗓音道歉，可惜語氣慢悠悠的不是很有誠意，「這套西裝沒辦法乾洗了吧？多少錢？我賠給你。」

尹少千臉色鐵青，怒瞪罪魁禍首，「顧希！」

「是我，好久不見。」顧希一身筆挺西裝，頭髮特別向後梳，額前只留些許碎髮，眉眼特別有神，五官依然俊朗，顧盼間的氣質能感覺是個有事業企圖心的男人，像隻隨時準備狩獵征伐的雄獅。

「你還是一樣討人厭。」尹少千瞪了一眼顧希，轉頭看向于慕析，目光玩味，「我以前就覺得你們很奇怪，明明不合卻偏偏要在一起玩裝成好朋友。」

顧希和于慕析對視了一眼都沒說話，于慕析目光轉爲戒備，而顧希則是很快就挪開目光改爲看著顧予的臉、脖子、上身，以及和于慕析握著的手。顧希頓時怒火中燒，沉下臉，上前一步去扯于慕析的手要分開兩人。

顧予趕緊後退讓于慕析鬆手，但于慕析沒有鬆手而是用另一隻手阻擋顧希。

尹少千看不懂顧希的舉動，以爲是要和于慕析起衝突，樂得取笑，「現在顧予不在了，你們就不用演了對吧？總算要打起來了嗎？」

裴歆看著場面越混亂越高興，火上澆油地問：「顧希你不是還在找你哥嗎？怎麼有空來？」

顧希早就看尹少千和裴歆不順眼，立刻不客氣地回嘴：「關你屁事！」

尹少千也不喜歡顧希，這時逮到機會自然要挖苦一番，「大家都知道顧予是你逼走的，何必裝作兄弟情深的樣子？反正顧氏現在在你手裡，顧予不回來不是更好嗎？」

顧希越聽越抓狂，手按在尹少千肩膀上，靠近壓低了聲音，口氣卻更不客氣，「就說了不關你的事！尹少千，你和你哥不合那是你家的事，不代表我們顧家兄弟感情不好。」

「拿開你的手。」尹少千表情有些扭曲，「尹家的事輪不到外人說嘴。」

「哼，我才懶得管！」顧希說完才把手挪從尹少千肩上挪開，給了一個警告的眼神後，回頭才發現于慕析和顧予無聲無息地走了，心裡暗叫不妙，連忙拔腿追出宴會廳。

他遠遠看見兩人進了電梯，可當他趕到時電梯已經向下，旁邊另一台電梯則隔著好幾層。他果斷決定走樓梯，推開安全門，用最快的速度下樓，旁邊有人跟他打招呼都沒理。

他想兩人肯定是要離開，便一路不停用最快的速度下到地下室。地下停車場有三層，不過他知道主辦單位爲晚會貴賓安排的停車位在地下一層，這讓顧希省下了很多功夫，不過光是地下一層就有近百個車位，他看著滿滿的車，一時沒有方向。

不過沒多久他就注意到一輛黑色進口車正打算駛離，他的位置正巧距離車道出口比較近，連忙奔跑起來。一車一人在車道前驚險會合，顧希不要命似的張開雙手攔在出口前，一陣刺耳的煞車聲後車子勘勘停在顧希身前不遠處。

顧希經過這一連串激發體能的劇烈運動後，額上沁出了汗，頭髮凌亂，領帶也扯鬆了，沒了宴會廳裡的光鮮體面，卻仍眼神凌厲定定地看向車內後座的于慕析和顧予，不顧形象地大喊：「哥！跟我回家！」方才會場裡的人太多，顧忌著尹少千等人會趁機作亂，不好當眾揭露顧予的身分，現在停車場裡只有他們就沒顧慮了。

由於車子無法前進，僵持不下，于慕析只好將車窗按下一條細縫，語氣冰冷，「看不出來嗎？他不想跟你走。」

「于慕析，你別多管閒事！」顧希快速移動到于慕析窗邊拍著車窗車門大罵，接著又朝旁邊的顧予喊話：「哥，我來接你了！我們回家談好不好？你別跟于慕析走！他才不是好人！」

顧予冷冷看著顧希的舉動，淡漠又隱含慍怒的目光沒多久又飄向于慕析，張了張嘴，最終選擇別開頭沒說話也沒打算下車。

「顧希，讓開！」于慕析讓司機按喇叭，吸引停車場管理人員的注意力。

沒多久就有穿著保全制服的兩個壯碩男子過來，見狀連忙勸顧希放手，「先生，你這樣很危險！」

「別管我！」顧希推開一名來拉他的保全。

「我們想離開，但被這個人影響了，麻煩你們幫忙，不然我只能報警了。」于慕析語氣溫和，散發出的堅決氣場卻不容忽視。

一名看起來比較資深的保全連忙回應：「好的，不好意思，我們立刻處理。」說完就和另一名保全一左一右要架開顧希。

顧希奮力掙扎：「放開我！」如果一對一他有把握贏過這兩名保全，無奈雙拳難敵四手，保全也不是要打架，只是要架開他，讓他沒辦法阻礙車子行進。

兩名保全剛一拉開顧希，司機小陳立刻踩下油門，快速地駛上車道離開停車場，顧希只能恨恨地看著車子離去，不滿地大聲怒吼：「于慕析，你別得意!哥，我會去找你！」

夜色已深，熱鬧的市中心亮起五彩繽紛的點點霓虹。

假日車流量大，路況不盡理想車子仍很平穩，時快時慢地前進，只是車內氣氛早已降至冰點。

于慕析問顧予還餓不餓，要不要讓于宅裡的廚子準備一點吃食，顧予冷著臉像是沒聽見般一個字也沒回。他伸手要去碰顧予的手，被顧予不客氣地打開。

于慕析眼神一黯，讓小陳放點放鬆心情的輕音樂，接著就閉目養神，不再說話。

駕駛座上的小陳敏銳地察覺兩人間的氛圍不對，但他深諳明哲保身之道，不敢多聽多看更不敢問，只能更加打起精神小心翼翼地開車。

顧予一直忍著等回到于宅，下車進屋，于慕析讓管家和阿姨都去休息，兩人獨處後才發作，冷聲問：「你是什麼時候知道的？」

于慕析停頓了幾秒才答，「知道什麼？」

顧予不信于慕析聽不懂，「顧希出現喊我哥，你不驚訝？」原本還擔心身分揭穿後怎麼跟于慕析解釋，這下好了，直接省去這一步，他早就被認出來了，想到此前以小雨身分與于慕析的互動簡直像小丑一樣。

于慕析輕輕嘆了口氣，像是在思考適合的句子，推了推眼鏡後迎上顧予的目光，「我不確定你是不是希望我知道。」

「什麼意思？難道你是爲我著想？」顧予越說越覺得可笑。

「找到你並不容易，我怕冒然相認後你會躲起來，要再找到你會更困難。」

顧予無法反駁，如果當初于慕析一找到他就相認，他應該會逃走吧？關於這一點于慕析的預感很準，默然片刻，又問：「你怎麼把我認出來的？我的長相和聲音不是有了變化嗎？」想不透到底哪裡有破綻，明明尹少千三人沒看出來，樂園貴客裡曾經見過顧予的人也沒認出來。

「琴聲，你彈了自己寫的曲子，我知道那就是你。」于慕析緩緩說著，顧予的自創曲不只一首，然而那天彷彿命中注定般，他因爲應酬偶然去了樂園，碰巧聽見了鋼琴師彈了顧予在十歲生日會上彈的同一首曲子。那首曲子的旋律他偷偷錄下聽過數千遍，早已嫻熟於心，不可能認錯。

「我彈給你聽過？」顧予早已忘了什麼時候彈了那首曲子給于慕析聽過，但看于慕析堅定的眼神只好當作有這件事，也許于慕析記憶力就是那麼好。顧予回憶和于慕析在樂園初見的場景，「那麼早就把我認出來……所以當時你才幫我解圍？」

于慕析猶豫了幾秒，最後還是點了頭，「抱歉，我沒有那麼見義勇爲，如果不是認出了你，我可能不會多管閒事。」

對於于慕析的回答顧予挑不出毛病，然而他被騙了這麼久還是感受很不好，「所以你就陪我玩了一年的買春遊戲？」

「我沒那個意思。」于慕析皺眉，表情有點委屈，頓了頓又補充了一句：「嚴格說起來，從我找到你算起是九個月。」

「什麼意思？」顧予看不透于慕析在想什麼，至於一年和九個月的差別他沒心情計較。

「那晚之後，我想提出跟你交往，帶你離開樂園，可是當時的狀態我不知道怎麼開口。」于慕析表情和語氣都格外誠懇，像是恨不得把眞心掏出來給顧予看似的。

這下換顧予不知道該如何回應，他猜過于慕析可能喜歡小雨，卻沒想過于慕析可能喜歡顧予，下意識拿出慣用的僞裝，語氣輕佻，「交往？于慕析你太純情了吧？睡一覺而已，我沒要你負責。」

「我喜歡你很久了。」于慕析無計可施，只能說出藏了多年的心意，想去拉顧予的手，被顧予躲開。

顧予沒想到于慕析會告白，「我問過你，你不是說沒有嗎？」

「是我太膽小，怕承認後你就不理我了。我不想失去你的消息，想和你保持聯繫，成爲你的客人是我唯一能想出來的方式。」

顧予記起當初自己還叫于慕析要付錢，有種想挖洞把黑歷史埋起來當作沒發生的衝動，不過他在樂園這一年把臉皮練厚了，沒打算那麼輕易放過于慕析，「所以你還不是跟我上床了？怎樣，挺享受的是吧？」

「我是不是享受你不是知道的嗎？」于慕析的眼神沒有閃避，「不是臨時起意，也不是逢場作戲，這樣是不是能證明我的心意？」

如果于慕析只是玩玩，確實沒必要和顧予維持長期關係，況且于慕析去樂園找他並不是每次都要發洩慾望，經常和他一起吃飯、聊天、看電影，或著就是抱著靠著對方，一個人看工作資料另一個人滑手機，除了地點在樂園之外，和一般情侶會做的事沒差別。

顧予內心已有幾分動搖，仍嘴硬道：「你只證明了能和我上床，沒證明其他的。」

于慕析被顧予訓了一頓，看起來有些沮喪，眼睛像是瞬間沒了神采，「對不起，是我單方面沉浸在和你交往的幻覺裡。」語畢，抿著嘴唇，垂下了頭，平日裡總是不急不徐的于總少見地看起來特別緊張和不安。

于慕析的態度太誠懇，顧予都不好意思怪于慕析了，「算了。」

「你原諒我了？」于慕析抬頭，眼睛亮了亮，試探地問。

「沒有。」顧予答得很快，連他自己都搞不清是怎麼回事，不是已經不生氣了嗎？

于慕析眼底滿是失望，平日裡溫潤的嗓音此時顯得可憐兮兮，「該怎麼做你才會原諒我？」

「沒什麼原諒不原諒，就當沒發生過吧，說起來我一開始沒拒絕你，這是我的問題，至於後來沒拒絕你，這表示我的身體不討厭你而且我需要賺錢，單純各取所需。」顧予扯開嘴角，神態分外玩世不恭，彷彿不把過去那些親密關係當一回事。大概是因爲于慕析看他的眼神充滿太多期待，以至於顧予害怕給了錯誤的回應。他現在沒打算談感情，不想再試一次從雲端掉到地獄的感覺。

于慕析剛亮起來得眼睛似乎黯淡了一些，沒多久又揚起溫和有禮的笑容，「那我也不算沒有成果。」

顧予一瞬間不知道該如何接話，藏得很深的心弦好像被撥動了一下，浪蕩不羈的面具差點要戴不牢，「你有什麼成果？」

于慕析笑著沒有正面回答，「剩下的我會繼續努力。」

努力什麼？顧予不理解，但他知道最好別問，他現在有點怕于慕析，因爲他的心跳又因爲于慕析一句話打亂，臉頰有點發熱，「很晚了，該睡了，晚安。還有——」

「還有？」于慕析神情專注，乖巧的像是個等待指令的孩子。

「不准努力！」顧予說完迅速上樓回房間，裝作沒聽見身後開心爽朗的笑聲，落荒而逃。

✦

從小，顧希就喜歡顧予的一切。

又圓又大總是藏不住心事的眼睛，對他笑時格外好看的笑容，因爲長期練習鋼琴顯得修長的手指，還有有著淡淡檸檬香氣的細軟髮絲。明明他們用的是相同牌子的洗髮精，可是在顧予身上就是那麼好聞。

顧予不是沒有缺點，只是那些缺點在他眼裡都成了優點。他覺得顧予身上有種魔力，讓他無法自拔又甘願深陷其中。

顧予就像是天使，善良無害又願意毫無保留地對他好，是他賴以生存的空氣、陽光和水，是他想傾盡一切好好守護的對象，並且占爲己有。

是的，他不想和人分享顧予，他承認自己卑劣自私，但喜歡一個人怎麼能算有罪呢？

漸漸長大後他知道一般世俗的觀念中他不應該喜歡同性，不只是管家，還有其他人也不怎麼認同，那又有什麼關係？他私下查過資料，性向沒有對錯，隨著社會開放會有越來越多人理解。

更大了一點後，他發現同性戀不是最嚴重的問題，他和顧予之間同父異母的血緣才是最大的阻礙，沒有人會支持亂倫。這個發現讓他急得都快瘋了，誰不想自己的戀情被認同呢？

他想了很久很久，從早想到晚，一連好幾天睡都睡不好，最後決定豁出去了，誰說一定要被認同呢？他們不會有後代，不會妨礙任何人，只要顧予也喜歡他就沒問題了。

顧希不在乎別人怎麼看他，至於顧予，就由他好好保護，不讓任何人傷害。

顧希想明白這點時才剛上國中，正是進入青春期第二性徵開始發育的年紀。他沒把這個想法告訴任何人，包括顧予，他依然是顧予眼中因爲缺乏安全感而有些黏人但本性善良的弟弟。

善良？要是顧予知道他做了什麼夢可能就不會這樣認爲了。

夢裡兩兄弟還是睡同一張床，這個習慣從小就沒改過，他幾乎每天都在顧予身邊入睡。他最喜歡從顧予身後抱住對方的姿勢，這樣他可以把頭埋在顧予肩窩，聞著顧予髮梢的香氣，感受著肌膚傳來安心的熱度。

這場夢的熱度卻有些異常，顧希覺得體溫莫名升高，全身燥熱，有股說不清的慾望在叫囂。

他不確定自己做得對不對，一切只憑藉著生物本能，挺腰將性器往前送，也許碰到了顧予的大腿或者臀間。夢裡的顧予睡得很熟像是毫無所覺，顧希內心升起罪惡感，身體卻停不下來，沒多久，在愧疚和滿足的糾結中迎來了釋放，從未有過的酥麻快感蔓延全身，激得他在那一瞬間立刻醒來。

顧希覺得自己的臉很燙，夢裡的畫面還在腦中縈繞不去。感覺下身涼涼的，低頭一看，發現褲襠間一片黏膩還透著一股腥味，頓時明白自己夢遺了。

他小心翼翼掀開被子打算下床回自己房間換掉衣物，沒想到顧予被他的動靜弄醒。

他還坐在床上就聽見顧予的說話聲。

「小希？你要去哪？」

轉頭看見顧予正揉著惺忪睡眼望了過來，顧希覺得有些羞恥，側過身不讓顧予看見睡褲上的一片深色，「我、我去換褲子。」

此時天色將亮未亮，還沒睡醒的顧予反射性問：「你尿床了？」同時隨手按亮床邊櫃上的燈，暖黃色燈光盈滿半間臥室。

「沒有，我又不是小孩子。」顧希立刻反駁，覺得比起被誤會尿床，被發現真相好像沒那麼丟臉。

顧予從床上坐起，這個動作好像讓頭腦清醒了一些，想到了一個可能，目光落在顧希用手和身體擋著的下身，頓時會意，體貼地安慰起弟弟：「放心，健康教育教過，這很正常。」

顧希不禁起了別的心思，好奇地問：「小予也會嗎？」

「我……」這下換顧予臉紅說不出話了。顧希鍥而不捨地追問，顧予才語帶保留地說了一句：「就算我會的話也很正常吧？」

顧希哦了一聲，饒有興致地看著顧予，「你夢見誰了？」

「這種事一定要夢見誰嗎？」顧予說了之後發現自己好像洩漏了上一個問題的答

案，不甘示弱，「那你夢見誰了？」

顧希看著他最喜歡的哥哥，決定坦承，「我夢見了你。」

顧予愣了一下，然後又像是想明白了什麼，「你騙我的吧？」

「我爲什麼要騙你？」顧希搖頭，思考著要不要換個說法免得顧予覺得他很噁心，進而討厭他。

「你一定是想看我的反應才這麼說。」顧予覺得弟弟一定是想取笑他，他們常常互開對方的玩笑。

顧希幾番掙扎，決定改變說法，垂下頭，怯怯地開口：「我怕你笑我。」

顧予看見顧希示弱頓時不忍，「我怎麼會笑你。」

「我夢裡的對象是男的。」顧希小聲地說著，同時觀察著顧予的反應。

沒想到顧予沒有半分訝異或是嫌惡，「那有什麼關係？」

「沒關係嗎？這表示我是同性戀耶。」顧希的聲音還是有些膽怯，實際內心已經開心地叫囂，只因顧予的反應讓他感覺自己有了一絲希望。

「當然沒關係。」顧予靠近顧希，摸了摸顧希的頭，柔聲道：「不管小希喜歡男生或是喜歡女生，你都是我的弟弟。」

顧希的心又一次地被顧予融化，眞誠地感嘆：「有你眞好。」

「現在才知道嗎？」顧予笑得眼睛彎起，語氣裡有幾分寵溺。

「最喜歡你了。」這句話顧希趁著顧予鬆懈時說過很多次，他總是藉著這樣的時候說出來。

顧予沒有多想，笑著回：「知道哥哥對你好了吧？」

顧予相貌脫離了小時候的圓潤，五官線條柔和，臉型變得修長卻依然溫文秀氣，那淡粉色的唇看起來柔軟可口，顧希看著看著就有了想親親看的衝動，躊躇地問：「我能像小時候那樣親你嗎？」

「小希還沒長大嗎？」顧予板起哥哥的架子，促狹地看向顧希。

「如果長大不能親你，那我不想長大。」顧希說完嘟起嘴巴耍賴。

顧予覺得今天的弟弟黏人黏得有些可愛，覺得讓一讓也沒什麼，「好吧，只有這一次。」

顧希立刻把握機會，傾身將唇貼上顧予的，沒有技巧，沒有張口，光是輕輕貼著就讓他心跳加速，有種美夢成真的錯覺。

約莫過了一分鐘，顧予眨了眨眼，退開身體，「好了嗎？」他們小時候好像沒親這麼久吧？

顧希有些依依不捨，但他知道見好就收，「嗯，我好像得到力量了。」不過，也知道得寸進尺，頓了頓又加了一句：「下次哥哥也這樣安慰我吧！」

顧予愣了愣，「不是只有一次嗎？」

「我沒說好啊。」

顧予無奈，「再說吧。」他就是拿顧希沒辦法，捨不得對弟弟生氣。

「就這樣說定了。」顧希丟下這句就用最快的速度回房間換褲子，接著又回來繼續睡覺。

顧予半夢半醒間感覺身邊的人回到被窩，習慣性地往旁挪了挪騰出空間給顧希，任憑一個溫熱的身體靠在他身上，勾著他的手臂，隱隱約約聽見一個聲音說「喜歡你」。

✦

一個城市裡的貴族學校就那幾間，家長們對口碑好的學校通常有共識。國中同校不是件令人意外的事，但顧希不理解爲什麼又和于慕析同班，這種緣分簡直巧合得莫名其妙。

顧希不是眞的討厭于慕析，他討厭的是占據顧予注意力的于慕析，即便知道哥哥應該有交友的自由，他還是不想把顧予分給任何人。他就是看不慣顧予對于慕析笑，也看不慣顧予把最喜歡的吊飾送給于慕析，想到顧予可能會跟于慕析說些他不知道的事就坐立難安。

他知道這樣不行，會讓顧予討厭，只能努力忍耐，扮演好一個懂事的弟弟，依賴哥哥又在可以接受的範圍。

不得不說這一點他做得很不錯，畢竟他從小就懂得看顧承風的臉色，他的父親對著他通常都不苟言笑、要求嚴苛，時時考察成績品行，除此之外還有數不清的課外作業。他不想認輸，賭上一口氣努力把一切做到最好，讓父親沒理由挑剔，克制會引起顧承風不悅的行爲，不能頂嘴、不能裝聾作啞、不能不吃飯、不能穿錯顧予的衣服等等。

與此相比，應對顧予簡單多了。

另一方面，于慕析知道和顧予同班時是開心的，唯一那一點美中不足是顧希也在。于慕析和顧家兄弟相遇是在國小，但他聽過兩人是在更早的時候，約莫剛到于家兩個月左右，聽見養父提起顧家也來了個差不多年紀的孩子。當時他因爲差不多際遇，隱隱對顧希有了同病相憐的感覺，那種突然到了一個陌生家庭，每天都如履薄冰，害怕不被喜歡的心情實在難以對人傾訴，只有經歷過的才懂。

然而見面了後于慕析發現顧希比他幸運多了，因爲顧希有個會保護他的哥哥，不像他形單影隻，這個發現令他不由地感到羨慕，因此他忍不住觀察起兩人，最後注意力不知不覺都落在顧予身上。

原來顧予喜歡花，會小心翼翼撿起掉落的花瓣拿回教室夾在課本裡。顧予討厭數學課，課堂上經常眉頭深鎖，不過顧家應該請了家教，他數學成績還是維持得不錯。

顧予會彈鋼琴，生日宴那天聽到的曲子他用手機偷偷錄了下來，當成每晚的睡前音樂。顧予極富同情心，不只不讓人欺負顧希，也制止其他人說他是養子，看見了弱勢也不吝伸出援手。

顧予身上的優點深深吸引著他，和顧予成爲朋友，進而變成好朋友，一切自然而然。

這樣溫柔又善良的人應該沒有人不喜歡吧？當時的他沒有多想，只認爲是朋友之間的情感，於是他把顧予當作摯友繼續密切來往，當他意識到不對勁時已經太晚了。

那是一個夏日午後，因爲下節課是理化，班上同學陸陸續續前往理科教室，他也不例外，只是他到了理科教室時才發現忘了拿筆記本。他一般不會忘記，那天偏偏就忘了。

時間已經接近上課時間，他不由加快腳步，然後猛然在教室門口停下。

應該沒人的教室裡還有兩個男學生，一人坐在座位，另一人在他身前，一手撐在他身後的椅背，另一手在他後腦勺，傾身低頭吻了坐著的那人。

午後的光從一旁窗外斜斜照進來，柔和了兩人的臉部線條，把白色制服照出了一點半透明感，無人教室裡的靜謐氛圍滿是青澀又純真的美好，于慕析卻聽見心碎的聲音。

被親的是顧予，碎的是他的心。

從未有過的情緒把他淹沒，一切快得措手不及，突如其來的鼻酸後，眼眶竟然泛起濕意，伴隨著胸口隱隱作痛和天旋地轉般的暈眩。手上一鬆，原子筆滑落掉在地上發出清脆聲響，他不記得爲什麼手上還拿著一支筆，腦中一片混亂。

顧予聽見聲音，轉頭看見教室門口的好友，「慕析？」

于慕析彎腰撿起原子筆，同時裝作不經意地揉了下眼睛，在起身前迅速把所有的情緒藏起，裝作若無其事地走進教室，「我回來拿筆記本，你們怎麼還在教室？」

「哦，我們也準備要去理科教室了。」顧希神色沒有絲毫異樣。

顧予臉上有淡淡的紅暈，垂下目光沒和于慕析對視，語氣有些不自然，「對啊，正要出發。」

于慕析拿了筆記本後三人一起走向理科教室，走廊上于慕析聽見顧予朝顧希低聲說了句：「下次別這樣。」

「嗯，在學校確實不太好。」顧希的語氣有些不情不願的敷衍。

于慕析儘管看似鎮定其實心情還沒平復，忍不住看了顧希一眼。

這眼神被顧希捕捉到，不由地起疑，下課後約了于慕析單獨談話，劈頭就問：「你看到了？」同時瞇起眼睛打量于慕析，試圖從那張平靜的臉上看出破綻。

于慕析裝作聽不懂，反問：「看到了什麼？」經過一節課的沉澱，他初步整理了心情，也有了決定。他不想改變三人之間的關係，不想讓顧予尷尬，也不想讓顧希有藉口疏遠他。

顧希哼了一聲，無所謂地聳肩，「不管你有沒有看到，反正小予是我的，你和我哥不可能有朋友以外的關係。」

于慕析心中莫名不快，緊抿著的唇角弧度往下。

顧希看見便奚落道：「怎麼了，難道你想和他有超出友誼的關係？」

于慕析愣住，他可以解出課堂上困難的數學題，偏偏捉摸不清自己的心意。他其實已經有了答案，卻不敢確定，畢竟他從未經歷過愛情，而且他們還年輕，有沒有可能是弄錯了？他深呼吸，恢復平常的表情，「那你呢？想和他有超出兄弟的關係嗎？」

「是啊。」顧希不管這個答案有多驚世駭俗，毫不閃避地答了，看見于慕析瞪大了眼睛，張揚地笑了笑，「我不像你，喜歡還不敢承認。」

于慕析臉上一熱，脫口而出：「你誤會了。」下一秒他就覺得欲蓋彌彰，總覺得中了圈套。

「沒有最好。」顧希說完便吹著口哨大步走了。

于慕析看著顧希的背影，莫名地羨慕起顧希的坦蕩和無畏，明明是離經叛道的事竟然可以如此不顧後果地承認，換了他肯定做不到。這讓他感到挫敗又羨慕，他明白自己為什麼這樣畏畏縮縮，他怕自己不是于老爺子期待的樣子，被于家收養快八年，還是怕會被送回育幼院。

這個發現讓他自慚形穢，不由地想，也許自己並不適合顧予。而且，如果顧予也喜歡顧希他又有什麼理由介入呢？即便兄弟相戀太過驚世駭俗又如何？

他想，有這個想法的自己是不是不比顧希正常多少？

✦

週一一早，盛世總公司最高樓層的總經理辦公室裡氣氛凝重，土地開發部的張經理進門後不到五分鐘已經拿出手帕擦了兩次額上的汗，「于總，這次捷運西延計畫的規畫書出來了，剛送呈到中央，規畫書裡也列出了各站站點位置，包括了西瑪站。」

「說完。」于慕析看張經理的神態也猜出了不是好消息，但仍沉著地應對。

張經理把手上的計畫圖放到于慕析面前，指了指特別用螢光筆圈出的區域，「在西瑪段276地號。」含糊地補了句：「我原本就覺得奇怪，怎麼買地的過程那麼順利。」

于慕析溫和的目光瞬間轉冷直直地看著張經理，把張經理盯得心裡發毛立刻噤聲，這才抬了抬眼鏡，語氣沉穩，「和235地號距離？」

張經理又一次擦了擦額上的汗，「差了三公里，規畫中的使用分區是住宅區，不是商業區。」

于慕析沒有讓情緒左右思考，而是選擇先了解眼前局面，「投資報酬率和預估的差多少？」

張經理立刻遞上手上的資料夾，「我一收到消息立刻用最快的速度粗略算過了，不是小數目，畢竟基準容積率就差了百分之三百，加上未來計畫道路寬度和預想的二十米以上不同，只有十二米，這樣一來有限高壓力，就算做容積移轉也有限，而且還不划算。」

于慕析慢慢翻閱文件夾裡的文件，表格中差額欄位上怵目驚心的紅色數字在未來都可能變成現實的財務赤字，屆時他沒辦法對股東們交代，更沒臉面對把公司交給他的于老爺子。他的壓力不可能不大，然而他深呼吸後保持語氣平穩，「我知道了，你先出去吧。」

張經理聞言如釋重負，連忙快步逃也似的離開，走出總經理室時他又拿出手帕擦了擦額上的汗。

沒多久，顧予進來送咖啡給于慕析，看見于慕析表情凝重地盯著文件夾，眉心都擠出皺褶了，「西瑪站不順利嗎？不是聽說上週就能收購完成？」

捷運往西延伸增加八個站點，大家普遍看好西瑪站的前景，該區域內有大型購物中心預定地，距離醫院和國中小也近，生活機能完善。

而且該區目前還是一大片農地，配合捷運延伸擴大都市計畫範圍，未來土地經過重劃，破碎凌亂的土地會變得方正，曲折的現有巷道規畫爲寬敞筆直的計畫道路，並且重新劃定使用分區。光是農業區轉爲住宅區的利益就夠可觀，站點周遭的商業區利益更是常人難以想像。

「是收購完了。」于慕析苦笑，「用預定的預算把願意出售的土地都買下，全部完成簽約，大部分過戶完成，只有部分還在跑流程。」

「等於煮熟的鴨子跑不掉了。」顧予不懂有什麼問題。

于慕析兩手一攤，無奈地聳了聳肩，「盛世就是那隻鴨子。」如果可以，他也想多讓顧予看看自己運籌帷幄時英明睿智的一面，無奈如今公司確實面對一個大危機。

顧予訝然，「怎麼會？」

「祕書長透露的站點是西瑪段２３５地號，但今天公告出來的站點是２７６地號，差了三公里，而且是商業區和住宅區的差別，我們的收購價格開得太高了。未來沒辦法取得預估收益的話，盛世可能會白忙一場。」于慕析沒說收支打平的白忙一場可能還是最好的結局，更壞的是盛世會重傷。

顧予想不通，「被祕書長耍了？奇怪，他不說就算了，沒必要得罪盛世吧？而且他應該也不希望那些醜聞被曝光啊。」

于慕析的手機傳來訊息提示音，立刻點開，「是祕書長的群發訊息，本人因已完成階段性任務即日起離開祕書長職位，重回家庭。」

「水很深啊。」顧予咋舌，也沒忘安慰于慕析，「別著急，會有辦法的，現在未必就是定局。」

于慕析知道顧予是一片好意，然而現在的場面不好收拾，揉了揉太陽穴，苦笑道：「不知道是誰拿到站點的土地？」

「查查看吧。」

于慕析勉強打起精神，「總要看看對手是誰。」

網路上申請電子版土地謄本不過幾分鐘的事情，由於盯上西瑪站的競爭對手就那幾家，縱使第二類謄本隱匿了部分個資也很快就能比對出來。

于慕析的問題很快有了答案——顧氏。

盛世進入緊急狀態，于慕析召集了高階主管們開了一場又一場的會，研擬各種解套方法，但這樣鉅額的投資案哪有那麼容易把虧損弭平或轉嫁。

於是，會議頻率變多了，每晚加班的人變多了，每個人都心浮氣躁，茶水間停留聊天的人變少了，彷彿都進入了戰鬥狀態，從上到下每位員工都如臨大敵嚴陣以待，除了顧予。

他還是樂呵呵地上班，每天幫于慕析泡一杯兩杯三杯咖啡，怕于慕析搞壞身體，第三杯咖啡他會換成人參茶。

于慕析發現了只是笑著接過，也可能是忙著罵人，忙著盯報表數據沒空抗議。

總之，時間到了顧予就大大方方下班，于慕析會讓小陳先送他回家，此外，上班時間他還可能會消失一段時間。

戴馥蓉這幾日忙得焦頭爛額，卻常常看到旁邊的位置空著，心裡有點不高興，明明是來分攤工作的，竟然擅離職守？就算是走後門進來的也不能這樣明目張膽地薪偷吧？而且還是在公司有難的時期？

於是，這天她逮到了消失了大半天的顧予，「你去哪了？」

顧予還是穿著于慕析買給他的西裝，頭髮也打理得很精神，神色沒半點愧疚，語調輕快，「博物館，剛好有個展覽我很有興趣。」

「公司出大事了你還有心情翹班去看展覽？」戴馥蓉瞪大眼睛，沒好氣地說著。

顧予搖頭，不疾不徐地澄清：「我有請假，不算翹班。」

「我沒看到你的假單。」戴馥蓉確認過出勤系統，沒看到顧予的請假紀錄才這麼問。

「我跟于總說了，他說好。」顧予拿出手機，點開通訊軟體，把畫面轉向戴馥蓉，「公司的出勤系統我還不太會用。」

「你……算了，先好好上班吧。」戴馥蓉知道顧予有老闆撐腰，這時候也不好說什麼，加上她的工作快做不完了，沒空和顧予說什麼年輕人不要好逸惡勞的大道理。

顧予回到座位，滑了一陣手機，對旁邊的戴馥蓉說道：「戴姊，中午我有約，如果于總有事再麻煩妳了。」

「好。」戴馥蓉爽快應下，她對顧予已經沒有期待了，反正于慕析交代的事都是她處理，顧予在不在沒有差別。

這天，于慕析依然忙得不可開交，縱使企畫部已經做了六個方案，西瑀案的預估損益依然是赤字。

土地持有成本過高是致命傷，就算未來推案走精品路線也可能曲高和寡，若是銷售狀況不佳還得面臨資金流動性卡住的壓力，伴隨貸款利息侵蝕利潤，還有持有越久繳越多的囤房稅，即便看好未來房價，但增幅未知未必能弭平這些成本。況且西瑀案才剛推動沒多久，于慕析信誓旦旦對董事會許下的承諾言猶在耳，也不甘心犧牲資金流動性放置養地或是認列虧損轉賣脫手變現。

于慕析會議中會把手機切成靜音模式，直到會議結束打開手機才發現未接來電裡有顧予的名字，立刻回撥，不過換顧予沒有接電話。

偶爾也是有這麼不湊巧的時候，于慕析雖然有點不安但不是很擔心，他打開了通訊軟體，發現顧予留了訊息給他——

「于總，我要辭職。」

「謝謝這段時間收留我，我沒什麼個人物品，房間裡的都可以丟了。跟你借的書放在床旁，昨晚看到睡著忘了收。」

「對了，你喜歡的咖啡，膠囊顏色是紅色的，想喝就讓戴姊幫你泡吧。不過咖啡還是別喝太多，一天兩杯就好，喝多了傷身，人參茶還有一些在茶水間左邊第一個櫃子的抽屜裡，這個多喝點沒關係。」

「你另外找個人喜歡吧，我不是個好的對象。」

「再見了，慕析。」

以于總爲開頭，以慕析結尾，從隨身祕書于慕雨的身分回到多年好友顧予。

于慕析慌了，他根本沒意識到拿手機的手正在顫抖，匆匆地就打開辦公室的門。

戴馥蓉第一次看到于慕析慌亂失態，紅著眼睛跌跌撞撞從辦公室衝出來，指著空著的座位劈頭就問，「小予呢？去哪了？」

戴馥蓉從座位站起，簡明扼要地報告，「他中午出去吃飯後就沒回來，我以爲他有跟于總請假。」

爲什麼偏偏是這個時候？于慕析心裡空蕩蕩的，沒想到在事業正値危機的時候，感情也出現變數……顧予會不會不回來了？

戴馥蓉從于慕析迫切的神態看出端倪，雖然不確定兩人是什麼關係，但不知眞假的遠房堂弟肯定是對于慕析很重要的人，「要不要我讓人去找他？也許在附近被什麼事耽擱了。」戴馥蓉覺得顧予就是在摸魚，只是很有眼色沒有說出口。

于慕析近似淒然地扯了下嘴角，擺擺手示意不用了，轉身回到大辦公室，關上門，跌坐進會客區的沙發裡，又撥了一通電話給顧予。

這次電話沒響太久就被接通，于慕析還來不及開口就聽見聽筒傳來顧予那方有人問了一句「是誰」，頓時心情沉到谷底。

顧予低聲回答那人「慕析」，而那不滿的聲音哼了一聲，「讓他早點死心。」于慕析耳朵緊貼著聽筒處，他想知道顧予怎麼回，卻只聽到顧予叫他的聲音，「慕析，不好意思，太匆忙了沒好好跟你道別。」

「你和誰在一起？」于慕析心中已有答案，還是想聽顧予怎麼說。

「顧希。」顧予聲線雖然已經變了，但那語氣和多年前喚弟弟名字時一樣溫柔又伴隨著莫可奈何的寵溺。

此時此刻，于慕析已經顧不了風度和教養，失聲質問：「他那樣對你，你還要跟他走？」

顧予的聲音很平靜，像是不覺得哪裡有問題，「我只是回顧家。」

「什麼時候回來？」于慕析的聲音低低的，沒了底氣，像是戰敗的狼，垂下了驕傲的頭。

「我又不姓于，住在于家不合適，早晚要走。」

「不要走。」于慕析向來平穩溫和的聲音多了點哀求，聽在顧予耳彷彿有種心跟著一揪的錯覺，「我不會趕你走，也不會讓人趕你走，你就放心住下。」

而顧予卻像在樂園裡那般睜著漂亮的眼睛，嘴角掛著笑意，沒心沒肺的話張口就來，「慕析，別說了，這樣很不像你。」

于慕析滿嘴苦澀，突然不知道該怎麼回。他怎麼就不知道于慕析該是什麼樣子，難道就不能是喜歡顧予的樣子嗎？

顧希故意讓于慕析聽到，大聲說著：「好了沒？別聽他說廢話了。」

「我和顧希就在樓下的盛記餐館吃飯，我們走出來了，看見我跟你揮手了嗎？」

于慕析立刻就從會客區衝到辦公桌後的窗邊往下看，儘管樓看地面的人都是指尖般的大小，他還是能辨認哪個是顧予，「看見了。」

「那我就不算是不辭而別了，再見，好好保重。」

于慕析知道顧予是鐵了心要走，就算現在下樓去追顧予也來不及，只能提醒自己打起精神給顧予留個好印象，「你也好好保重，你要是想回來我隨時歡迎。」

于慕析還想多說點什麼，就聽見顧希不耐煩的聲音，「夠了吧？」

隨即，顧希出現在顧予身邊搶過手機，張揚得意的聲音清楚地傳了過來，「于慕析，你這樣真的很難看。我哥喜歡的一直是我，你早點放棄吧，多把心思放在救你的盛世上。」冷笑聲後，他掛斷電話。

于慕析看見顧希搭上了顧予的肩膀，將人攬在身邊，兩個人靠在一起看起來很親暱。

沒多久，兩人走向路邊的車子，顧希體貼地幫顧予開車門，等顧予上了車後才跟著上車。從頭到尾顧予沒有再回頭朝上往于慕析的方向看一眼，車子絕塵而去。

于慕析心碎地握拳砸向了堅硬的玻璃帷幕牆，可惜手上的痛蓋不過胸口的撕心裂肺。

未完待續

番外

于祕書的茶水間日常

「于祕書，等等！」

這天，盛世大樓頂層茶水間的咖啡機又壞了。顧予下樓幫于慕析泡咖啡，不知道是不是也有人愛上了紅色膠囊咖啡的味道，他花了點時間才在裝滿花花綠綠咖啡膠囊的壓克力罐子裡找紅色的。

剛出茶水間在走廊他就聽見叫喚聲，不過仍往前走了兩步後才停下。到職快半個月他還是不習慣于慕雨這個新身分，還好旁人包含戴姐只當他反應慢，意外地爲形象增加了一點反差萌印象。

顧予手上拿著冒著熱氣的馬克杯，轉身看見一位穿著黑白套裝的年輕女性，認出是向他推薦紅色咖啡膠囊的那位職員，露出友善又迷人的笑容，「有什麼事嗎？」

女職員被眼前俊秀帥氣男子的微笑迷了眼，對上那雙彷彿會放電的眼睛立刻羞怯地低下頭，雙手拿著文件夾往前遞，話音急促，「這個是要請于總過目的文件，可以請你帶上去嗎？」

「沒問題。」顧予微笑，爽快地應下，原本接過文件夾後就打算離開，但他發現女同事欲言又止，友善地問了句：「還有事嗎？」

女職員臉上浮現紅暈，好不容易才擠出一句話：「你、你下班後有空嗎？」

顧予像是沒發現對方的心意，笑了笑，不解風情地回應：「我現在就有空，妳有什麼事情呢？」

女職員因爲緊張手指互相攪在一起快扭成麻花，一句話說得斷斷續續，「公司人太多……我不好意思……只是有些話想聊聊。」

顧予依然保持著禮貌的微笑，點了點頭，「那下次再說吧。」

女職員看出顧予打算結束話題，捨不得難得的機會被浪費，連忙又找了個新話題，「于祕書，你喜歡巧克力嗎？我知道有一家店的巧克力蛋糕很好吃。」

「都可以啊，甜食我不挑。」顧予當作同事間一般的閒聊，語氣自然地回答。他初來乍到還沒摸透公司裡的生態，傾向盡量給人留下好印象。

「太好了——」女職員開心地笑了，語調上揚俏皮又可愛，只是視線落在顧予身後立刻變了臉，一句話說了開頭就說不下去，小聲驚呼：「啊，于總！」

顧予轉身，就看見了外面走廊上有個西裝筆挺的高帥男人，正兩手插在褲子口袋裡朝茶水間裡面看。

他有些意外，于慕析怎麼下樓來了？來找人嗎？他要見誰只要一通電話喊人就好，不需要浪費下樓的時間和力氣吧？不過他沒做虧心事也不覺得心虛，正色朝于慕析恭敬地喊一聲：「于總。」

第一天上班于慕析就讓他可以放鬆點不用拘謹，但他認爲在人前還是得給老闆基本的尊重和禮貌。

于慕析走進茶水間，目光在他的祕書和女員工之間來回，向來優雅的低沉嗓音在此時似乎缺點溫度，「你們聊得挺開心？」

「還可以吧？」顧予看出于慕析有些不高興，有些無辜地偏了偏頭。

于慕析對著女職員問：「妳是會計部的？」

「是的，不好意思，最近在趕報表，我先去忙了。」女職員訝異高高在上的總經理竟然記得她，然而總經理的臉色不太好，社畜的直覺提醒她此地不宜久留，便在于慕析點了頭後立刻逃之夭夭。

顧予看著女職員離開的背影，幽幽地問于慕析：「大家很怕你嗎？」

茶水間沒了外人，于慕析也像是沒了脾氣，表情一鬆，「不知道，倒是你呢？會怕我嗎？」

「怕啊，怕你不發薪水。」顧予打趣道。

「盛世沒拖欠過薪水。」于慕析爲了讓顧予安心，補了一句，「交代好了，會發現金給你。」

「那就好。」顧予揚起唇角滿意地笑了笑，他的假身分自然沒有銀行戶頭，于慕析還記著要付現的事算是很有心了，接著想起于慕析的離奇現身，好奇地問：「你怎麼下來了？」

于慕析停頓了一下，「我怕咖啡冷掉。」

「哦？」顧予看著于慕析的眼裡多了促狹，隨後笑出了聲。

于慕析不解，「笑什麼？」

「笑有人吃醋。」顧予把咖啡遞給于慕析。

于慕析沒否認，接過咖啡後湊近顧予，對上那雙染上世故的清澈眼眸，忍住想把小祕書圈進懷裡的衝動，「那麼好笑？」

「大老闆吃小職員的醋，是挺好笑的。你要是喜歡她就去追，見面的理由多的是。」顧予笑了笑，拍拍于慕析的肩，「我去陽台抽根菸，吹吹風喘口氣。」

于慕析愕然看著顧予走出茶水間，啜了一口手上還熱著的咖啡，靜靜地檢討方才的行爲是不是哪裡不夠明確以至於讓人誤會？期間有五六個人原本要進茶水間，在門口看見于慕析就紛紛掉頭。

盛世大樓陽台上的吸菸區沒人，顧予樂得包場，隨便挑了張能看見地面街景在玻璃護欄旁的椅子坐下，慣性摸了摸西裝內側口袋，發現是空的，這才想起樂園帶出來的菸抽完了還沒買。不過無所謂，他的菸癮很淡不一定要抽。

此時藍天白雲配上微風徐徐，比起辦公大樓裡的冷氣房舒服多了，看著來來往往的車子和行人他能看上一整天，愜意得都不想工作了。

顧予看了一陣子就感覺有人朝他走來，「泡了杯奶茶，給你。」

顧予笑著接過遞到身邊的紙杯，「謝謝。」隨後盯著手上冒著熱氣的飲料小聲咕噥：「哪有老闆幫祕書泡茶的？」

于慕析坐到了顧予身邊，聲音染上笑意，還有幾分機不可查的得意，「沒人看見。」

「眞的？」顧予覺得于慕析這一面挺可愛。

「被看見了也沒關係。」于慕析無所謂地說著，盛世未來會正式交到他手裡，誰會有意見？

顧予不以爲然地瞥了于慕析一眼，旁邊男人的輪廓依然立體，噙著淡笑，發現他的視線後也望了過來，目光裡有著鏡片也藏不了的情感。

顧予第一時間收回了視線，裝作理解，「堂兄弟是吧？這個藉口眞好用。」聞言，于慕析卻不滿意，「我後悔了。」

「後悔和我沾親帶故？」

「堂兄弟還是太麻煩了，那麼多人看著，我得當一個好哥哥，起碼得當一個哥哥。」

顧予聽了卻笑了，「是啊，請于總別對堂弟做出奇怪的舉動，領帶歪了我能自己整理。」

于慕析偏過頭，「堂兄弟之間不能做這個嗎？」

顧予沒回答，他也不知道一般兄弟間都做些什麼，他的經驗肯定不能參考，敷衍地笑了笑，換了話題，「你怎麼來了？」

「你沒帶菸。」

「你怎麼知道？」

「我就是知道。」于慕析笑著說完，而後收起笑，認真地澄清：「對了，我沒喜歡會計部那個女生，只是因爲那一層只有會計部和業務部，她看起來更像會計部的人。」

顧予唇角彎起，似笑非笑地看了身邊男人一眼，「我知道。」

于慕析更困惑了，「知道了還那樣說？」

「我開玩笑的。」

下午，總經理祕書室旁的茶水間立刻換了一台新的咖啡機。

顧予問戴姊：「不是要等耗材來了才能修理嗎？」

「于總說不等了，換一台新的就好。」戴馥蓉一邊打著文件一邊回覆，末了還小聲補了一句：「不知道在急什麼，反正他高興就好。」

番外
只屬於你我的祕密基地

顧予從小就喜歡貓貓、狗狗、兔子、天竺鼠、水豚等等可愛動物，求過顧承風好幾次想養寵物，無奈顧承風都沒答應。他就只偷偷養過螞蟻和毛毛蟲，還是因為這些動物本來就會出現在顧家的窗台和花園裡。

他在顧家吃穿不愁，用的玩的都是最好的，就差沒有同齡的玩伴，看見年紀相仿的顧希時就特別開心，知道顧希是弟弟時更覺得親切，立刻就求顧承風收留顧希。顧承風答應把顧希接進顧家時，他簡直欣喜若狂，發誓要好好對待這個得來不易的弟弟。

顧希剛到顧家時和每個人都很生疏，看著人的眼神怯生生又帶著防備，不敢多說話也不敢亂碰東西，像是怕做錯了事就要挨罵或挨打。

顧予看見了覺得格外心疼，對顧希特別有耐心，每天無時無刻都想著要怎麼對顧希好。

小孩子的交往單純而直接，顧希感覺到顧予的善意，漸漸地敞開心房願意和顧予說話，臉上笑容也多了。

顧予把自己的玩具讓出來，一個一個教顧希怎麼玩，顧希沒見過這麼多玩具，眼睛都亮了，一開始對玩具和規則很陌生，但很快就能玩得很好。

顧希母親離開的那天，到了晚上才知道被丟下的顧希頓時紅了眼睛，卻忍著沒在大人面前哭，逕自把自己鎖在房間裡，

隔天，顧予沒等到顧希一起吃早餐便吵著要去找了顧希，管家幫他開了顧希房間的門，房裡空蕩蕩的不見人影。他即便著急卻不放棄，憑著玩躲貓貓的經驗和直覺，最後在衣櫃裡找到了躲起來偷偷哭的顧希。

顧予趕走了管家和幫傭，關上了房門，接著也進了衣櫃，抱住和自己差不多纖細的肩膀，拍著顧希的背，輕聲哄著：「別哭，你還有我。」

「我沒哭。」顧希把臉埋在雙膝裡，往褲子上蹭，一邊擦淚一邊反駁。

顧予沒戳破顧希拙劣的謊言，而是拉起顧希的手，「你想不想去祕密基地？一個連爸爸和管家叔叔都不知道的地方。」

顧希的好奇心被勾起，眼淚也神奇地瞬間止住，「真的？在哪裡？」

「等你不哭了，我就帶你去。」顧予小時候也是被哄大的，這時候拿出來哄顧希根本駕輕就熟，最後還故作神祕地補了一句：「是一個很好玩的地方，我藏了很多寶物哦。」

「我哪有哭？」顧希情緒褪去，這次把話說得理直氣壯，眼睛睜得大大的。

顧予綻開笑容，摸了摸顧希的頭，「好，那我帶你去。」

祕密基地在顧家花園深處，是個廢棄閒置的儲藏室，儲藏室用簡單木板搭建而成，不知道是多久前蓋的，但由於顧家的景觀維護經費充足，每幾年就會重新油漆，外觀看不出歲月痕跡。

顧予看過園丁把備用鑰匙放在儲藏室外的花盆下，於是每次擺脫保母溜來祕密基地時就會偷偷借用那把鑰匙。

儲藏室前半放著覆滿一層灰塵的雜物，祕密基地是儲藏室的後半部。顧予從家裡拿了乾淨的桌巾鋪在地板上，放了兩個舒服柔軟的抱枕，陸陸續續帶來了喜歡的故事書、零食、桌遊和小玩偶，布置成屬於自己的一片小天地。

「哇，好棒！」顧希原本以為祕密基地是個簡陋樹洞一類的地方，沒想到是個有模有樣的小空間，而且能看出來是顧予偷偷布置了很久才有這樣的擺設和規模。

「不錯吧？以後我們可以偷偷過來玩，在這裡你可以想說什麼就說什麼，大人都不會知道。」顧予眨著眼睛，純真的笑容裡有著體貼和理解。他是因為看了繪本裡的故事所以也想弄一個屬於自己的祕密基地，他看出顧希在大人面前的拘束和不自在，所以願意把這個不會被打擾的空間分享給顧希，畢竟顧希是他的弟弟嘛。

「謝謝你帶我來這裡。」顧希來到顧家就一直在陌生人的關注下，無法判斷那些目光是善意還是惡意，一直感到壓力很大，而這個祕密基地只有他和顧予，他終於有了一個可以喘息、放鬆的空間。

顧予笑著伸出手指，「以後我就是你的哥哥，我會對你很好的，打勾勾。」

「我也會對你很好，打勾勾。」顧希說著，也伸手把小指勾上，拇指碰上顧予的拇指，完成約定。

✦

顧希一直以爲祕密基地只屬於他和顧予，沒想到顧予十歲生日派對那天聽見顧予要帶于慕析去祕密基地。

即便一開始發現祕密基地的人是顧予，而且顧予也沒承諾過不再帶其他人去，但那是他們一起玩耍和分享祕密的地方，累積了快五年的回憶，怎麼沒和他說一聲就透露給于慕析？

當下他有種被背叛、被拋下的感覺，又氣又委屈，鼻子一酸，混雜著難過和憤怒的情緒一波又一波地將他淹沒。然而他連在顧予的笑臉前張嘴呼救都辦不到，而且他也不想讓于慕析看見他脆弱的一面，所以只能按捺著情緒，告訴自己不要破壞顧予的生日派對，不要在于慕析面前失態。

他一直忍到了半年後自己過生日。

顧承風通常都會幫顧希過生日，該有的生日蛋糕、生日大餐和禮物都沒有少，畢竟他不差這一點錢，一句話交代下去後每年的蛋糕和大餐都會按時準備好。只是用心程度還是能從生日禮物看出差別，顧承風給顧予的禮物是他喜歡的玩具、樂器和遊樂園，給顧希的禮物是百科全書、益智遊戲和科學營。

顧承風像是不知道也不關心顧希的喜好，管家看出顧希收到禮物不開心總是安慰他——這是因爲顧承風對他有期待，所以分外嚴格。

顧希一開始不信，幾次之後他信了一半，剩下的一半他逼自己相信，因爲他希望管家說的是眞的。

顧希的十歲生日如往年般在家慶祝，沒有盛大的生日派對，對此他有一點失落，即便知道那種場合是應酬的成分居多，但他也期待著顧承風哪天向人介紹他是自己自豪的兒子。

不過懂事的他默默告訴自己，他們一家三口一起慶生也很好，省得還要應付外人太麻煩。只是沒想到這天顧承風晚上臨時有個推不掉的應酬，打了電話告訴管家不回來吃飯，順帶缺席了顧希的生日。

顧予覺得自己是哥哥，扛下了幫顧希過生日的任務，在顧予安慰下，顧希也對父親的失約釋懷。

晚餐廚房特別準備了顧希喜歡的餐點，這讓顧希心情好了許多。

飯後，顧予爲顧希戴上壽星帽，管家張叔推出點上蠟燭的生日蛋糕，顧予和在場的幫傭們一起唱了生日快樂歌，場面熱鬧。

唱完生日快樂歌，顧予笑著提醒：「小希，快許願吧。」

「第一個願望，我希望你不要帶別人去祕密基地，于慕析也不行。」顧希壓低了音量，不讓站得稍遠的旁人聽清。

顧予訝異，「你怎麼把願望浪費在這種事上面？」

顧希面對親愛哥哥的質疑卻沒退讓，「今天是我的生日，我就想許這個願望不行嗎？」

「可是慕析是我們的好朋友，告訴他沒關係吧？」顧予不理解，柔聲反問。

顧希沒辦法解釋想獨占和顧予共同回憶的想法，以退爲進，目光一垂，神情落寞，「不答應也沒關係。」

今天畢竟是顧希的生日，顧予不想讓弟弟失望，立刻心軟應下：「我答應你。快許下一個願望吧！」

顧希轉瞬露出燦爛笑容，「我想和小予永遠在一起。」

「哎呀，我們是一家人本來就會永遠在一起啊，你又浪費一個願望了。」顧予眞心覺得可惜。

「只要會成眞就不是浪費。」顧希態度堅定又執拗。

「好吧，第三個願望呢？第三個願望可以不用說出來，你要認眞許一個和自己有關的願望。」

「好。」顧希閉上眼睛，舉起雙手十指在面前緊緊交握，看起來虔誠又愼重，唇齒微啓無聲地說了一句，接著睜開眼睛，將十根蠟燭一吹熄。

「生日快樂！」顧予拍手祝賀，一旁管家和幫傭們的掌聲和拉炮聲也跟上。

顧希笑著看著這一幕，他最喜歡的顧予和每天陪伴的管家、保母等人都在身邊祝福他，覺得今晚還是挺開心的。

「好漂亮，這是什麼口味的蛋糕？」

這次，顧希讓顧予幫他決定蛋糕口味，算爲自己半年前有些無理的要求道歉。

顧予清澈的眼睛眨呀眨，有些期待又有些忐忑，「水果千層蛋糕，你說喜歡這個口味。」

「我說過嗎？」顧希不是很確定，但顧予記著他說過的話讓他心裡一陣舒坦。

「嗯，上個月考一百分的獎勵，你說還想再吃一塊，可是爸爸說不行。」

「我好像想起來了。」

「爸爸不在，我們想吃幾塊都可以。」

「真的嗎？」顧希眼睛亮了亮，接著心虛地看向管家。

管家原本想否決，最後卻在兩個孩子期待的目光下節節敗退，輕咳一聲，「我想到花園和後院還有東西要整理得暫時離開一會兒，兩位小少爺吃完蛋糕就把東西放著，晚點會有人來收。不過蛋糕吃太多對身體不好，建議最多不要超過兩塊。」

「太好了！」顧予和顧希同聲歡呼。

後記
到底是什麼姿勢？

謝謝大家購買及閱讀這個故事。

這個故事改了幾次書名，一開始暫定《予兮》，後來改成《予你晨曦》，取自三位主角名字的諧音。自己取書名時腦子總是一片空白，這種時候就常常從主角名字下手，通常有點不明所以。出版時有了不同的考量就會需要修改書名，謝謝編輯協助提供點子並和我討論後定下了最後的書名。

《對我過分執著的他們》是在二〇二〇年開始創作，寫了五萬多字後跑去寫《何以慰情》（後更名《今天你喜歡上我了嗎？》）。《何以慰情》寫了一陣子後，當時的編輯發現我消失了一陣子，就問我要不要提大綱，於是後來寫了《演員的職業操守》。

結束後又完成了三個故事《暗夜流光》、《今天你喜歡上我了嗎？》和《歌手的職業素養》，一直到二〇二四年才回頭填《對我過分執著的他們》。原本是抱持著姑且一問的心情和編輯提起這個故事，謝謝編輯也對這個故事有興趣，增加了填坑的動力。

過了四年，有些想法好像不太一樣了，考量更多面向後似乎沒辦法下重手，同樣的依然是想完成的心，故事沒有寫完就會永遠惦記著。

顧姓似乎是小說的大姓，二〇二〇年連載的時候就有讀者留言說怎麼又是姓顧的，姓顧的是不是都彎了，現在想起來也是挺有趣的。就算小說裡無數個顧家子弟都彎了，但我家還沒有，既然是熱門姓氏，怎麼可以錯過？和收集卡冊沒兩樣，也許多寫幾個故事後就要去翻百家姓看看哪個沒用過。

這次故事是兩攻一受的互相糾纏再加一點骨科禁忌感，雖然是常見的設定，不過應該是我第一本寫這個走向……希望在老梗裡面寫出不一樣的醍醐味（擦汗）。看完後有什麼想法都歡迎和我聊聊，可鞭打作者只求力道輕柔一點，要滴蠟燭的也請用低溫的，不要拿拜拜用的……

這應該是個半架空的世界觀，在現實和虛構間遊走，努力著盡量不要把邏輯丟掉，能想到的盡量改，還沒想到的就……還沒想到QQ。

寫作時最煩惱的是不知道發表後大家會是什麼反應，總是忐忑不安，想著是不是哪裡應該要改一下比較好。然而這種事是沒有後悔藥的，印刷後實在改不了，下一次修改只能是再版的時候，而小說再版的都是鳳毛麟角。

上冊要努力不暴雷然而作者已經詞窮，字數應該差不多了？

寫後記的時候還沒看到封面，但由於編輯看過初稿後特地和我確認了顧予刺青的位置，猜測應該尺度不小……畢竟刺青在那種地方，到底要什麼姿勢，暴露到什麼程度才會看到？腦中不由地充滿各種想像，希望大家會喜歡？

謝謝大家在封面的刺激？吸引？下收了這本書，希望這次的故事能陪伴你們度過一段愉快的閱讀時光，我們下冊見吧（揮手）。

好奇這本大家站哪一位攻的　林落

國家圖書館出版品預行編目資料

對我過分執著的他們 / 林落著. -- 初版. -- 臺北市：
POPO原創出版，城邦原創股份有限公司出版：英
屬蓋曼群島商家庭傳媒股份有限公司城邦分公司發
行, 2025.02
面；　公分. --
ISBN 978-626-7455-79-1（上冊；平裝）

863.57　　113020227

對我過分執著的他們（上）

作　　者／林落
責任編輯／林辰柔　行銷業務／林政杰　版　　權／李婷雯

內容運營組長／李曉芳
副總經理／陳靜芬
總　經　理／黃淑貞
發　行　人／何飛鵬
法律顧問／元禾法律事務所　王子文律師
出　　版／POPO原創出版
城邦原創股份有限公司
台北市南港區昆陽街16號4樓
電話：(02) 2509-5506　傳真：(02) 2500-1933
email：service@popo.tw
發　　行／英屬蓋曼群島商家庭傳媒股份有限公司城邦分公司
聯絡地址：台北市南港區昆陽街16號8樓
書虫客服服務專線：(02) 25007718．(02) 25007719
24小時傳眞服務：(02) 25001990．(02) 25001991
服務時間：週一至週五09:30-12:00．13:30-17:00
郵撥帳號：19863813　戶名：書虫股份有限公司
讀者服務信箱 email：service@readingclub.com.tw
城邦讀書花園網址：www.cite.com.tw
香港發行所／城邦（香港）出版集團有限公司
地址：香港九龍土瓜灣土瓜灣道86號順聯工業大廈6樓A室
email：hkcite@biznetvigator.com
電話：(852) 25086231　傳眞：(852) 25789337
馬新發行所／城邦（馬新）出版集團 Cité(M)Sdn. Bhd.
41, Jalan Radin Anum, Bandar Baru Sri Petaling,
57000 Kuala Lumpur, Malaysia.
電話：(603) 90563833　傳眞：(603) 90576622
email：services@cite.my

封面插畫／大烯豆干
封面設計／也津
電腦排版／游淑萍
印　　刷／漾格科技股份有限公司
經　銷　商／聯合發行股份有限公司
電話：(02)2917-8022　傳眞：(02)2911-0053

■ 2025 年2月初版
Printed in Taiwan

定價／360元

POPO原創出版 www.popo.tw　城邦讀書花園 www.cite.com.tw

ISBN 978-626-7455-79-1
本書如有缺頁、倒裝，請來信至service@popo.tw，會有專人協助換書事宜，謝謝！